커밍아웃 스토리

성소수자와 그 부모들의 이야기

성소수자부모모임 지음

한티재

추천의
글

홍성수
숙명여대 법학부 교수
『말이 칼이 될 때』 저자

이 책은 성소수자와 그 가족들이 경험한 커밍아웃에 대한 이야기를 다루고 있습니다. 1장에는 성소수자 부모들이 쓴 이야기가, 2장에는 성소수자 당사자들이 가족에 관해 쓴 이야기가 담겨 있습니다.

성소수자가 겪어야 하는 특별한 문제 중 하나가 바로 커밍아웃입니다. 성소수자들은 외양만으로는 그 정체성이 잘 드러나지 않는 경우가 많지요. 그래서 본인 스스로 자신의 정체성을 밝히지 않으면 숨겨진 채 지낼 수도 있습니다. 문제는 커밍아웃하지 않고 살아가는 것이 사회에서 강제되고 있다는 것입니다. 정체성을 타의에 의해 드러낼 수 없다면 그건 거의 폭력이나 다름 없습니다.

　혐오세력들이 성소수자들에게 종종 이런 이야기를 합니다. "다 좋은데, 내 눈에만 띄지 않았으면 좋겠다." 하지만 어떤 존재를 향해 그 정체성을 드러내지 말라는 것은 그 자체로 차별과 배제입니다. 혐오세력들이 성소수자의 '비가시화'(invisibility)를 요구하는 것이라면, 커밍아웃은 스스로의 존재를 '가시화'(visibility)하겠다는 선언입니다. 어떤 소수자 집단이라도 자신의 정체성을 드러내지 못한 상태에서 온전한 인간으로서의 권리를 누린다는 것은 불가능한 일입니다. 정체성을 드러내지 않고 평등하게 살 수 있는, 그런 사회는 없습니다. 그래서 커밍아웃은 그 자체로 가장 급진적이고 적극적인 권리 주장이자 평등의 요구입니다. 평등하게 존중받는 인격적 주체로서 살아가겠다는 선언입니다.

　커밍아웃은 성소수자가 겪는 편견과 차별의 해소를 위해서도 중요한 역할을 합니다. 모든 차별과 폭력은 '편견'에서 시작되니까요. 그리고 편견의 상당 부분은 성소수자와 일상적으로 교류할 기회를 갖지 못했다는 점에서 기인합니다. 노년 세대 중 상당수가 성소수자에 대한 편견을 가지고 있는데, 그것은 그들이 성소수자와 직접 교류할 기회가 거의 없었기 때문이기도 합니다. 정확하게는, 그 세대에도 성소수자는 있지만 커밍아웃한 성소수자가 많지 않았던 것이지요. 경험한 적이 없으니 낯설고 잘 모를 수밖에 없고, 그 과정에서 편견이 생긴 경우가 많을 겁니다. 그러니까 커밍아웃하기 어렵게 만드는 사회가 성소수자에 대한 편견을 강화하고, 그것이 다시 커밍아웃을 어렵게 만드는 악순환의 고리가 만들어지는 겁니다.

반면 어려서부터 성소수자 친구와 교류해온 사람들은 편견을 갖게 될 가능성이 확 줄어듭니다. 내 소중한 친구를 미워하고 차별할 수는 없잖아요. 그런데 성소수자 친구가 있다는 것은 그 친구가 커밍아웃을 했기 때문입니다. 커밍아웃한 성소수자가 많아질수록 성소수자임을 인지하고 교류할 수 있는 가능성은 커지는 것이죠. 그리고 그것이 다시 편견과 차별을 사라지게 만드는 계기가 됩니다. 이렇게 커밍아웃은 편견과 차별의 악순환을 깨는 결정적인 역할을 합니다. 그래서 커밍아웃은 개인적인 행동이기도 하지만, 그 자체로 편견과 차별을 깨는 정치적, 사회적 운동이기도 합니다.

당연한 말이지만, 성소수자에 대한 차별이 심한 사회에서는 커밍아웃의 과정이 험난합니다. 차별하고 배제하고 그 존재를 인정하지 않겠다는 사회에서, 그걸 뚫고 가족들과 사회를 향해 자신의 존재를 알리는 것은 결코 쉽지 않은 일입니다. 그 험난한 과정 자체가 우리 사회에서 성소수자들이 처한 현실을 그대로 보여줍니다.

이 책에 담겨 있는 모든 이야기들이 바로 그 현실입니다. 어느 순간에는 한없이 슬프다가도 어떤 장면에서는 흐뭇한 웃음을 짓게 될 때도 있습니다. 진지하게 문제를 풀어간 글도 있는 반면, 유쾌하게 커밍아웃의 과정을 그려낸 글도 있습니다. 글의 형식이나 내용은 모두 다르지만, 커밍아웃 과정에서 겪게 되는 다양한 경험들이 날것 그대로 담겨 있습니다.

저는 본문 못지않게 '글쓴이 소개'에도 눈이 가더군요. 책 말미의 글쓴이 소개를 이렇게 흥미진진하게 읽은 적은 없었습니다. 글을 쓴 분들의 이력 중 성소수자와 관련된 것을 제외하면, 평범한 우리 이웃들이라는 것을 쉽게 알 수 있습니다. 그런데 그들이 성소수자 가족을 두었거나 당사자라는 것 때문에 공통점이 생겼고 이 책에 공동 기고자가 된 것입니다. 한편으로는 이 평범한 우리 이웃들이 왜 이렇게 고통을 겪어야 하나 안타깝고 화도 났지만, 다른 한편으로 그들이 공동의 문제를 놓고 함께 모였다는 사실 자체가 참 대단해 보였습니다. 주어진 현실을 회피하지 않고 함께 머리를 맞대고 연대하고 싸우겠다는 것, 그건 언제나 아름답고 멋진 일입니다.

이 책은 성소수자들과 그 가족들에게 좋은 참고서가 될 것입니다. 커밍아웃에 대한 여러 이론은 있어도 어떻게 커밍아웃해야 하는지에 대한 정답 같은 것은 없습니다. 여러 사람들의 경험을 참조할 수 있을 뿐이지요. 그동안 그런 경험의 공유는 성소수자부모모임 같은 커뮤니티 내부에서 이루어져 왔습니다. 누구에게도 쉽게 이야기하지 못한 경험을 더 많은 이들과 나누고, 거기에서 지혜와 용기를 얻는 데에 이 책이 큰 힘이 되리라 생각합니다.

아울러 이 책은 성소수자와 더불어 살아가야 하는 모든 시민들을 향해 있습니다. 커밍아웃은 하나의 사건이기보다는 일련의 과정입니다. 커밍아웃을 하기까지의 과정, 커밍아웃하는 순간, 커밍아웃 이후의 여러 반응들까지 모두 커밍아웃이나 다름없으니까요. 그래서 커밍아웃을 이해하는 것만으로도 성소수자 문제에 상당 부분 다가설 수 있다고 해도 과언이 아닐 겁니다. 저는 매 학기 수업 시간에 드라마 〈인생은 아름다워〉(2010)를 학생들과 함께 봅니다. 동성 커플이 서로 사랑하게 되고 주인공이 부모님께 커밍아웃을 하는 에피소드만 편집해서 보는데요, 많은 학생들이 성소수자에 대한 편견을 깨고 그들의 삶을 이해하는 데 큰 도움이 된다고 말합니다. 이제 학생들에게 추천할 책이 한 권 더 생겨 기쁩니다. 이 책을 읽고 더 많은 사람들이 이해하고 연대하고 지지할 수 있으면 좋겠습니다.

성소수자의 문제를 가족을 중심으로 풀어가는 것에는 한계가 분명히 있습니다. 하지만 가족을 통해 겪는 일은 곧 사회에서, 공동체에서 겪어야 하는 일들의 단면이자 일부입니다. 그런 점에서 이 책은 하나의 출발점인 것이지요. 이 책을 계기로, 가족을 넘어 다양한 공동체에서 살아가야 하는 성소수자의 삶이 더욱 많은 사람들에게 공유될 수 있으면 좋겠습니다.

또한 이 책은 성소수자부모모임 활동의 산물이라는 점에서 의미가 큽니다. 퀴어문화축제에서 성소수자부모모임의 부모들이 당사자들과 프리허그를 하는 장면을 담은 동영상이 큰 화제가 되었지요. 성소수자부모모임은 이 책을 기획하고 글을 모으고 책의 출간을 홍보하는 과정을 함께하며, 세상을 향해 목소리를 내기 시작했습니다. 이책의 출간을 계기로 앞으로 부모모임이 더욱 활성화되어 더 많은 성소수자와 그 가족들의 버팀목이 될 수 있기를 기대해 봅니다.

커밍아웃은 대단한 무엇인가를 요구하는 행위 같지만 사실 따져보면 평범하게 살고 싶다는 요구일 뿐입니다. 자신의 정체성을 거리낌 없이 드러낼 수 있고, 자유롭고 평등하게 차별받지 않고 살아가고싶다는 것, 그리고 가족들이나 공동체에서 위로받고 지지받으며 살고 싶다는 것. 너무나도 평범하고 당연한 요구입니다. 그런 요구조차쉽게 실현될 수 없는 게 우리의 우울한 현실이고요. 이 현실을 깨기위해서는 더 많이 지지하고 연대하는 수밖에 없습니다. 이 책이 그험난하고 지난한 과정을 넘어서는 데 도움이 될 수 있을 것이라고 생각합니다. 그리고 이 책을 읽는 모든 분들에게 그 과정에 함께하자고말씀드리고 싶습니다.

마지막으로, 이 책을 내놓느라고 수고하신 여러 분들, 그리고 성소수자부모모임에 무한한 지지와 연대의 말씀을 드립니다. 늘 함께하겠습니다. 감사합니다.

책을

펴내며

○

성소수자부모모임은 2014년, 동성애자 아들을 둔 어머니들의 만남에서 시작되었습니다. LGBT라는 말이 무엇을 뜻하는지도 몰랐던 어머니, 성소수자인 아들이 잘 살아갈 수 있을지 두려웠던 어머니들은 그저 '나와 같은 엄마'들을 만나고 싶어서 한 달에 한 번씩 모였습니다. 부모들끼리 서로의 고민과 어려움을 나누고, 도저히 이해할 수 없을 것 같던 자녀의 정체성을 이해하기 위해 시작한 모임이었지만, 부모모임에는 부모뿐만 아니라 성소수자 당사자, 성소수자 인권에 관심을 가진 지지자들도 많은 관심을 갖고 참여했습니다.

한 회에 많아야 열 명 남짓 참여하던 매월 정기모임에는 이제 쉰 명이 넘는 사람들이 모입니다. 자녀의 정체성을 받아들이지 못하고 자녀에게 상처 주는 말들을 하던 부모들은 이제 사람들 앞에 나서서 "나는 성소수자의 부모입니다. 나는 내 아이를 있는 그대로 사랑합니다" 하고 말하기를 주저하지 않습니다. 해마다 퀴어문화축제에서는 성소수자 당사자들과 프리허그를 하며 위로와 지지를 전합니다. 또한 자녀의 정체성을 알게 되어 혼란과 갈등을 겪고 있는 부모들, 자신의 정체성 때문에 부모와의 관계에 어려움을 겪는 성소수자 당사자들을 위해 상담을 제공하고 있습니다.

매월 정기모임이 열리는 날이면, 자녀의 정체성을 알게 되어 혼란과 갈등을 겪고 있는 새로운 부모님들이 두세 분 이상 찾아오십니다. 그리고 용기를 내어 부모모임에 처음 참석한다고 말하는 성소수자 당사자들도 늘 십여 명이 넘습니다. 당사자들은 부모님께 커밍아웃하는 것의 어려움을 토로합니다.

벌써 50회가 넘게 정기모임이 이어져 왔지만, 성소수자부모모임의 운영위원들은 이러한 이야기를 들을 때마다 깊은 안타까움을 느낍니다. 부모모임이 처음 시작된 4년 전보다 성소수자 인권 의식이 많이 나아졌다고는 하지만, 여전히 성소수자 당사자들은 부모에게 어떻게 커밍아웃해야 할지 막막하고, 부모들은 자녀와 어떻게 대화를 시작해야 하는지 전혀 알지 못합니다. 그래서 서로 상처를 주고,

상처를 받고, 각자 혼자만의 고민을 키워 가며 마음의 문을 닫아 버리곤 합니다. 그리고 분명, 성소수자부모모임을 찾아오는 분들보다 더 많은 분들이 같은 문제로 힘들어하고 계실 것입니다.

그래서 성소수자부모모임은, 그동안 우리가 겪어 온 일들을 책으로 묶어 내기로 했습니다. 지금은 성소수자 인권운동에 활발히 참여하는 부모들도 처음에는 자녀의 정체성을 받아들이기가 얼마나 힘들었는지, 그래서 서로 얼마나 많은 상처를 주고받았는지, 성소수자에 대한 올바른 지식과 정보를 찾는 것이 관계를 회복하는 데 얼마나 중요한지, 그리고 자녀를 완전히 받아들이고 있는 그대로 사랑하기로 결심한 지금이 얼마나 행복한지, 그런 이야기를 엮기로 했습니다. 그간 성소수자부모모임과 함께해 온 성소수자 당사자들도 자신의 이야기를 풀어냈습니다. 부모에게 커밍아웃하는 데 얼마나 큰 용기가 필요했는지, 혹은 여전히 부모에게만은 커밍아웃하지 못하고 있는 이유가 무엇인지, 커밍아웃을 하고 나서 삶이 어떻게 변화했는지…….

모든 이야기가 해피엔딩인 것도, '커밍아웃의 모범답안'인 것도 아닙니다. 하지만 자녀의 커밍아웃을 받아들이거나 부모에게 커밍아웃을 하는 과정에서 참고할 만한 최소한의 사례를 제공한다면, 같은 문제로 고민하는 이들에게 조금이나마 도움이 될 것이라는 기대를 가지고, 모두 각자의 가장 진솔한 이야기를 전하기 위해 노력했습니다. 또한 이 책을 통해 좀더 많은 분들이 성소수자에 대한 이해를 넓히고, 사회의 편견과 혐오와 차별 안에 놓여 있는 성소수자 당사자들의 아픔에 공감할 수 있으면 좋겠다는 바람도 가져봅니다.

성소수자 인권을 지지하는 각 분야의 전문가들도 이 책을 완성하는 데 힘을 보태 주셨습니다. 고려대학교 보건정책관리학부 교수이자 『아픔이 길이 되려면』의 저자인 김승섭 교수는 그간 성소수자에 대한 연구를 지속적으로 진행해 왔으며, 성소수자 부모들을 대상으로 성소수자 건강과 인권에 대한 교육을 해주는 등 많은 도움을 주고 계십니다. 2017년 '포토 보이스 프로젝트'로 부모모임과 함께했던 숭실대학교 사회복지학부 이지하 교수는 성소수자 당사자와 그 가족들을 심층적으로 연구하며, 가족의 지지가 성소수자 당사자에게 얼마나 중요한지를 꾸준히 이야기해 주십니다. 또한 우리 사회에 만연한 혐오표현의 문제를 진단하고 혐오사회를 넘어서는 길을 모색하는 책 『말이 칼이 될 때』의 저자로, 사회적 약자와 소수자들의 인권 증진에 힘쓰고 있는 숙명여자대학교 법학부 홍성수 교수는 추천의 글로 지지와 응원의 마음을 보내주셨습니다. 이 책에 함께한 분들뿐 아니라, 성소수자 당사자들과 가족, 그리고 사회 전반을 대상으로 성소수자에 대한 올바른 정보를 알리기 위해 힘써 주시는 모든 분들께도 이 기회를 빌려 감사의 말씀을 드립니다.

이 단행본을 기획하기 시작했을 때부터 원고를 집필하는 과정, 마무리 단계까지 가장 가까운 곳에서 도움을 준 도서출판 한티재에도 감사드립니다. 성소수자의 가족과 성소수자 당사자들의 이야기를 많은 사람들에게 가장 잘 전달하기 위해 일 년이 넘는 기간 동안 최선을 다해 주었습니다.

마지막으로, 성소수자부모모임을 지지하고 함께해 주시는 모든 분들께 감사드립니다. 성소수자부모모임의 모든 활동에 적극적으로 참여해 주시는 운영위원들, 보이지 않는 곳에서 늘 최선을 다하는 실무팀, 성소수자부모모임을 찾아 주시는 성소수자의 가족들과 당사자, 그리고 성소수자 인권을 지지하는 분들 덕분에 우리가 활동을 계속할 수 있습니다.

게이 아들을 둔 아버지인 성소수자부모모임의 운영위원 한 분은, "예쁘기만 한 커밍아웃은 없다"고 늘 말씀하십니다. 가족, 특히 부모에게 하는 커밍아웃은 의견의 대립, 감정적 충돌의 과정을 피할 수 없는 경우가 대부분입니다. 하지만 많은 이들이 가족과의 관계를 쉽게 포기하지 못합니다. 애초에 부모에게 커밍아웃을 결심했다는 것 자체가, 우리의 삶에서 부모와 가족이 가지는 의미가 너무나 크다는 것을 말해주는 것이기도 합니다. 부모에게 스스로를 이해시키고 부모를 이해하기 위해 상처받을 각오를 하고 꿋꿋이 노력하는 성소수자 당사자들, '성소수자'라는 단어조차 처음 접했지만 그래도 자녀를 계속 사랑하고자 노력하는 부모님들, 고맙습니다. 지난한 갈등을 겪으

면서도 포기하지 않고 서로를 이해한 후에는 유대와 사랑이 더 깊어

지리라 믿습니다. 성소수자부모모임은 늘 여러분과 함께하겠습니다.

2018년 5월

성소수자부모모임을 대표하여 하늘 드림

1

네 모습
그대로 사랑해

------- 성소수자 부모들의 이야기 -------

　십 년이 넘도록 한 집에서 살아온 자녀가 성소수자일 수도 있다는 생각을 해본 부모가 얼마나 있을까? 특히 성소수자의 존재를 접해 본 적조차 없는 부모들에게, 자녀의 정체성을 알게 되는 일은 전혀 알지 못하던 새로운 세계를 처음으로 만나야만 하는 불편하고 두려우며 혼란스러운 일이다. 그래서 때로는 무지한 말이나 폭력적인 행동으로 자녀에게 상처를 주기도 하고, 남에게 털어놓을 수 없는 비밀을 끌어안고 남몰래 눈물을 흘리기도 한다.

　성소수자부모모임과 함께 성소수자 인권을 위해 활동하고, 매년 전국 곳곳에서 열리는 퀴어문화축제 때마다 사람들 앞에 나서서 행진하고, 성소수자를 혐오하는 세력에 맞서 목소리 높이기를 주저하지 않는 부모들 역시 똑같은 과정을 거쳤다. 하지만 지금은 성소수자인 자녀를 받아들이고, 나아가 성소수자들과 성소수자를 가족으로 둔 이들을 돕기 위해 몸을 아끼지 않으며, 많은 이들에게 위로와 응원을 건네고 있다.

성소수자 자녀를 둔 부모들이 자녀에게 처음 커밍아웃을 받고 충격과 혼란을 겪었던 일부터 자녀를 있는 그대로 받아들이기까지, 그리고 그와 함께 변화된 자신과 삶의 이야기를 진솔하게 들려주었다.

이 이야기들이 성소수자에 전혀 관심이 없던 분들이나 "내 주위에 그런 사람은 없다"고 생각해온 분들에게는 성소수자의 존재를 알게 되는 계기가 되기를, 홀로 고민하며 벽장 속에 숨어 있는 성소수자나 그 가족들에게는 따뜻한 위로가 되기를 바란다. 특히 자신의 성별정체성과 성적지향을 알게 되면서 두려움과 자책감에 빠진 청소년들이 용기와 희망을 갖게 되었으면 좋겠다.

내
인생의

터닝포인트

하늘

복 많은 엄마

　　우리 부부는 넉넉하지 않은 살림이지만 행복했다. 예쁜 딸과 건강하게 태어난 아들이 주는 기쁨은 부자도 부럽지 않았다.

　아들은 누나, 여자아이들과 소꿉장난이나 인형극 하기를 좋아했고, 누나 옷을 입어보는 것도 좋아했다. 성당에서 신부님의 미사를 돕는 복사 생활과 주일학교 행사에서도 항상 여학생들 가운데 주인공이 되는 화제의 인물이었다. 조용한 모범생이면서 타고난 예능인 기질이 많았다. 신부님, 학교 선생님, 학교 친구들(거친 남학생은 빼

고)의 인기를 독차지하곤 했다. 지금 생각해 보니 거칠고 짓궂은 남
자아이들은 스스로 피해 다녀 친구들과 싸운 적이 없었다. 그래서 초
등학교 시절 태권도를 시켰는데 한 달 만에 싫다고 한 것만 빼고는
모든 것이 사랑스러운 아들이었다. 아이들 키우는 게 편안해서 스스
로 복 많은 엄마라고 생각했다.

언제나 상냥하게 먼저 다가와 다정히 말을 걸던 매력 넘치는 아이
가 언젠가부터 조금씩 말이 줄고 방문이 닫히는 걸 느꼈다. 드디어
우리 아들에게도 사춘기라는 게 시작되는구나 하며 가볍게 여겼다.
음악을 워낙 좋아해 귀에 이어폰이 항상 걸려 있어 공부는 언제 하나
하고 걱정도 했었다.

"아드님이

동성애자입니다"

9년 전 가을 무렵이었다. 학교 근처에서 자취를 하는
아들이 졸업 시험을 앞두고 갑자기 집으로 왔다. 순간 불길한 느낌이
스쳤다. 아들이 대학시절을 즐겁게 보내지 않았다는 것을 예감한 탓
일 것이다. 아들은 내가 묻는 말에 대답도 하지 않고 방에 들어가 잠
을 청했다. 며칠 동안 말도 하지 않고 밥도 제대로 먹지 않아 내 속은
타들어갔다. 상담이라도 해야 할 것 같아 전화로 상담하니 상담사는
"그냥 내버려 두세요. 그래도 죽진 않아요" 하며 여유 있게 말한다.

섭섭했다. 자기 자식 아니라고 쉽게 말하는 것 같았다.

그렇게 며칠이 지나 아들 친구에게서 전화가 왔다. 이유를 알려고 다그쳐 물었다. 그 친구가 어렵게 말을 꺼냈다. "아드님이 동성애자입니다."

그 말을 듣는 순간 그냥 멍하였다. 어떤 생각도 할 수 없었고, 시간도 정지되었다.

"이게 뭐지? 대체 이게 뭐지?"

생각도 멈추고 심장도 멈추는 느낌이었다.

바로 미국에 사는 여동생에게 전화해서 고민을 털어놓았다. 동생이 말했다. "한쪽에 많은 수의 이성애자가 있고 다른 한쪽에 적은 수의 동성애자가 있어. 그리고 그 사이에 또 다른 다양한 적은 수의 사람들이 존재해. 언니 아들은 적은 수의 동성애자일 뿐인 거야. 아무 문제 없어." 동생의 말은 무지한 내가 이해할 수 있는 표현이었고 설득력 있는 말이었다. 무척 위로가 됐다. 마음을 진정하고 누워 있는 아들의 뒤에 대고 말했다. "너 고민 있지? 난 들을 준비가 되어 있다. 네가 먼저 얘기해 줄 때까지 기다릴게." 이틀이 지나도 아들은 대답이 없었다. 이틀은 2년과 같은 긴 시간이었다. 기다리는 시간이 답답하여 편지를 썼다.

사랑하는 내 아들, 너 고민 있지?
너의 고민을 엄마는 벌써 눈치챘단다.

(편지 중간에 동생이 해준 말을 내가 알고 있는 지식인 것처럼 썼다.)

지구가 뒤집어져도 엄마는 네 편이다. (이 문장에는 엄마의 마음을 알리려고 밑줄까지 그었다.)

엄마는 괜찮아, 사랑해.

편지 쓰는 내내 돌아누운 아들이 안쓰러워 주체할 수 없는 눈물이 자꾸 흘렀다.

아들은 머리맡에 놓인 짧은 편지를 한동안 하염없이 들여다보며 생각에 잠겼다. 한참 후, "엄마, 밥 주세요. 학교 가야겠어요." 너무도 반가운 소리에 얼른 밥을 차려주니 한 그릇을 다 비우고 아들은 곧바로 학교로 갔다. 그리고 아들은 무사히 졸업을 했다.

대학시절 내내 여자친구도 없냐고 귀찮게 채근한 것도 미안하고 후회스럽다. 오랜 시간이 지났지만 어린 시절부터 혼자 고민한 아들이 가여워 여전히 그때를 생각하면 난 눈물이 난다.

그 후 "왜! 우리 아들이 동성애자일까?" 궁금했다.

우리 가정은 화목하고 나를 넘치게 아껴주시는 시아버님, 착한 남편과 지금까지 감사하게 잘 살아왔는데 왜 이런 일이 일어났는지 이유가 알고 싶어졌다. 제일 먼저 나와 같은 입장의 부모를 만나고 싶었다. 아이들이 잘 살고 있는지, 행복한지, 멈춰버린 시간이 두렵고 궁금했다. 도무지 만날 수 없는 것이 힘들었다.

그렇게 2년여의 세월이 흘렀다. 긴 고독의 시간은 어린 아들이 감내했던 몫과 같이 철저히 나의 몫이었다. 그 기간을 나는 마음 깊숙이 숨겨 놓은 욕심을 내려 놓고 나의 내면을 되돌아보는 회개의 시간으로 보냈다. 지금 돌이켜 생각해 보면, 내 생애 가장 감사하고 소중한 성찰의 시간이 되었다.

우리 아들의
사랑하는 반쪽

7년 전 어느 날, 아들이 외출 후 집에 들어오자마자 "엄마, 내가 만나는 형 집에 와도 돼요?" 해서 그러라고 하니 문 밖에 있던 아들의 애인이 곧바로 들어왔다. 나는 "실제로 보니 내가 생각했던 모습보다 더 마음에 드는구나!" 하고 반겨주었다. 첫인상도 역시 좋았다. 나의 첫인사에 고마워하고 좋아하는 아들과 애인의 표정은 나를 흐뭇하게 했다. 시아버님께는 아들 선배라고 하며 인사시켰다. 할아버지도 아들의 애인을 아주 좋아하셨다. 아들의 얼굴은 지금까지 살면서 본 가장 행복한 표정이었다. 깜깜한 터널을 빠져나와 웃고 있는 내 아들의 얼굴……. 아들 애인이 돌아간 뒤 한동안 서로 눈만 마주쳐도 이상하게 서로의 눈에 뜨거운 눈물이 하나가 되었다. 나는 사랑하는 아들이 반쪽을 만난 안심의 눈물이었고, 아들은 형을 진심으로 반겨준 감사의 눈물이었을 것이다.

그때부터 아들과 헤어질 때는 꼭 안아주는 습관이 생겼다. 간지럽지만 귀에다 대고 "우리 아들, 사랑해"라는 말도 아낌없이 자주 한다. 잘 살고 있는 모습이 사랑스럽고 평안하다. 혹시 싸우지는 않나 하고 이리저리 돌려 물어봐도 천생연분인 아이들이다.

저절로 내 아들은 둘째가 되었고 아들의 애인은 큰아들이 되었다. 난 고생 안 하고 공짜로 큰아들이 생긴 운 좋은 엄마가 되었다. 우리 식구 모두 큰아들을 참 좋아한다.

이 자리를 빌려 내 큰아들에게 편지를 부친다.

공짜로 얻은 내 큰아들에게

넝쿨째 들어온 큰아들아! 많이 우울하던 아들이 너를 만나 밝아진 것이 참 다행이다. 철없던 우리 애가 지금까지 직장 잘 다니는 것도 네가 옆에 있기 때문이지. 네가 "저희는 행복해요. 아버지 어머니께서 저희를 지지해 주셔서 늘 감사합니다"라고 하고, 둘째도 "행복해요. 저희 잘 살게요. 감사합니다"라고 하니 뭘 더 바라겠니!

너희들 전화를 받고 나면 기뻐서 난 행복한 울보가 되어버린다. 너희는 어렵게 만났기에 사랑의 깊이가 더 없이 깊은가 보다. 솔직히 너희를 보면서 나도 아빠께 양보를 잘 해야지 반성도 하곤 한다.

할아버지 투병 중이실 때 너의 병문안은 큰 위로가 되었다. 너를 좋아하시던 할아버지 장례식 때에도 함께 빈소를 지켜주어서 든든했고. 하늘에 계신 할아버지께서도 언제나 사랑하는 너희를 지켜주실 거야.

너희가 해준 내 환갑 때 선물과 감동의 편지는 잊을 수 없구나. 작은 일에 감사함을…… 아침에 눈 뜨면 새로운 하루의 감사함을 다시 느끼게 해줘서 고맙다. 무엇보다 서로 재미있게 살고 있어서 난 기쁘고 고맙다.

너희들 덕에 부모모임을 하면서 이곳에서 만나는 성소수자들과 부모님과의 만남이 소중하고 모든 분들의 말씀 속에서 배움의 자세로 살게 해줘서 고맙다.

한 가지 바람은 하느님께서 허락하신다면 오래 살고 싶구나. 우리 사랑하는 성소수자 모두 한 인격체로 존중 받을 때까지 살고 싶다. 꼭 그런 날이 오길 희망하며 기쁘게 살자.

우리 아이들을 보며 동성결혼 법제화가 왜 필요한지를 깨닫는다. 비성소수자에게는 낯설고 이해하기 어려울 것이지만, 우리 아이들은 사회적으로 이성 부부들이 당연히 누리는 법적 혜택을 받지 못하는 현실이다. 상속, 연금, 사회복지, 조세, 의료 등 제도적으로 많은 혜택을 받지 못하는 실정이라 그런 불평등을 해소하기 위해 꼭 필요하다.

다른 부모님들을

만나다

　　　7년 전 '친구사이'라는 인권단체를 찾아갔다. 그곳에서, 꼭 만나고 싶었던, 게이를 아들로 둔 부모를 처음으로 만났고, 우리 아들과 같은 성소수자 당사자들을 만났다. 궁금한 것들에 대한 답을 얻을 수 있었고 다시 마음의 부자가 되었다.

지난 시간 비싼 상담료 내가며 받았던 잘못된 상담에서 오히려 상처받고 보냈던 시간들이 안타깝기만 하다. 큰 결심을 하고 이곳을 찾아간 나의 결정에 감사한다. 성소수자 부모로 산다는 것이 처음엔 혼자 걷는 길이라 생각하고 외로웠지만 성소수자부모모임에 와서 같은 인연으로 맺은 관계가 새롭고 소중하게 다가왔다.

마음 깊숙이 자리 잡았던 고독은 이곳에서 많은 당사자들과 부모님들을 만나며 조금씩 치유되었다. 서로 존중하며 솔직한 마음을 나눌 수 있는 여기가 난 참 편하고 좋다. 어느 유명한 정신과 전문의가 말했던 "성소수자는 모여야 한다"는 말이 가슴에 와 닿았다.

나는 성소수자도 모여야 하지만 부모도 함께해야 한다는 것을 깨달았다. 아들 덕에 저절로 난 성소수자부모모임 활동가로 변신하고 세상의 부조리도 눈에 보인다. 성소수자부모모임에서 진정한 사랑을 배우고 건강해지고 매일이 새롭고 감사하다.

지금은 부모와 당사자가 함께 만나는 '성소수자부모모임'이 매월 정기모임으로 진행되고 있다. 처음 자녀가 성소수자인 것을 알게 되어 궁금한 것을 배우러 오는 부모님들, 커밍아웃을 어떻게 해야 할지 고민하는 당사자들, 그 외에 다양한 사연을 가지고 오는 분들. 요즘은 전문 상담사가 내담자인 성소수자의 마음을 이해하고 도움을 주기 위해 찾아오기도 한다. 부모와 당사자가 서로의 상황을 진솔하게 나누고 경청하고 스스로 해답도 찾고 용기와 정보도 얻는 시간이다. 부모님들이 점차 안정을 찾고 서로가 서로의 존재를 사랑하는 모습, 인생의 희로애락이 담긴 아름다운 모습에 보람을 느낀다. 세상 사람들에게 성소수자부모모임을 자랑하고 싶다.

요즘은 여러 행사 초청과 간담회 등에 열 일 제치고 참여하느라 많이 바쁘다. 그리고 나는 행복한 사람이 많아지는, 다양성을 존중하는 세상을 위하여 '성소수자 차별금지법 제정'을 기도 제목으로 하여 매일 하루를 기도로 시작하고 마친다.

내 인생의

터닝포인트

9년 전 게이인 아들을 받아들여야 하는 현실을 마주했을 때 성당 맨 뒤 구석은 나의 자리가 되었다. 나는 아무도 없는 구석진 지정석을 자주 찾곤 했다. 그곳은 조용히 내가 쉴 수 있는 공간이었고 내 피난처였다.

한동안 눈물이 마구 쏟아져 십자가를 바라볼 수가 없었다. 하느님,

해도 해도 너무하십니다. 왜! 하필이면 왜! 제 사랑하는 아들을 건드리십니까! 저에게 이러시면 안 되죠. 실수하시는 겁니다. 전 큰 그릇이 절대 아닙니다. 사람 잘못 보셨어요. 이 어려운 숙제를 어쩌자고 저에게 주십니까! 무릎 꿇고 애원도 해봤다. 매일 하느님을 원망하고 마음껏 떼도 썼다. 그러다 이건 분명 '무슨 뜻'이 있을 것이란 막연한 생각도 들었다.

지금 생각해 보니 2년여의 멈춰진 시간은 난 혼자가 아니었다는 것을 느낀다. 어느 날 신부님의 강론이 떠오른다. 어느 사람이 이 세상을 떠나 하느님을 만났다. 눈길에 자기 발자국과 하느님 발자국이 나란히 걸어가다 인생에서 가장 불행하고 고통스러웠을 때 하나밖에 없는 발자국을 보고 "왜 나를 혼자 두고 어디로 도망치셨습니까!" 불평하자 하느님이 말씀하셨다. "그 발자국은 너무 지쳐 있는 너를 업고 간 내 발자국이란다." 아! 그렇구나. 난 혼자가 아니었구나! 내 인생의 순례 길에서 늘 동행해 주신 하느님이 계시기에 나는 견딜 수 있었다는 걸 깨달았다. 감당할 수 없는 상처를 받은 곳도 교회이고 또 나를 지켜준 곳도 교회였다.

실오라기와 같이 약한 줄을 당길 힘밖에 없는 나를 성소수자의 인권을 찾기 위한 활동을 할 수 있도록 한 뼘 성장하게 해주신 하느님. 하느님은 내 편이 되시어, 약한 나에게 튼튼한 동아줄을 붙잡을 힘을 주셨다. 이보다 더 좋을 수는 없지 않은가!

9년의 세월은 내 인생의 터닝포인트가 된 소중한 시간이다. 가장 사랑하는 아들이 상처받고 있을 때에서야 엄마는 철들고 깨닫는다. 아이들을 통하여 엄마는 배우고 앞으로도 배워갈 것이다. 성소수자 부모모임은 차별과 혐오가 없어지는 세상을 위해 노력할 것이며, 더 이상 성소수자와 가족의 고통이 없어질 때까지 존재할 것이다. 그래 서 행복한 사람이 많아지는 무지개 세상을 꿈꾸며 살아갈 것이다. 앞 으로 고난의 길도 많겠지만 든든한 성소수자 부모님들이 계시고, 있 는 모습 그대로를 사랑하는 당사자들과 함께하기에 용기를 얻을 것이 다. 내 곁을 동행하며 살펴주시고, 지칠 땐 넓은 품으로 안아 위로 해 주시는 분, 나를 활동가로 인도해 주신 주님께 온전히 나를 맡기 고 사랑이 승리할 수 있도록 앞으로 나아갈 것이다.

"하느님께서는 제 편이심을 저는 압니다."(시편 56, 10)

저는

게이 아들의
아빠입니다

지미

하루 두 번의 뽀뽀

저는 스물두 살 게이 아들의 아빠입니다. 먼저 저희 가족을 소개할게요. 우리 집안의 서열 1위, 여보마마가 계셔요. 회사원이고요. 무려 '정규직'이에요. 그다음 서열 2위는 워너원을 사랑하는 고딩 딸이 있고요. 3위는 게이 아들, 마지막 4위는 저예요. 저는 비정규직, 좀 멋진 말로 프리랜서, 기업교육 강사예요. 원래 제 순위는 6위였는데, 집에서 기르던 바다거북이 두 마리가 떠난 후 제 순위가 올라갔어요. 지금부터 2년 전 어느 날, 제 아들의 커밍아웃을 받고부터 지금까지, 저와 저희 가족, 그리고 제 주변에 일어난 일을 들려드릴게요.

우선 이 이야기의 주인공인 제 아들은요, 제가 너무 바쁘고 힘들 때 태어났습니다. 아들은 예뻤습니다. 자기 자식이 안 예쁜 아빠가 어딨겠습니까만, 그래도 제 아이는 예뻤습니다. 30대 초반의 바쁜 나날 속에서 제가 아들을 대하는 시간은 하루에 한 시간 이내였습니다. 휴일도 두 시간을 넘기진 않았고요. 대부분 자는 모습을 봤어요. 자고 있는 아들에게 뽀뽀하고 출근했다가, 퇴근해서 자고 있는 아들에게 뽀뽀하는……. 그러니까 하루 두 번의 뽀뽀가 '수면 중'인 아들에게 제가 하는 '아빠 짓'의 대부분이었지요. 미안한 마음은 없었습니다. 돈 벌기 바쁘다는 핑계로 모든 걸 스스로 용서했나 봐요. 둘째 딸이 태어나기 전까지 아들은 제 변명이었습니다. 회사일에서 느끼는 수치와 모멸감을 버틸 수 있게 해주는.

아들은 건강하게 잘 자랐습니다. 투니버스 채널로 〈도라에몽〉을 즐겨 봤고요. 초등학교에 갔는데 체육을 싫어하더라고요. 등산을 데리고 다녔지만 별로 좋아하지 않았습니다. 그저 아빠를 위해 가주는 수준이었습니다. 집에서 혼자 놀거나 아니면 네 살 밑의 동생을 울렸어요. 지금 생각해 보면 그렇게 크는 건데, 그때는 그걸 몰랐습니다. 제가 아들을 혼낸 기억의 대부분은 동생의 울음 때문이었습니다. 그렇게 혼낸 기억 때문에 아직도 괴롭습니다. 미안해, 아들.

아들은 새로운 걸 좋아했습니다. 초등학교 저학년이던 어느 날, "아빠, 세상에 곤충 다음으로 개체 수가 많은 건 조개고요, 조개의 98

퍼센트는 먹을 수 있대요"라는 놀라운 얘기를 했습니다. 아니? 이 말의 진위 여부를 떠나 '퍼센트'를 알고 있다니!『정글에서 살아남기』같은 책을 즐겨 읽고 저에게 얘기해 주었습니다. 어려운 단어를 기억해서 제게 얘기해 주는 아들이 예쁘고 신기했습니다. 행복했습니다. 어떤 때는 바둑을 배우고 싶다고 해서 바둑학원에 보냈습니다. 조금 다니다 그만두었습니다. 그렇게 다양한 학원들을 조금씩 다니다 그만두었습니다. 미술, 피아노, 만들기, 태권도 등등. 그러다 어느 날 마술을 배우고 싶다고 했습니다. 마술학원에 보냈습니다. 이번엔 오래 다니더라고요. 나중엔 개인교습도 받았고요. 그러더니 모든 가족 앞에서 마술 공연을 했어요. 학교 학예회에도 출연했고요. 인기였습니다. 이건 귀여운 수준이 아니었어요. 대단했지요. 그때는 아들이 커서 마술사가 될 거라 생각했습니다. 아무튼 그때 아들은 남들 앞에 나서기를 좋아했습니다.

아들의 편지

　　　그러다가 중학교에 가며 순식간에 어두워졌습니다. 공부를 못했습니다. 아니, 안 했습니다. 멍하고 있었습니다. 학교에는 흥미가 없었고요. 제게 얘기도 안 했고, 다가오지도 않았습니다. 그냥 사춘기인 줄 알았습니다. 그때 아들은 자신에 대해 알기 시작하고 있었답니다. 저는 전혀 몰랐습니다. 정말 그냥 사춘기인 줄 알았습니다. 멍한 아들을 더 심하게 혼냈습니다. 저는 나쁜 아빠였습니다. 아무것도 모르는. 나중에 알았습니다. 게이인 자신을 발견하고 얼마나 혼란스러웠는지. 너무 미안해, 아들. 그 시기를 버텨 준 아들에게 감사합니다.

중학교 3학년 어느 날, 대학에 가지 않겠다고 하더라고요. 기술을 배우겠다고. 인문계 고등학교에 가지 않겠다고. 겨우 설득해서 인문계 고등학교에 보냈습니다. 하지만 대학엔 가지 않았습니다. 학교에서 자고, 기술학원에서 공부하고, 밤새 기술학원 숙제하고 게임하고, 학교에 가서 자는, 낮밤이 뒤바뀐 생활을 하더라고요. 아들의 고등학교 졸업식날, 아들의 책상에 앉아 눈물을 숨겼습니다. 가기 싫다는 학교에 보내지 말걸. 저는 정말 아무것도 모르는 아빠였습니다. 그렇게 밝고 남들 앞에 나서기 좋아하던 아들이 절대로 주목받기 싫어하고 있었는데……. 저는 정말 아무것도 모르고 있었습니다.

고등학교 졸업하고 바로 '정규직'으로 취업을 했습니다. 그리고 자취방을 얻어 독립했습니다. 혼자 사는 게 자신의 '오래된 로망'이라며. 자취방을 잡아주고 이사하고 온 날, 집이 텅 비었습니다. 그리고 일 년이 지나 '퇴직금'이 발생하는 시점에 퇴직했습니다. 군대에 가겠다고. 다시 집으로 돌아왔지요. 집이 꽉 찼습니다. 두 달 뒤 여름 어느 날, 편지를 주고 나가며 말하더라고요. 자신의 인생계획을 정리했다며 자기가 나가면 읽어 보라고. 그 편지로 커밍아웃했습니다.

처음엔 멍했습니다. 아니 정확히 기억나지 않습니다. 아내는 울었습니다. 아들이 남기고 간 책과 유인물을 읽으려 했지만 눈에 들어오지 않았습니다. 컴퓨터 바탕화면에 동성애 아들과 독실한 크리스천 엄마에 관한 영화를 다운받아 놨답니다. 봤습니다. 영화는 게이 아들이 자살하는 내용이었습니다. 지금 현재 눈앞에 없는 아들이 걱정됐습니다. 그동안 힘들었겠다고, 알아주지 못해 미안하다고 카톡을 보냈습니다. "크크, 네~" 하는 답이 왔습니다. 그날 아들은 들어오지 않았습니다.

커밍아웃 다음날, 아내는 출장을 떠났습니다. 딸에게는 얘기도 못하고 혼자서 끙끙거리며 힘들게 버티고 있는데 아들이 들어왔습니다. 내일 저와 같은 처지에 있는 부모들의 모임이 있으니 같이 가잡니다. 못 가겠다고 했습니다. 당장 어떻게…… 그저 모든 것이 혼란스럽고 두려웠습니다. 아들과 가족의 미래가. 지금 다른 부모들을 만날 때가 아니었습니다. 밤새 뒤척였습니다. 다음날, 어떻게 용기를 냈는지 모르겠지만 부모모임에 같이 가겠다고 했습니다. 그렇게 아들의 커밍아웃을 받은 지 사흘째 되던 날, '성소수자부모모임'에 참석했습니다.

아들의 웃는 모습

부모모임은 낯설었습니다. 부모만 오는 모임도 아니었고요. 부모는 몇명이고, 대부분 성소수자 당사자 젊은이들이었습니다. 부모님들도 저를 빼고 모두 어머니였습니다. 맨 처음 돌아가며 자기 소개를 하는 시간. 멀쩡한 애들이 게이, 레즈비언, 바이였습니다. 처음엔 양성애가 뭔지도 몰랐습니다. 트랜스젠더 어머니들도 있었습니다. 트랜스젠더는 모두 남자에서 여자가 되는 것인 줄만 알았는데, FTM이 있다는 것도 처음 알았습니다. 제 소개를 하는데 목이 메어 말이 잘 나오지 않았습니다. 세 시간 동안 한마디도 하지 못했습니다. 무슨 얘긴지 잘 모르는 대화가 오갔습니다. 어떤 때는 다들 웃기도 했지만 저는 하나도 우습지 않았습니다. 자꾸 슬프기만 했고 그저 멍했습니다. 하지만 한 가지는 명확해지더라고요. 제 아들 같은 젊은이들이 많았고, 모두 밝았습니다. 처음으로 안심하는 순간이었습니다.

아들의 커밍아웃을 받고 맨 처음 든 생각은 아들의 미래였습니다. 성소수자로 어떻게 살아가야 하나. 앞으로 차별을 어떻게 감당하며 살아야 하나. 그런데 부모모임에서 만난 아이들의 모습은 별로 '다르지' 않았습니다. 우선 어둡지 않았고, 모두 예의 바르고 착했습니다. 상냥하게 배려하고 공감했습니다. 내 아들에 대한 걱정이 조금은 가라앉기 시작했습니다. 부모모임을 마치고 뒤풀이에 갔습니다. 어머니들과 함께 앉았습니다. 술이 계속 들어갔습니다. 질문을 시작했죠. 다들 너무 따뜻하게 알려주시더라고요. 어떻게 커밍아웃을 받은 지 사흘 만에 이렇게 부모모임에 나왔냐며 격려까지 해주셨습니다. 대부분의 어머니들이 몇 년씩 인정하지 않았고, 어떤 분은 자녀와 함께 죽자고 했답니다. 장한 아빠라고 칭찬(?)까지 받으니 왠지 모르게 으쓱하기까지 했습니다.

제가 앉은 테이블 저쪽에 아들이 다른 친구들과 얘기하고 있었습니다. 그렇게 밝게 웃으며 떠드는 아들의 모습은 십년 만이었습니다. 눈물이 올라왔지만 참았습니다. 내 아들의 어둠이 걷히고 있음을 느꼈습니다. 그해 가을, 아들이 출연하는 게이합창단 '지보이스' 공연을 관람했습니다. 객석에 앉아 참지 못하고 울었습니다. 아들은 밝게 웃으며 노래하는데, 저는 자꾸만 눈물을 닦고 있었습니다.

아내와 나의
커밍아웃

제 아내는 우리 집안의 서열 1위답게 용감했습니다. 친척들에게 적극적으로 커밍아웃을 하기 시작했고, 자신의 친구들에게도 아들이 성소수자임을 밝히며 차별해서는 안 된다고 적극적인 활동을 하기 시작했습니다. 그러나 저는, 아직 용기를 내지 못하고 있었습니다. 반년 넘게 '성소수자부모모임'에 나가고는 있었지만, 그저 소극적으로 참여하고 있을 뿐이었죠.

그런데 당시만 해도 부모모임에 아빠가 저밖에 없다 보니 각종 언론 취재에 '성소수자의 아빠'로서 응할 수밖에 없더라고요. 처음엔 얼굴을 가리고 출연했지만, 몇 번 하다 보니 저를 드러내는 게 어렵지 않더라고요. 마침내 저도 슬슬 '부모로서의 커밍아웃'에 용기가 나기 시작하던 즈음, 친구들과의 술자리에서 우연히 커밍아웃했습니다. 그날 함께 술 마시던 친구들은 예전에 같이 등산 다니던 친구들이었거든요. 그 등산모임이 매월 둘째 토요일이었고요.

친구들이 "왜 요즘 산에 안 와?"

"매월 둘째 토요일날 다른 모임이 있어."

"무슨 모임?"

"인권운동을 해야 해."

"응? 무슨 인권운동?"

"내 아들이 동성애자라서 '성소수자부모모임'에 나가야 해."

순간, 조용해졌습니다. 그러다가 한두 명씩 격려하더라고요. 힘들었겠다고, 용기 내라고. 그렇게 다소 엉겁결에 첫 번째 커밍아웃을 했습니다.

커밍아웃이라는 게 그렇더라고요. 일단 한번 해버리니까 용기가 나더라고요. 그날 집에 와서 초등학교 동창부터 대학 동창들까지 카톡방을 개설해서 쫘악 커밍아웃했습니다. 한동안 격려 톡이 쏟아졌지요. 그런데 이상한 건, 그다음 친구들 모임에서 아무도 이 얘기를 안 꺼내는 거예요. 마치 제 커밍아웃이 없었다는 듯이. 서운했습니다. 난 뭔가 얘기하고 싶었는데……. 그런데 지금 생각해 보니, 친구들이 이해되더라고요. 친구들도 처음 받은 커밍아웃이었잖아요. 어찌해야 하는지 몰랐던 거죠.

아들이

자랑스럽습니다

　　　　아들의 커밍아웃으로부터 일 년, 제 친구들에 대한 '부모로서의 커밍아웃'으로부터 두어 달이 지났을 때쯤, 2017년 서울 퀴어문화축제가 다가오던 어느 날, 친구가 찾아왔습니다. '그 얘기'를 하고 싶다고. 아들의 이야기와 성소수자의 인권에 대해 신나게 얘기했죠. 그날 밤, 이 친구가 동창회 밴드에 글을 올렸습니다.

　(…) 오늘 그 친구와 함께 술 마시고 이야기했다. 술 핑계로 만나 그 이야기 꺼내 줘서 좋단다. 마음이 찡해 온다. 술 마시고 이야기하는 것 외에 친구로서 할 수 있는 것 하나 더 하려 한다. (…) 7월 15일 퀴어문화축제라는 것이 있단다. 거기에 성소수자 부모들이 부스 차리고 뭔가 한단다. 뭐 하는지 잘은 모르겠지만 부모로서 할 거 뭐 뻔하지 않을까. 자식들이 소수이기 때문에 받을 수 있는 차별, 냉대, 불평등. 이런 것들 줄이고, 똑같은 시선을 받을 수 있도록 뭔가 하는 것이겠지. 부모에게 커밍아웃하고 그게 받아들여진 아이들은 그나마 나은 편인가 보다. 그렇지 못한 수많은 자식들이 있는 모양이다. 그 애기들을 안아주고 보듬는 프리허그 행사도 한단다. (…) 그 녀석이 땀 뻘뻘 흘리며 뭔가 할 그날, 그 자리에, 잠깐이라도 같이할까 한다.

이 글이 방아쇠가 되었나 봐요. 동창회 밴드에 갑자기 친구들의 격려 글이 올라오기 시작하더라고요. 봇물 터지듯이 댓글이 붙었고, 마침내 퀴어문화축제날 스무 명이 넘는 친구들이 함께했습니다. 정말 으쓱하더라고요. 그날 저녁 친구들과 뒤풀이를 하면서, "내가 이상한 아들을 둬서 니들이 고생이 많다"고 너스레를 떨었더니, 그렇게 말하지 말랍니다. 네 아들이 이상한 게 아니고, 네 아들을 이상하게 보는 사람들이 이상한 거랍니다. 겁나 뿌듯했습니다.

그 다음날, 퀴어문화축제에 참가한 친구가 올린 글입니다.

… 친구 덕분에 새로운 세계를 접했고, 친구와 그 아내의 용기와 사랑, 긍정적인 자세, 늘 변치 않는 유머에 경의를 표하며, 인생 참 잘 살았고 앞으로도 잘 살아갈 거라는 확신이 들었다. (…) 오늘 두 사람 덕분에 '사람'에 대해, 내가 생각해 오던 '진실'에 대해 많은 것을 생각해 보는 하루였다.

물론 제 주변 사람 모두가 이렇듯 저를 지지하고 격려하는 건 아닙니다. 일부 친구들은 아직도 불편해 하고, 자신의 종교적 신념으로 저를 설득하고 싶어하기도 합니다. 하지만 지금도 감사하는 건, 일단 제 친척들 '모두'가 지지한다는 것, 그리고 친구들 '다수'가 격려한다는 사실입니다.

제가 성소수자의 '부모'임을 커밍아웃하고, 그들로부터 지지를 받으며 알았습니다. 왜 우리 성소수자 자녀들이 그렇게 커밍아웃을 하고 싶어하는지, 특히 자신의 부모와 가족에게 왜 그렇게 지지받고 싶어하는지 말이죠. 그리고 저의 이런 노력이 최소한 한 '백 명 정도 (?)'에게는 성소수자를 차별해서는 안 된다는 마음을 갖게 했다는 게 뿌듯하고요. 그리고 제일 뿌듯한 건, 이렇게 '사랑'과 '정의'을 알게 해준 아들이 자랑스럽다는 것입니다.

아내의 글

마지막으로 제 아내가 쓴 글을 여러분과 함께 읽고 싶습니다.

저녁 준비를 하는 중, 아들이 편지를 내민다. 오늘 중대한 발표를 하겠다고는 했는데, 무슨 일인지 전혀 감을 잡지 못하고 있었다.

처음 편지를 읽는데, "저는 동성애자예요"라는 문구에서 눈을 뗄 수가 없었다. 아들이 인문계 고등학교에 가지 않겠다고 했을 때도, 수능을 안 보고 대학에 가지 않겠다고 했을 때도 이렇게 앞이 캄캄하진 않았다.

자라 오면서 여러 번 남들과는 다른 길을 가겠노라고 했던 아들에게 이제는 익숙해졌다고 생각했었다. 아들의 편지를 읽는

동안 하염없이 눈물이 흘렀다. 한동안 남편과 아무 말을 주고
받지 못하다가 처음으로 나눈 말이 "그동안 혼자 얼마나 힘들
고 외로웠을까?"였다. 눈물이 멈추지 않는 이유도…….

아들이 편지와 함께 주고 간 책은 차마 볼 용기가 나지 않아
출장짐에 넣어 챙겼다. 거의 뜬눈으로 밤을 새우고 아침에 해
외출장길에 나섰다. 26년째 항공기 승무원으로 일하고 있었지
만, 그날 미국으로 가는 열네 시간이 어떻게 지났는지 모르겠
다. 도착해서 가족 카톡방에 올라온 남편의 글을 확인했다. 아
들과 함께 성소수자부모모임에 다녀왔는데 도움을 많이 받았
다고, 다음달에 같이 가잔다. 아들에게는 엄마는 시간이 좀 걸
릴 것 같으니까 기다려주자고 위로하는 글도 올려 놓았다.

힘든 시간을 잘 이겨내고 있는 남편에게 고마웠다. 하지만 난
아무런 답을 할 수가 없었다. 너무 혼란스러웠고 두려웠다. 거
의 마흔여덟 시간을 못 잤는데도 잠이 오지 않았다. 앞으로 어
떻게 살아야 하는지 길이 보이지 않았다.

호텔방에서 울다가 지쳐 아들이 준 『나는 성소수자의 부모입
니다』라는 부모모임 인터뷰 책을 펼쳤다. 나와 같은 슬픔과 혼
란스러움을 미리 겪은 다른 부모님들의 글을 읽으며 또 눈물
이 났다. 아들이 보라고 한 영화 〈바비를 위한 기도〉도 봤다.
부모에게 부정당하던 바비가 외로움에 자살을 한다. 내가 가
만히 있다가는 내 소중한 아들을 못 보게 될 수도 있다는 두려

움이 엄습해 왔다.

갑자기 아들이 너무 보고 싶었다. 아들이 너무 걱정되고 내 반응에 아들이 상처를 입을 수도 있다는 생각에 톡을 남겼다. 엄마에게 시간을 좀 달라고……. 그동안 힘들었을 아들을 생각하면 너무 마음이 아프고 앞으로 어찌 살아야 하나 두려움이 앞섰지만, 함께 잘 이겨내 보자고 엄마도 노력할게, 라고 카톡을 남겼다. 감수성이 예민한 아들이 걱정되어 최대한 슬픈 감정을 숨겼다. 아들은 늘 그랬듯이 오히려 엄마를 위로해 준다. 괜찮으니, 천천히 하라고…….

힘든 출장을 마치고 한국으로 돌아오면서 작은 결심을 했다. 성소수자인 아들은 내가 지킨다! 성소수자인 내 아들을 내가 부정하면 이 아이는 어디에 의지하고 살 것인가? 스물한 해 동안 착하게 잘 자라준 아들을 위해!

한국에 도착한 후 늦은 저녁, 남편과 아들과 소주에 삼겹살을 먹으며 편지에 다 쓰지 못한 아들의 남은 이야기를 들었다. 그리고 한 달 후 아들과 남편과 함께 성소수자부모모임에 참석했다. 먼저 활동하고 계시던 부모님들의 환대가 많은 위로가 되었다. 부모님들은 씩씩하게 힘든 상황을 잘 이겨내고 있다고 날 격려해 주었고, 모임에서 만나는 다양한 당사자들을 한 없는 사랑의 마음으로 안아주었다.

"저는 스물한 살 게이 아들을 둔……."

처음 참석한 날부터 자기소개 시간에 늘 여기서 말문이 막히고 눈물이 흘렀다. '게이 아들'이라는 말을 내 입으로 자연스럽게 하기까지 오랜 시간이 걸렸다.

부모모임에서 만나게 된 많은 성소수자 당사자들. 처음에는 그들과 얼굴을 마주하는 것조차 낯설고 힘들었지만, 그들이 나의 무지한 편견과 선입견을 없애주었다. 그들은 누구든 있는 그대로의 모습을 인정해 주었고, 예의 바르고 당당했으며, 힘든 현실 속에서도 권리를 찾고자 노력했다. 그들과의 만남이 거듭될수록 "이들이 뭘 잘못했나! 범죄를 저지른 것도 아니고 불치병에 걸린 것도 아닌데. 난 왜 그렇게 슬퍼했나!" 이런 생각이 자꾸 들었다. 결국 성소수자를 대하는 우리 사회의 편견과 무지함이 문제였음을 알게 되었다.

이제 나는 부모모임에서 활짝 웃으며 이렇게 나를 소개한다. "저는 스물두 살 게이 아들을 둔 엄마, 비비안입니다. 성소수자인 우리 아이들이 혐오와 차별을 받지 않는 좋은 세상을 만들기 위해 부모모임에서 활동하고 있습니다. 여기 오신 여러분 모두를 진심으로 환영합니다!"

너도

행복하기를

국화향기

꼬마 시인에서 여중생으로

글쓰기를 좋아한 아이는 시를 써서 나에게 선물하곤 했다. 초등학교 2학년 때 어버이날을 축하한다며 건넨 시는 지금도 내 마음을 따뜻하게 해준다.

… 더울 때에 당신의 얼굴은/맑고 깨끗한 샘물이 됩니다.//꽃밭에 있는 아름드리 소나무 한 그루와 같이 아름답습니다.//맛있는 점심을 싸가지고 뛰어오는 당신을 보면/세상에서 제일 아름다운 꽃들이 나를 반기는 것 같습니다.//사랑하는 당신

은/내가 힘들 때 가장 생각나고 필요한 사람은/바로 당신입니다.

나는 아이의 시와 그림들을 코팅해서 소중히 간직하고 있다. 아이의 일기장 또한 우리집의 역사이자 보물이다. 글을 읽노라면 그때의 추억이 눈앞에 펼쳐지면서 미소가 저절로 지어진다.

아빠는 장사

나와 내 동생은 업히기를 좋아한다. 이제는 너무 자라서 다른 사람이 보는 곳에서는 창피한 마음이 들지만 엘리베이터 안에서는 전혀 딴 세상이 된다. 엘리베이터 문이 열리자마자 나는 아빠의 등에 매달린다. 동생은 아빠의 목을 껴안고 아빠에게 안긴다. 아빠는 우리 둘을 모두 안은 채로 14층 우리 집까지 견딘다. 그러면 엄마는 내려오라고 하신다. 우리는 대롱대롱 매달린 채로 너무 좋아서 소리 내어 웃는다. 우리 아빠는 힘이 장사다. 어렸을 때부터 우리 둘을 안고 다니셨는데 아직까지 힘이 남았나 보다. 난 아빠가 계속 우리를 안아주셨으면 좋겠다. 엄마는 힘들어서 업어주지 않은 지 오래되었다. 우리는 계속 몸무게가 늘어가고 부모님은 나이가 더 많아지고 있다. 아빠가 늙지 않았으면 좋겠다.

그렇게 우리 부부를 행복하게 했던 아이.

중학생이 된 아이는 배우 크리스 콜퍼를 오빠라고 부르면서 무척 좋아했다. 미국 드라마 〈GLEE〉에서 콜퍼가 부른 노래도 열심히 외웠다. 크리스 콜퍼는 극중 동성애자 역할이었고 실제로도 게이라고 했지만 그러려니 했다. 아이는 〈GLEE〉 티셔츠를 구매하고 나중에는 크리스 콜퍼가 쓴 소설책을 해외직구로 구해 읽기도 했다.

그리고 그 영향인지 '청소년문화의 집'에서 운영하는 뮤지컬클래스에 들어가 뮤지컬 공연에도 참여하고, 뮤지컬 〈위키드〉 내한 공연을 보기 위해 5개월 동안 전곡을 외워 티켓 선물을 받아내기도 했다. 그때까지도 난 딸아이의 영어공부 방법을 지지하면서 자랑스럽게 여겼을 뿐, 아이가 크리스 콜퍼와 동질감을 느끼고 있으리라고는 상상하지 못했다.

학교에서 나와
적응하기까지

자라면서 활달했던 성격과 달리 아이는 학교생활에 불만을 토로하며 자퇴하고 싶어했고, 그 과정에서 우리 가족은 많이 다투고 상처를 주고받는 일이 일상화되었다. 우리 부부는 낮과 밤이 바뀐 딸에게 생활습관을 바꿀 것만 강요했을 뿐 아이가 어떤 혼란 속에 있는지 알지 못했다.

아이는 학교를 벗어난 뒤에도 죽고 싶다는 말을 자주 꺼냈다. 나는 겁이 나서 아이를 자극하지 않으려 했고, 남편은 모범생을 바라던 평범한 일상이 사라진 것에 분노하고 슬퍼했다. 나는 왜 나에게 이런 일이 일어났을까 억울하고 분했고, 딸을 괴롭힌 아이들에게 복수하고 싶다는 생각으로 가득 차 있었다. 행동으로 옮길 수는 없었지만 마음속의 폭풍 때문에 내 일생 중 가장 큰 고통의 시간이었다. 나와 아이는 그 시기를 무작정 견뎠다.

몇 달이 지난 후 아이는 자신에게 닥친 변화를 받아들이는 것 같았다. 도시형 대안학교에 등록하고 심리치료 위주의 다양한 수업을 받았다. 한지공예와 도자기공예, 원예 수업, 바리스타 교육, 역사 수업과 글쓰기 수업은 아이의 안정에 도움이 되었다. 다행히, 남편의 권유로 시작한 중국어 공부에 흥미를 느끼며 아이는 밤 시간을 그렇게 채워 나갔다.

중국어 공부를 시작한 지 채 일 년이 되지 않았을 때 아이는 중국 언어연수 장학생선발에 도전해 보겠다고 했다. 열심히 공부하더니 중졸ㆍ고졸 검정고시를 우수한 성적으로 합격해서 장학생선발 기준도 충족시켰다. 그리고 중국어 어학시험도 좋은 점수로 통과했다. 2014년 8월, 만 열일곱 살인 딸아이는 일 년 장학생에 선발되어 중국 후난성 창사로 떠나게 되었다. 우리 가족은 함께 출발하여 기숙사를 돌아보고 여행도 같이 하였다. 겨울방학 때에는 딸아이가 통역을 하면서 친정 부모님을 모시고 9박 10일 동안 여행을 했는데, 얼마나 대견했던지 가슴이 벅찼다.

　난 새로운 곳에서 아이가 자기의 장점을 발견하면서 자유롭게 지
내고 있을 것이라 여겼다. 이제는 아픔을 이겨내고 새롭게 시작할 수
있는 힘이 생겼다고 장담했다. 그리고 언어연수 기간이 끝나갈 무렵
베이징에 있는 대학에 입학이 확정된 후 아이는 여름방학을 맞아서
집에 돌아왔다.

서랍 안에 넣어둔
편지

　　　　여름방학에 돌아온 아이가 어느 날 오후, 내게 다가
와서 하는 말이 자기는 여성을 좋아하는 여성동성애자라고 했다. 지
금 생각하면 정확하게 뭐라고 했는지 잘 기억이 나지 않는다. 처음
그 이야기를 듣고 그냥 "그래, 알았어" 하고 대답한 것 같다. 그렇게
갑자기 커밍아웃을 하고 난 아이는 그 옛날 어린 시절처럼 손으로 정
성껏 쓴 편지를 내게 주었다.

　사랑하는 엄마께
　엄마, 한국에 온 지 5일째. 엄마 아빠 얼굴 보고, 변하지 않은
　게 더 많은 우리 집과 광주의 모습을 보고 정말 좋아요. 난 역
　시 우리집 딸이구나. 광주 사람임을 언제 어디서나 느낄 수 있

으니까요.

저번 일요일, 제가 엄마께 '커밍아웃'했죠? 완전 떨렸어요! 아…… 계속 내가 말하면서도 속으로 '드디어! 세상에! 지금, 내가 내 입으로 말하고 있어!' 생각했다니까요.

엄마, 엄마도 담담한 척했지만 깜짝 놀랐죠? 사실 엄마한테 정말 말하고 싶어서 토요일부터 준비를 했어요. 근데 입이 안 떨어지는 거예요. 엄마가 날 싫어하면 어쩌나. 중국에 다시 못 가게 하면 어쩌나. 설마 정신병원에 보내지는 않겠지? 기도원에서 계속 기도만 시키는 건 아닐까? (동성애는 1970년대 미국 정신의학회에서 정신질환이 아니라고 분류했대요.)

그래도 말하지 않는 건 엄청나게 괴로웠어요. 엄마, 난 4년간 하루도 잊을 수 없는 비밀을 안고 왔어요. 잠도 잘 못 자고 밝혀질까 두려워서 벌벌 떨었어요. 내가 여자를 좋아한다는 게 알려지면, 나의 다른 수많은 장단점, 개성, 특성은 사라지고 동성애자라는 낙인만 남을 것 같거든요. 내 편이 아무도 없을 것 같았어요. 그중에서도 엄마 아빠가 등을 돌린다면…… 하는 상상이 가장 무서웠어요. 그래서 인터넷 검색도 해 보고 조언도 들어 보았죠. 그래서 밤에는 항상 나에게 "나는 정상이야. 동성을 좋아해. 나는 행복해"라고 중얼거렸어요. 그리고 아침에는 내가 동성애자인 걸 자책하고 아닌 척했죠. 그 순간 순간이 너무 괴롭고 지겹고 그래서 지쳐갔어요. 차라리 동성

애자들이 눈으로 보이는 표식이라도 있었으면 했어요. 배척을
받더라도 그래야만 다른 사람들이 주위에 동성애자들이 이렇
게 많고 다양하고 결국 같은 존재란 걸 체감할 테니까요.

엄마. 난 변하지 않았어요. 난 여전히 엄마에게 어리광 부리고
말 많고 예술적 기질이 다분한 딸이에요. 엄마도 젊고, 개방적
이고, 낭만적인 우리 엄마죠. 그게 중요해요.

엄마. 내가 커밍아웃한 이유는 엄마를 사랑하기 때문이에요.
무슨 고민이나 문제가 있을 때마다 엄마는 내 말에 귀 기울여
들어주고, 해답을 찾아 주었는데, 이 경우에는 혼자서 너무 힘
들었어요. 더 이상 엄마가 날 싫어하게 될 것이라는 시뮬레이
션을 돌리고 싶지 않았거든요. 또 만약에 내가 사고로 죽거나
해서 엄마에게 말하지 못하고 죽는다거나 죽기 일보 직전에
말한다면, 내가 지금껏 고민한 시간들이 너무 아깝고 후회될
것 같았어요. 엄마가 사랑하는 딸의 진짜 모습도 모르고 내가
떠난다면 엄마한테 미안할 것 같아요.

엄마가 받아들이기 어려울 것이란 걸 잘 알아요. 엄마, 이건
누구의 잘못도 아니고, 부끄러운 일도 아니에요. 나는 행복해
요. 진짜로요. 엄마한테 커밍아웃한 뒤로는 밤에도 잘 자고,
걱정도 안 해요. 꼭 해방된 느낌이에요. 이래서 커밍아웃한 사
람들이 왜 추천하는지 알겠어요. 엄마, 상상할 수 있겠어요?
꼭 감옥에서 풀려난 느낌이에요. 자유를 찾은 느낌. 방방 날아

다니는 것 같아요ㅎㅎ 엄마. 내가 날 인정하고 커밍아웃하기
까지 4년이 걸렸잖아요. 그래서 엄마가 바로 잘 받아들일 것이
라고는 생각하지 않아요. 그러니까 저랑 행동하는성소수자인
권연대에서 매달 열리는 성소수자부모모임에 같이 가요. 8월
달에도 열릴 거예요. 거기서 이야기하고 듣고요.

아! 엄마, 내 꿈은 언젠가 애인과 엄마랑 같이 식사하고 쇼핑
하는 건데, 도대체 언제 그 꿈이 이뤄질지 기대해 봅시다. 한 5
년 안에는 이루어지겠죠? 아, 그래야 될 텐데ㅜㅜㅜ 찾을 수 있
을랑가? 뭐 지금 겪은 놀라운, 감동적인 이야기들은 모두 십
년 후 토크쇼 이야깃거리들이 되겠죠! 난 성공할 테니까!(해맑
^^) 요렇게 '자뻑'인 딸을 공주야~라고 부르며 아침저녁으로
돌봐주시는 어머님, 감사합니다!

뿅~~~♡ 그럼, 집에서 봐요♡

2015. 7. 15
사랑하는 딸 올림

평소에도 감수성이 풍부하고 특별한 아이라고 생각했지만 아이의
고백은 커다란 충격으로 다가왔다. 나는 편지를 서랍 안에 넣어두고
한동안 다시 꺼내 읽으려 하지 않았다. 혼란스러웠다. 내 안의 감정
들을 잠시 무시하면서 그대로 내버려두고 싶었다.

그 후 일 년이 흐르도록 나는 아이의 성적지향에 대한 얘기를 먼

저 꺼내지 않았다. 아이는 중국에 있었고 난 나대로 내가 있는 자리에서 시간을 보내고 있었다. 그러면서도 한편으로 여러 자료들을 찾아본 것은 내 안에서 아이를 인정하려는 몸부림이었다.

나는 깊은 소외감에 빠졌다. 남편이 아이를 어떻게 대할지 두려웠으므로, 가장 가까운 사람이라고 여겼던 남편에게도 말하지 못했다. 세상에서 나를 이해해줄 사람이 있을까? 내 고통을 누구에게 말할 수 있을까? 아픔을 기도로만 삭이면서 견디고 있었다. 인터넷에서 성소수자를 비난하는 글이 아닌 옹호하는 글을 찾아보면서 개념을 정리하려고 하다가도 감정이 북받치면 한 달 이상 생각을 하지 않으려고 외면했다.

내 아이는
혼자가 아니구나

어느 날 내 머리를 꽝 때리는 깨달음이 왔다. 내가 이 세상에서 가장 힘든 사람처럼 자기 연민에 빠져 있을 때 내 아이는 몇 년 동안 이런 감정으로 지냈겠구나 하는 생각이 문득 들었다. 자신을 받아들이고 싶지만 부정해야 할 때 얼마나 마음의 갈등이 심했을까! 자기 편이 없다는 불안함과 외로움이 얼마나 컸을까? 열네댓 살에 이런 불안을 혼자 감당했을 아이가 떠올랐다. 중학교를 자퇴한 아이에게 실망하고 혼내다가도, 죽고 싶다는 아이를 달래가면서 혹시 아이가 죽을까 봐, 그 죽음으로 인해 내 인생이 불행해질까 봐 아이를 위한 최선의 길을 찾는다고 했지만, 아이의 가장 큰 고뇌는 전혀 모르고 있었던 것이다. 홀로 지금껏 버틴 아이를 응원하지 못하고 지난 일 년 동안 외면했던 내 진짜 모습을 마주했다. 세상에서 날 이해해줄 사람이 없다고 느끼는 그 외로움이 얼마나 컸을까? 정말이지 죽고 싶다던 아이의 절규가 느껴져 가슴이 너무나 아팠다.

그 후 아이의 권유로 서울에 있다는 성소수자부모모임에 함께 참석하기로 약속을 했다. 그리고 남편에게 서울에 다녀오겠다고 말하면서 그만 눈물을 쏟고 말았다. 놀란 남편은 그 순간 갖가지 상상을 다 했단다. 딸아이가 임신중절수술을 하러 가는 최악의 상황을 각오하면서 나를 달랬다고 한다. 나는 딸아이가 동성애자임을 눈물로 고백했다. 내 방황 꼬박 일 년 만에 남편에게 고백한 것이다.

남편의 반응은 의외로 놀라웠다. 우리나라의 사회의식이 더딜 뿐이지 역사적으로 보면 사랑의 형태 중 동성애는 늘 존재해 왔는데 그게 아이의 건강을 해치는 것보다 더 나쁜 상황은 아니라고 말하는 것이 아닌가? 보수적일 줄 알았던 남편의 대답은 명쾌했다.

부모모임에 참석한 첫날부터 선입견이 깨지고 세상을 보는 눈이 넓어졌음을 실감했다. 환한 얼굴로 맞이하는 부모님들의 모습에 자신감을 얻었다. 내 아이는 혼자가 아니구나. 이 공간에서 자연스럽게 자신을 드러내는 당사자들을 접하고 안도감을 느꼈다. 내가 숨 쉬는 바로 여기에 다양한 성적지향과 정체성을 가진 사람들이 이미 살고 있었는데, 내가 무관심했고 무지했던 것이다. 내가 행복할 권리가 있는 것처럼, 이들도 차별받지 않고 행복할 권리가 있음을 깨달았다.

아이가 행복하게
살 수 있는 세상

그동안 장애인생활시설과 노인요양시설 방문봉사, 새터민 청소년 멘토링 활동을 해온 나에게 새로운 관심영역이 추가되었다. 성소수자의 인권을 위해 조금이나마 힘을 보태야겠다는 다짐을 하였다. 또 성소수자는 도깨비처럼 갑자기 나타난 존재가 아니라 바로 우리 곁에 살고 있는, 평범한 누군가의 평범한 자녀라는 것을 알리고 싶었다. 모르는 타인은 쉽게 공격할 수 있어도 가까이 있는 사람이라면 이해할 수 있는 계기가 되고 공부할 기회를 줄 거라 믿었다.

나는 우리 교회의 담임 목사님께 성소수자부모모임에 대해 소개하고 성소수자에 대한 여러 가지 자료를 드렸다. 힘내시라는 목사님의 격려를 받으며, 언젠가는 교회 안에서 이런 문제가 공론화되기를 기대하게 되었다. 지난해 말에는 용기를 내서 부목사님께도 몇 권의 책을 드렸더니, 이미 몇 해 전부터 청소년부와 청년부에서는 젠더교육을 하고 있다고 말씀해 주셨다. 감사하고 감격스러웠다.

그 후 같은 사무실에서 일하는 친한 동료들과 초등학교 동창들에게도 내 아이의 성적지향을 알렸다. 처음엔 놀라는 눈치였지만 대부분 긍정적인 반응을 보여주었다. 중학생인 딸이 자기 학교의 성소수자 친구에 대해 너무 자연스럽게 반응하는 걸 보고 시대의 변화를 느끼고 있다는 동료, 지금껏 인생을 살다 보니까 자신이 알던 것보다 모르는 것이 더 많다는 것을 깨닫게 된다는 친구, 그들의 이야기가 고맙고, 나에게 희망을 갖게 만들었다.

2017년 여름은 나를 흥분시킨 계절이었다. 대구와 서울, 부산의 퀴어문화축제에 참여하고 퍼레이드도 함께 했다. 한꺼번에 수천 명의 사람들과 같은 장소에 함께하고 있다는 것은 정말 짜릿했다. 남편과 나는 퍼레이드 도중 '나 여기 있어요'라고 쓴 피켓을 들고 있는 청년을 바라보았다. 자신의 존재를 이날만큼은 온전히 드러내고 싶은 마음이 느껴졌다.

나는 이제 딸의 성적지향 자체가 비난받을 대상이 아니라는 것을 확실히 알게 되었다. 동성애가 선택가능하다면 누가 이렇게 혐오받는 삶을 선택하겠는가? 자신의 성정체성이나 성적지향을 알게 되었을 때 당사자나 가족이 괴로워하는 것은 두려움 때문이다. 사회에 받아들여지지 않을 것이라는 두려움과 함께 차별과 혐오 발언은 당사자들과 가족들을 아프게 한다. 이제야 나는 젠더교육이 없는 한국 교육의 현실을 보게 되었다.

성소수자 부모들과 비성소수자들이 성소수자 차별 반대운동을 지지하는 것이 정말 중요하다고 생각한다. 학교와 직장에서 수없이 들게 되는 혐오 발언에 맞서서 목소리를 내야 한다. 평소에는 성소수자에 관심이 없던 사람도 주변 사람이 성소수자를 지지하거나 인정한다고 말하면 그 자체로도 인식이 조금씩 바뀐다고 한다.

신분제 폐지, 어린이노동 금지, 인종 차별 반대, 여성참정권 운동, 장애인 차별 반대 등 수많은 인류의 투쟁을 기억한다. 당시에는 사회에 혼란을 야기하고 불편하게 만드는 사람들로 비쳤지만, 차별받는 당사자와 지지자들의 연대로 인류는 한 발짝 나아갈 수 있었다. 이제 성소수자 차별 반대운동이 다음 차례라고 생각한다. 함께하는 이웃들의 목소리가 더 많이 모이기를, 그래서 내 아이도 당당하고 행복하게 살 수 있기를 꿈꾼다.

삶은

신비로운

것

변홍철

"아빠하고 딸 맞아요?"

우리집은 워낙 딸이 귀한 집안이라, 둘째 해빈이는 어릴 적에 특별히 가족들의 사랑을 많이 받았습니다. 특히 돌아가신 제 아버지(해빈이의 할아버지)는 교직에서 은퇴하신 후, 이 귀한 손녀를 돌보고 키우는 데 온 정성을 쏟고 그것을 기뻐하셨지요.

그런데 어릴 때부터 해빈이는 흔히 여자아이들이 좋아하는 아기자기한 물건이나 색깔, 옷 등에 흥미를 느끼지 못했습니다. 지금에야 이런 생각이 성별이분법의 편견에 지나지 않는다는 것을 알게 되었지만, 아무튼 그런 편견에서 자유롭지 않았던 당시 우리 가족은 해빈이가 "별로 딸답지 않다"고 늘 생각했지요. 주위 사람들도 "아빠와 딸 사이 같지 않고 뭔가 좀 독특하다, 너무 쿨하다", "진짜 아빠하고 딸 맞아요?" 하고 농담을 하곤 했습니다.

그러나 행동이나 취향은 사람들마다 개성이 다르니 그럴 수도 있겠거니 하며, 초등학교 다닐 때까지는 가족들도 크게 신경 쓰지 않았습니다. 총명하여 공부를 잘했고, 자연과 사물을 관찰하는 힘이나 글로써 생각을 조리 있게 표현하는 능력이 뛰어났기 때문에 다들 해빈이가 별 문제 없이 잘 성장할 거라고 믿었습니다. 다만 말수가 너무 적고 사교적이지 못한 성격이, 자라면서 좀 바뀌기를 바라는 정도였습니다.

그런데 중학교 이후, 학교생활과 친구 관계 등에서 어려움을 조금 겪는 눈치였습니다. 나이에 비해 지나치게 혼자 생각에 빠지는 경우가 많았고, 매사에 걱정과 회의가 많은 듯했습니다. 표정이 어두울 때가 많았고, 특히 자신의 앞날에 대한 이러저런 고민이 많았습니다.

무엇보다 이 무렵부터 옷차림이나 머리모양 등에서, 또래 아이들과는 다른 취향을 드러내기 시작했습니다. 치마 입는 것을 유독 싫어했고, 거의 남자아이 같은(지금은 이것도 편견이라고 생각하지만) 짧은 머리모양을 선호했습니다.

무언가 도움이 필요하겠다는 느낌이 늘 있었지만, 그러나 그때만 하더라도 아이가 지나치게 예민하고 조숙한 탓이라고 다들 생각했습니다. 학교 성적이 뛰어나고, 글쓰기와 그림 그리기 등 여러 방면에 재능이 있어, 사춘기를 잘 극복하면 별 문제가 없을 거라고 치부했습니다.

그러나 여자 고등학교에 진학한 이후에는 대인 관계와 학교생활이 거의 불가능할 정도로 자기 정체성에 혼란을 겪는 것으로 보였습니다. 특히 치마 교복을 결코 입지 않겠다고 했고, 또래 아이들과 거의 정상적인 친구 관계를 맺지 못하는 듯했습니다. 급기야 숙려 기간을 거쳐, 학교를 자퇴하기까지 했습니다.

돌이켜보면 이 무렵 해빈이의 고통의 실체를 잘 살피지 못하고 변변한 도움을 주지 못했던 것이 아비로서 참 미안하고 후회스럽습니다.

그나마 저나 아내가 평소, 학교성적이나 입시 문제로 아이들을 옭죄는 것은 옳지 않다고 생각했고 또 그런 문제로 해빈이에게 부담감을 준 적은 없었기 때문에, 그런 대로 부모 노릇을 잘하고 있다고 생각했는데, 늘 우울한 얼굴을 하고 힘들어하는 아이 얼굴을 볼 때마다 무엇을 어떻게 해야 할지 몰라 안타까웠습니다.

"꼭 세상이 정해 놓은 시간표와 기준에 억지로 끼워맞춰 살 필요 없다, 누구든 자기가 원하는 것이 무엇인지 내면의 목소리에 귀를 기울이고 그것을 따를 자유와 권리가 있다, 초조하게 생각하지 말고 네가 정말 하고 싶은 공부, 하고 싶은 일을 찾을 수 있도록 응원하고 지지하겠다"고 격려하기는 했지만, 부모로서 솔직히 불안하지 않을 수는 없었지요.

고등학교를 자퇴한 뒤, 혼자서 공부하여 고등학교 졸업인정 검정고시를 무난히 통과하고, 좋아하는 그림 그리기에 열중하며 대학 진학을 준비하는 모습을 보며 조금 안심하기는 했지만, 침울한 표정과 대인 기피에 가까운 행동은 여전히 가족들을 안타깝게 했습니다. 특히 하루의 대부분을 자기 방에 혼자 틀어박혀 있는 것을 옆에서 지켜보며 노심초사했던 할머니(저의 어머니)의 불안은 저에게 또 하나의 근심거리가 되었습니다. 한마디로 가족들이 모두 해빈이의 일거수일투족에 신경을 쓰고 걱정하느라 하루하루 살얼음판을 걷는 것 같았습니다.

해빈이는 급기야 원래 원하던 대학에 합격해 놓고도 등록을 하지 않는 등, 삶의 의미를 찾지 못하고 계속 방황하고 갈등했습니다. 불면증에 시달렸고, 건강도 나빠졌습니다. 원인을 알 수 없는 극심한 복통이 갑자기 찾아와 고통을 호소하기도 했고, 이따금 몸을 가눌 수 없을 정도로 갑작스레 기력이 떨어져 쓰러지기도 했습니다. 그럴 때면 온 몸이 얼어붙은 것처럼 차가워지고, 몸에 핏기가 갑자기 빠져버린 듯했습니다. 병원에서 이런저런 검사를 해봐도, 가벼운 빈혈이 있다는 것 외에 특별한 원인을 찾을 수도 없었습니다.

이렇게 힘든 나날들을 지내다 보니, 가족들은 혹시라도 해빈이가 잘못된 선택을 하지나 않을까 하고 긴장하지 않을 수 없었습니다. 하루에도 몇 명씩 청소년들이 자살을 선택하는 끔찍한 사회, 그런 이야기가 우리 가족들에게는 남의 일이 아니었습니다.

　게다가 도대체 이 모든 일의 원인은 무엇일까, 혹시 부모로서 우리가 무언가를 잘못 하고 있는 것은 아닌가, 우리도 기억하지 못하는 어떤 깊은 상처를 아이의 영혼에 낸 적은 없었나 하는 자괴감이 저와 아내를 한시도 떠나지 않았습니다.

잃어버렸던 아이를
되찾은 기쁨

　　　　그러던 중 해빈이로부터 자신의 성정체성(트랜스젠더)에 관한 토로를 어렵게 듣게 되었습니다. 솔직히 말씀드리면 저는 아비로서 그 이야기를 듣고 충격을 받기보다는 오히려 그동안 풀리지 않았던 수수께끼가 풀리는 듯한 기분이 들었습니다. 도무지 딸 같지 않다고 여겼던 아이의 행동과 취향, 딸과의 관계라고 하기엔 뭔가 늘 조금 어색하던 십수 년의 시간이 주마등처럼 머릿속을 스쳐지나가며, 이해되지 않았던 여러 상황이 비로소 납득되기 시작했습니다. 어려운 퍼즐 조각을 맞출 수 있게 된 기분이었습니다.

　그리고 해빈이가 그동안 혼자서 감내했어야 할 고민과 갈등이 얼마나 외롭고 고통스러웠을지를 생각하니, 너무도 측은하고 미안했습니다.

　물론 해빈이의 커밍아웃을 한번에 쉽게 가족 모두가 받아들일 수 있는 것은 아니었지만, 그나마 다행스러운 것은 우리 가족 모두가 그 전에 녹색당 당원으로서 성소수자 문제에 대해 어느 정도 배울 기회가 있었고, 그 덕분에 조금은 열린 마음을 갖고 있었다는 것이었습니다.

먼저 해빈이의 정체성을 알게 된 저와 아내, 그리고 해빈이의 형인 첫째 아들은 우선 해빈이의 할머니와 외할아버지 외할머니, 가족과 친지들에게 이러한 사실을 한 분 한 분, 차근차근 설명했습니다. 물론 이 이야기를 꺼내기 전에, 과연 가족과 친지들이 어떻게 받아들일지 걱정스럽고 두렵기도 했습니다. 하지만 무엇보다 해빈이의 삶이 중요하고, 또 그것을 위해서는 가족 공동체의 이해와 지지가 반드시 필요하다고 생각했기 때문에 용기를 내어 끈기 있게 설명하고 공유하기 시작했지요.

그런데 뜻밖에도 모두들 마음을 열고 이 사실을 받아들이고, 그동안 힘들었을 해빈이를 다독이고 응원해 주었습니다. 그 과정은 우리 모두에게 너무도 기쁘고 흐뭇한 시간이었습니다. 그동안 가족과 친지들 모임에 함께하는 것을 불편하게 생각했던 해빈이도, 이런 과정을 거치며 훨씬 자유로워졌고, 얼굴이 밝아지기 시작했습니다.

자신감을 얻은 우리 가족들은 이제 주변의 친구와 이웃들에게도 조금씩 이것을 알려 나갔습니다. 물론 해빈이가 그것을 원했기 때문입니다. 역시 가족·친지들처럼 친구와 이웃들도 해빈이의 정체성을 이해하고 받아들여 주었습니다. 우정과 환대로 해빈이와 우리 가족의 사연을 경청하고 마음으로 응원해 주었습니다. 해빈이를 있는 그 대로 받아들일 수 있는 이해의 공동체가 주변에 형성되기 시작했고, 조금씩 넓어지기 시작했습니다. 그야말로 숨통이 트이는 기분이 들 었습니다.

이런 과정을 겪으며 저는, 이러한 너그러운 이해와 인정의 바탕에 는, 지금까지 우리 사회에서 트랜스젠더를 비롯한 성소수자들의 권 리를 위해 편견과 혐오에 맞서 싸우고 힘들게 일해 온 많은 분들의 노고가 깔려 있다는 것을 절실하게 느낄 수 있었습니다. 해빈이 이 야기를 들은 대부분의 사람들이 "아, 그래, 무슨 이야기인지 알고 있 다. 아주 남의 일인 줄만 알았는데, 해빈이가 바로 그렇구나" 하는 반 응을 보였기 때문입니다. 그만큼 이미 우리 사회에도 성소수자들이 '우리'의 자연스런 일부라는 인식이 꽤 널리 퍼져 있고, 또 대부분의 사람들이 그것을 받아들이고 있거나 적어도 혐오나 편견으로 대할 문제가 아니라는 정도의 생각이 '상식'으로 자리 잡아 나가고 있다 는 것을 확인하게 되었습니다.

해빈이의 커밍아웃 이후 아내는 '성소수자부모모임'의 회원이 되 어 공부하고 활동하기 시작했습니다. 저는 저대로 이런저런 모임과 활동에서 성소수자들의 권리와 관련한 쟁점들에 대해 더 배우고 또 연대하고 있습니다. '우리 아이'만의 문제가 아니라, 이것이 우리 사 회와 시대에 대해 더 깊이 이해하는 중요한 열쇠라는 생각을 절실 하게 하게 되었기 때문이지요. 해빈이 덕분에 인간과 세계에 대한 이해가 조금 더 넓어지고 깊어져 간다고 우리 가족들은 생각하고 있습니다.

빛을

함부로 꺼뜨려서는

안 된다

　　　　한편, 해빈이의 뜻대로 전문가와 상의하여, 해빈이가 자신의 정체성대로 사는 데 도움이 되는 의료적 처치들을 받아왔습니다. 이제까지 자신의 몸을 도저히 받아들일 수 없어 가슴을 칭칭 동여매었던 압박붕대를 풀고, 유방을 절제했습니다. 젖가슴을 숨기고 싶어서, 건강에 무리가 올 정도로 가슴을 답답하게 조여 왔던 아이를 생각하면 아비로서 너무 미안하고 안타까웠습니다. 자궁을 적출하고, 남성 호르몬 주사를 맞기 시작했습니다. 자기 정체성대로 살고 싶다는 바람 때문에 해빈이는 이 힘든 과정들을 씩씩하고 담담하게 잘 겪어 왔습니다.

　이제 해빈이는, 아니 '우빈'이는 누가 보더라도 멋진 남자 청년으로 보입니다. 해빈이는 자신의 정체성에 따라 남성으로 살기를 바라면서 자기 이름을 '해빈'에서 '우빈'으로 고쳐 불러 주기를 바랐습니다. 그 뜻을 존중해서 가족들은 '우빈'이라고 부릅니다. 또 얼마 전 법원에서도 개명 신청을 받아들여, 이제 법적으로도 이름을 '우빈'

으로 바꾸게 되었습니다.

우빈이는 하루가 다르게 표정이 밝아지고, 말수가 늘어가고 있습니다. 십수 년 만에 우빈이가 밝게 웃는 얼굴로 자기 이야기를 하는 모습을 보면서 가족들은 이제야 한 시름을 놓고 있습니다. 자신의 삶에 대해 의욕과 애착을 갖고 앞날을 준비하는 모습을 보면서, 마치 잃어버렸던 아이를 되찾은 듯한 가슴 뻐근한 기쁨을 느낍니다.

친지와 이웃, 친구들도 이제 우빈이를 스스럼없이 남성으로 받아들이고 있습니다. 우빈이도 그동안 서먹서먹했던 친지들, 이웃들, 친구들과 더 밝은 얼굴로 만나고 관계를 회복해 가고 있습니다. 물론 이제 이름도 다들 우빈이라고 부르는 것이 자연스럽게 되었습니다.

공익인권변호사모임 '희망을 만드는 법'(희망법)의 도움을 받아, 가족등록부(성별) 정정 신청도 대구가정법원에 냈습니다. 박한희 변호사 등 '희망법' 변호사님들의 헌신적인 도움 덕분에 막막하기만 했던 절차를 밟아 나가는 데 큰 용기와 지혜를 얻게 되었습니다. 또 의사와 관련 분야 전문가 선생님들, 가족과 친지들, 이웃과 친구들이 우빈이의 성별정정을 지지하는 탄원서를 써 주었습니다. 이런 지지와 응원에 힘입어 지난 12월 13일, 법정에서 심리에 임했습니다.

저는 미리 제출한 '부모 동의서'에서 "존경하는 판사님, 저는 우빈이의 아비로서, 아들이 자신의 정체성을 그대로 존중받으며 행복하게 살 수 있기를 간절히 바랍니다. 그래서 판사님께서 우빈이가 남성의 신분으로 당당하게 살 수 있도록 법적인 선처를 해주실 것을 간곡히 부탁드립니다. 판사님의 선처로 우리 사회가 우빈이를 있는 모습 그대로 받아들일 수 있도록 도와주십시오" 하고 호소했습니다.

이날 우빈이는 판사 앞에서 당당하게 이렇게 말했습니다. "저는 대학에 합격해 놓고도 등록을 포기했습니다. 제 정체성과 다른 여성의 신분으로 입학해서는 정상적인 학교생활을 할 수 없겠다고 생각했기 때문입니다. 저는 지금 취업을 준비하고 있지만, 역시 법적인 여성 신분으로는 제대로 된 사회생활도 하기가 어렵습니다. 제 정체성과 다른 법적 신분 때문에 저는 제가 하고 싶은 공부도, 일도 포기하면서 살아왔고, 앞으로 그래야 할지도 모릅니다. 저도 공부하고 싶고 일하고 싶습니다. 행복하게 살고 싶습니다. 제가 삶을 포기하지 않고, 행복하게 살 수 있는 권리를 포기하지 않도록 판사님이 도와주십시오."

우빈이와 우리 가족은 가족등록부 정정 신청이 받아들여지기를 기다리고 있습니다. 누구라도 그러하듯이 우빈이의 삶도 앞으로 수많은 어려움에 부딪칠 수밖에 없겠지만, 우빈이가 자신의 정체성 그대로 떳떳하고 당당하게 삶의 현장에서 그 어려움들과 맞서 싸우며 성숙해 갈 수 있는 '기회'를 국가와 법이 열어 주기를 바랍니다.

우빈이와 같은 성소수자들은 자신들의 정체성을 있는 그대로 존중 받아야 마땅합니다. 비록 사회 일각에서는 아직도 이들의 정체성을 인정하지 못하는 시각도 있으나, 날이 갈수록 사회 전반적으로 성소수자들의 존재와 당당한 삶을 누릴 권리를 인정하고 보장해야 한다는 인식이 확산되고 있습니다.

　저와 가족들은 모두 가톨릭 신자입니다. 하느님을 믿는 사람들입니다. 저는 제 아들 우빈이와 같은 성소수자들의 존재는 하느님이 창조한 이 세상의 놀라운 다양함의 귀한 일부라고 믿습니다. 풍성한 피조물들의 꽃밭의 한 부분에는 우빈이와 같은 트랜스젠더들도 당당하게 자신의 색깔과 향기를 발할 권리가 있다고 생각합니다. 우리 모두의 삶은 하나하나가 다 아름답고 신비로운 것입니다. 누구도, 어떤 제도나 힘도, 그 삶의 신비로운 빛을 함부로 가리거나 꺼뜨려서는 안 됩니다.

　* 2018년 2월 23일 대구가정법원은 우빈이가 낸 가족관계등록부 정정 신청을 '허가'한다는 결정을 했습니다. 법원은 우빈이의 신청이 '이유 있'다고 본다고 밝히고 있습니다.

엄마를
성장시켜준
아들

지인

벽장 속으로 들어간 아들

나는 하고 싶은 공부가 많았던 것 같다. 정치학, 법학을 거쳐 나이 들어 다시 심리학 공부를 하였고, 현재 직업은 심리상담사이다. 하지만 성소수자에 대해 전혀 배운 바 없었던 나는 아들이 게이라는 것을 알게 되었을 때 아이의 힘든 마음을 헤아리지 못하고 상처를 주며 엄마로서도 상담사로서도 제대로 역할을 해주지 못했다. 앞으로도 그 점이 가장 후회되고 평생 미안한 마음을 갖게 될 것 같다.

'해피보이'라는 별명을 가졌던 둘째 아들은 항상 밝고 부모에게

웃음을 주는 사랑스러운 아이였다. 형과 다섯 살 터울로 태어난 둘째
는 태어난 지 이틀 만에 방긋방긋 웃기 시작했고, 언제나 미소 짓는
얼굴로 날 바라보곤 했다. 아들은 마치 나를 행복하게 해주기 위해 태
어난 아이 같았다. 예의 바르고 배려심 많으며 남을 돕는 것을 좋아해
서, 아이 친구들의 부모님들이나 초등학교 선생님들 누구에게나 사
랑받는 아이였다. 여자아이들에게도 인기가 많아 거의 몰표를 받으
며 초등학교 6학년부터 중·고교까지 전교 회장·부회장을 맡았고,
몇몇 친구 어머니들에게서 딸이 우리 애를 좋아해서 잠도 못 이룬다
는 얘기를 듣기도 했다. 6학년 때 담임선생님은 아들이 항상 여자애
들에게 둘러싸이곤 한다고 했다. 속 썩인 적 없는 아들은 자기 일을
알아서 잘 하는 착한 아이였고 난 그런 아들이 마냥 사랑스러웠다.

그러던 아들의 얼굴빛이 어두워지기 시작한 것은 중학교에 들어
가면서부터였다. 아들은 괴롭히는 아이들 때문에 오랜 기간 힘들어
하다가 내게 도움을 청했고, 나는 해결을 위해 전전긍긍했다. 그때만
해도 난 아들이 다른 아이들보다 마음이 여리고 남에게 싫은 소리를
하지 못해 어려움을 겪는 것이라고만 생각했다.

아들이 동성애자라는 것을 알게 된 것은 열여섯 살을 넘길 무렵이
었다. 아이가 친구에게 자신이 게이라고 쓴 문자를 보게 되었다. 난
머릿속이 멍한 상태가 되어 한참 동안 그대로 머물러 있었다. 그리고
곧 아들을 설득하려는 마음으로 조급해지기 시작했다.

"네가 성인이 되어도 게이라고 생각한다면 엄마가 인정해줄게."

나는 아들에게 아직 어려서 성정체성에 대해 잘못 알고 있는 거라고, 남자아이들과 친하고 싶은 마음에 동성애자로 착각한 것 같다고 말도 안 되는 말을 늘어놓았다. 아이 친구 탓을 하기도 하고, 어릴 때 얼마나 씩씩했는지 사진도 보여주고, 그래도 확신을 하는 아들에게 결국 동성애자를 혐오하는 말까지 하게 되었다. 나는 그것이 곧 아들 자신을 혐오하는 말로 들릴 것이라는 생각을 하지 못했다. 당시 난 아이의 생각을 돌려야 한다는 생각뿐이었다. 아이에게 같이 절에 들어가 6개월쯤 쉬다 오자고도 해봤고, 그렇게 살 거면 차라리 엄마랑 같이 죽자는 말까지 하기에 이르렀다. 나는 아이가 세상의 편견 속에서 불행하게 살아가야 할지 모른다는 걱정으로 막아야 한다고 생각할 뿐, 아이의 마음이 어떠할지 헤아리지 못했다. 아들은 고통스러운 표정으로, 엄마가 좋은 엄마인 줄 알았더니 실망이라고 했다. 온갖 상처에 아파 하던 아들은 결국 믿었던 엄마에게서조차 상처를 받고 더욱 어두운 벽장 속으로 들어가고 있었다.

엄마의 죄책감

그날 이후 난 죄책감에 시달리기 시작했다. 첫 번째 죄책감은 '내가 아들을 그렇게 키운 것은 아닌가' 하는 생각에서였다. 엄마의 영향을 받고 여성에 동일시된 건 아닌지, 너무 여리고 착해서인 건 아닌지, 중·고등학교 때 아이를 힘들게 한 녀석들을 혼내

주어야 했던 건 아닌지. 모두 '무지'에서 갖게 된 죄책감들이었다.

난 동성애에 관한 영화와 자료들을 찾아보기 시작했다. 동성애자의 경우 스스로 성적지향을 알게 되는 나이가 평균적으로 13~15세이고 트랜스젠더는 5, 6세 때 자신의 성정체성을 깨닫게 된다는 것을 알게 되었다. 당시 아들에게 언제부터 성적지향을 알게 되었는지 물으니 초등학교 때부터라고 대답했을 때 난 말도 안 된다며 무시했던 것이 생각났다. 그렇게 일찍부터 알고 혼자 마음고생을 했겠구나 생각하니 마음이 아팠다. 그러던 중 큰아들의 권유로 〈바비를 위한 기도〉라는 영화를 보게 되었다. 그 영화는 동성애자 아들이 기독교 신자인 어머니의 극심한 편견과 강요로 힘들어하다가 결국 죽음을 선택하게 된 실화를 다룬 미국 영화이다. 아이의 죽음 후 어머니는 마지막 연설장면에서, 매일 아이에게 악에서 나오라며 동성애자에 대한 저주를 퍼부었는데, 정작 아이를 지옥에 밀어넣은 것은 자기 자신이었다는 것을 알게 되었다고 토로한다. 영화를 본 후 난 한참 동안 자책의 눈물을 흘렸다. 아들을 죽음으로 몰아간 그 어머니의 모습에서 내 자신의 모습을 볼 수 있었다.

많은 자료들 속에서 나는 성소수자들이 얼마나 힘든 날들을 겪는지 알게 되었다. 청소년 성소수자의 자살 시도율은 47퍼센트에 이르고, 77퍼센트나 자살 생각을 하고 있다는 통계를 보았다.(한국청소년복시개발원, 2006) 누가 자살할 정도로 힘든 삶을 살면서까지 성소수자로서의 삶을 선택하려고 하겠는가? 누가 편견과 혐오의 대상이 되는 성소수자를 자처하고 싶어하겠는가?

성소수자의 심리적 어려움은 성정체성 그 자체에서 생겨나는 것이 아니라, 성소수자에 대한 적대적 반응과 차별의 경험과 맞닿아 있다. 그중에서도 성소수자들이 겪는 스트레스의 가장 큰 원인은 가족들의 거부라는 것을 알게 되었다. 가족에게 성정체성을 이유로 강하게 존재를 부정당한 성소수자들의 자살 시도율은 여덟 배나 높다는 통계를 보았다.(Ryon, 2010) 성소수자들에게 가장 도움이 될 수 있는 건 가족이고, 가장 위험에 빠뜨릴 수 있는 것도 가족인 것이다.

조금만 생각해봐도, 누군가에게 끌린다는 감정은 부모가 강제로 바꿀 수 있는 것이 아님이 자명한데, 난 왜 그때 생각조차 해보지 않고 어리석은 행동을 했을까? 스스로를 부정하고 힘들어하다 겨우 받아들이고 소외감을 이겨내려고 했던 아이에게 그렇게 살면 불행할 거라고 저주를 퍼부었으니, 나는 편견으로 뭉쳐 있는 동성애 혐오주의자들과 다를 것이 무엇이었나? 난 자식을 믿어주지 않고 내 마음대로 조정하려 한 어리석은 엄마였던 것이다.

이를 깨닫고 나니 또 다른 죄책감이 밀려왔다. 혼자 괴롭게 보냈을 오랜 시간을 엄마로서 알아주지 못했다는 자책과, 아들의 생각을 바꾸려고 자신을 혐오하게 만들 수도 있는 말로 상처를 준 것에 대한 죄책감이었다. 나는 이 두 번째 죄책감 때문에 앞으로도 평생 미안함을 안고 살 것 같다. 난 엄마로서 아이의 편에서 아이가 어떤 마음일지 한 번이라도 생각했어야 했다. 아들 곁에 서자 더 많은 것이 보이기 시작했다. 마침내 나는 동성애자의 삶도 얼마든지 행복할 수 있다는 것을 깨닫게 되면서 희망을 갖게 되었다. 그리고 아들이 동성애자임을 겸허히 받아들이고 아이의 편에서 힘이 되어주기로 마음먹었다.

내가 살아갈
방향

이러한 죄책감들로 하루하루 힘들게 보내던 나는 나와 같은 처지인 성소수자의 부모님들을 만나고 싶다는 생각이 들었다. 성소수자 인권단체에 연락해서 부모님들을 만나게 해달라고 부탁하였고 며칠 후 다른 부모들과 만날 수 있었다. 그날 나는 같은 상황의 부모님들을 만나는 것만으로도 많은 힘을 얻었다. 자녀들이 잘 살아가고 있다는 이야기를 듣고 마음의 평온을 찾게 되었다. 우리 아이와 어딘가 비슷한 느낌이 드는 당사자들을 보며 친근감이 느껴졌고, 자신의 길을 열심히 가고 있는 그들을 보면서 희망도 생겼다.

이후 모임은 매월 자연스럽게 이어졌고, 나는 어느새 나와 같은 처지의 부모님들에게 위안을 주고 돕는 입장이 되었다. 자녀의 성정체성을 알게 된 후 부모모임을 찾는 부모님들, 커밍아웃을 준비 중이거나 커밍아웃 후 부모와 갈등하며 힘들어하는 성소수자 당사자들이 부모모임을 찾아왔다. 처음 1년 이상은 부모의 참여가 너무 적어 모임을 계속 이어가는 것조차 어려웠지만, 함께 모임을 만든 모리 님의 헌신적인 노력과 마음을 나누려 찾아오는 당사자들의 간절함이 있었기에 나는 끈을 놓지 않았다. 그렇게 서로를 의지하고 함께하기 위해 시작된 성소수자부모모임은 어느덧 4년간 이어져오고 있다. 부모모임은 점차 내 삶에서 가장 중요한 부분이 되었고 내가 살아갈 방향을 이끌어주었다.

2014년 6월, 퀴어문화축제에 처음 참가했던 신촌에서의 경험을 나는 잊지 못한다. 그날 나는 '아들아, 있는 그대로의 너를 사랑한다' 라고 쓴 피켓을 들었고, 축제에 참가한 많은 사람들에게서 지지의 박수와 응원을 받았다. 그러나 그곳에는 성소수자의 존재를 반대하고자 모인 수백 명의 보수 기독교 혐오세력들도 있었다. 한 아주머니는 내 피켓을 빼앗아 부러뜨리고는 바닥을 뒹굴며 소리를 질렀다. 치료받아야 할 사람들까지 몰고 온 교회의 행태가 어처구니없었고 양심을 저버렸다는 생각이 들었다. 그들은 급기야 퍼레이드를 막고자 단체로 바닥에 누웠고, 우리들은 모두 그대로 서서 기다렸다. 그렇게 세 시간쯤 지나고 해가 진 후에야 퍼레이드를 진행할 수 있었다. 어두운 밤 11시가 다 되어 퍼레이드를 함께 마친 수많은 성소수자들과 지지자들을 보면서 난 감격과 슬픔의 눈물을 흘렸다. 일 년에 단 하루 벽장 속에서 나와, 자긍심을 갖고 자신의 목소리를 내고자 하는 축제조차 제대로 할 수 없는 현실이 안타까워 가슴 아팠다.

다음해에는 시청 앞 서울광장에서 퀴어문화축제를 개최할 수 있게 되었다. 마찰을 막기 위해 경찰의 보호막이 쳐졌고, 각국 대사관과 외국계 회사들, 인권단체들이 준비한 100여 개의 부스가 만들어졌다. 우리 부모모임도 부스를 만들어 행사에 참여하였다. 그 후 매년 열리는 퀴어퍼레이드에서 점차 더 많은 성소수자 부모들과 함께 행진하며 뿌듯함과 자부심을 느꼈고, 나는 더 단단해져갔다. 내 발걸음은 힘차고 가벼워졌으며 더 이상 슬프지 않았다.

2016년 5월, 부모모임은 아시아 LGBT 부모모임 초청 포럼을 개최하였다. 그날 중국 성소수자부모모임에서 오신 아버지의 가슴을 울리는 발언을 잊을 수 없다. 그는 "목숨 다하는 날까지 자식을 위해 성소수자에 대한 사회인식을 바꾸는 데 온 힘을 다하겠다"고 힘주어 말했다. 자식의 행복을 바라는 부모의 마음은 어디나 같구나.

내가 바라는
세상

　　　　　성소수자부모모임의 존재는 점차 세상에 알려지기 시작했고, 그 일에 매진하며 나는 바쁜 나날을 보내게 되었다. 성소수자 교육을 필요로 하는 곳은 어디든 달려가 강연을 하였고, 퀴어영화제, LGBT인권포럼 등 각종 성소수자 단체의 행사에 패널로 참여했다. '국제성소수자혐오반대의날' 행사에서 혐오와 차별을 반대하는 발언도 하고, 차별금지법을 위한 행사와 성소수자의 군인권을 위한 시위에도 참가하였다. 여러 신문, 방송매체와의 수많은 인터뷰에서 성소수자부모모임을 소개하고 성소수자의 권리를 피력하였다. 그렇게 난 어느새 성소수자의 인권을 위해 뛰는 인권활동가가 되어 있었다.

또, 나는 상담심리사로서 많은 성소수자들과 가족들을 만나 그들의 고충을 들어주며 세상에서 혼자만 고립되었다고 느끼고 있는 성소수자들에게 조금이나마 도움을 주는 일을 하게 되었다. 그리고 너무나 많은 상담 종사자들이 성소수자 내담자에게 자신의 편견대로 상담을 하여 오히려 우울 및 자기혐오 등 악영향을 끼치는 것을 보고, 상담심리사가 성소수자와 가족들을 상담할 때 알아야 할 지침들을 모아 「가족의 거부로 인한 성소수자의 정신건강 연구」라는 논문을 써서 학회지에 등재하였다.

이제 스물두 살이 된 둘째는 미국에서 학업을 이어가고 있다. 고군분투하며 자신의 길을 찾아가고 있는 아들이 대견하다. 큰아들은 잘못된 사회 인식을 바꾸겠다고 인권활동을 하는 엄마가 자랑스럽다고 응원해 주고 있으며, 남편도 다른 성소수자들을 돕는 일이 결국 우리 아이를 위해서도 좋은 일이 될 것이라며 격려해 준다.

아들 덕분에 나는 소수자의 인권에 눈뜨게 되었고 다른 사람을 돕는 일에서 보람을 느끼게 되었다. 무엇보다도 아들은 그동안 스스로 좋은 엄마라고 착각하던 나를 깊이 반성하고 돌아보게 해주었다. 엄마를 행복하게 해주었던 아들은 더 나아가 엄마를 성장시켜 주었다. 나는 아들에게 상처를 준 행동을 사과하고 이제 엄마는 사회를 바꾸겠다고 말했다. 온갖 혐오를 버텨내고 꿋꿋이 자신의 길을 가는 아들이 자랑스럽고 고맙다. 또한, 편견과 차별로 힘겨운 시간을 견뎌내면서도 자신을 인정하고 당당히 살아가는 모든 성소수자들에게 고마움을 느낀다.

내가 바라는 세상은, 모든 사람들이 서로 다름을 인정하고 비성소수자와 성소수자가 서로 존중하며 함께 어우러져 살아가는 세상이다. 성소수자들이 벽장 속에 숨지 않고 자신만의 개성과 아름다움을 자유롭게 드러낼 수 있는 세상, 부모에게 당당히 커밍아웃할 수 있고 부모도 자녀를 있는 그대로 인정해 주는 세상, 성소수자라는 이유로 상처받거나 차별받지 않는 세상이다.

지금껏 수많은 성소수자들과 가족들에게 고통과 비극을 안겨준 혐오와 편견이 사라지는 날이 오기를 간절히 바란다. 그날을 위해 우리 모두를 응원하며 성소수자부모모임은 오늘도 세상에 외친다.

"성소수자가 행복할 권리, 당신이 행복할 권리와 같습니다!"

내 딸은
레즈비언이고,

나는
'딸 바보'다

문재욱

근거 없는 믿음

나의 딸 린이는 어릴 때부터 치마를
즐겨 입지 않았다. 인형 놀이를 한 기억은 별로 없고 대신 농구와 스
케이트보드, 비디오게임, 레고를 좋아했다. 카키색 바지와 닥터마틴
부츠를 좋아했다. 중학교 때에는 치마를 억지로 입긴 했지만, 고등학
교에 가서는 기어이 교복 바지만 입고 다녔다. 머리는 남학생들처럼
짧은 커트였고 검정 뿔테 안경에 바지를 입고 심지어 팔자걸음을 걸
었다. 뒤에서 보면 영락없는 남학생이었다. 음식점에서 여자 화장실
을 가려고 하면 종업원이 "얘야, 거긴 여자 화장실이야!" 하고 제지

하거나 옆 테이블 손님들이 딸아이를 보고 수군덕거리기도 했지만 대수롭지 않게 여겼다.

하지만 딸이 남과 다른 삶을 살아가고 있다는 것을 어렴풋이 느꼈을 때는 아마도 고등학교 시절이었던 것 같다. 같은 반의 여학생을 좋아했는데 그 여학생의 엄마가 내 아내에게 풍문을 전하며 일종의 사인을 보냈지만, 나는 여전히 대수롭지 않게 치부했다. 흔히 고등학교 시절엔 남학생끼리 혹은 여학생끼리 세상에 둘도 없는 우정을 쌓아가는 시기가 아닌가, 하고 말이다. 딸이 사춘기의 보통 아이들처럼 남학생에게 관심이 별로 없었다는 것은 한참 뒤에야 깨달았다. 후회되는 일이지만 당시에는 맞벌이 부모의 바쁜 일상 속에서 딸에게 세심한 관심을 갖지 못했다.

〈내셔널 지오그래픽〉 2017년 1월호에 따르면 "성정체성이 일반적으로 유아기 때 명확해지는 반면 매력을 느끼거나 사랑에 빠지는 대상과 관련 있는 성적지향은 더 늦게 확립된다. 조사에 따르면 성정체성과 마찬가지로 성적지향 역시 바뀔 수 없다"고 한다. 그러나 당시에 나는 무식하게도 성적지향은 바뀔 수 있다고 여겼고 시간이 지나면 괜찮아질 거야, 하고 근거 없는 믿음을 가졌다. 그 사이 딸은 자신의 성정체성과 성적지향으로 인한 걱정, 불안함과 우울함, 점심시간에 혼밥을 먹는 따돌림을 오롯이 혼자서 감내해야 했다. 그때를 떠올리면 지금도 가슴 한편이 아리다.

운 좋게도 딸은 원하는 대학에 입학했다. 나는 대학생이 되어 새

출발을 하는 딸이 보통의, 평범한 대학생이 되기를 바랐다. 그러나 기대와는 달리 새로운 '남자친구' 소식은 없었다. 자취를 하고 있던 딸에게서 들리는 소식은 활기찬 대학 생활과 새로운 '여자친구'에 관한 이야기였다. 멀리서 자취하니 딸 가진 부모의 심정으로 여자를 좋아하고 남자에 관심 없으니 차라리 다행이다 싶기도 했다. 그러나 졸업을 한 학기만 남겨둔 방년 이십육 세의 아름다운 딸에게 남편감이 앞으로도 없을 거라는 예상은 대(代)가 끊기는 아픔이었다.

딸의 커밍아웃,

그것을

받아들이기까지

　　　　흔히 암환자가 겪게 되는 심리 5단계가 있다고 한다. 부정, 분노, 타협, 우울, 수용. 나도 이런 비슷한 과정을 겪은 것 같다. 나의 경우는 1단계 '부정'의 기간이 길었다. 나는 이성애자이고, 아내도 그러하고, 부모 형제도 전부 다 이성애자임에 틀림없고, 주변에서 동성애자는 단 한 번도 본 적이 없었다. 첫딸 린이가 처음이었다. 당연히 이해할 수 없었고 "이게 뭐지!"하면서 판단 보류 상태였다. 동성애에 대한 기초 지식도 없었고 딸과 내 자신에게 뭐라 해줄 말을 찾지 못했다. 그래서 "아닐 거야, 내 딸이 그럴 리가 없어"라고만 생각했다. 딸의 입장에서는 '우울' 단계가 길었던 것 같다. 자신의 성적지향에 대하여 가장 가까운 부모에게서 이해와 존중 그리고 지지를 얻기까지 아주 오랜 시간이 걸렸으므로.

부정의 반대는 긍정과 존중이다. 긍정하고 존중하기까지가 큰 고비였던 것 같다. 큰 고비를 넘으니 수용까지는 그리 오래 걸리지 않았다. 딸의 고1부터 대학 졸업을 한 학기 남겨둔 지금까지 근 십 년 동안 서서히 딸의 성적지향을 수용하는 단계까지 온 것 같다.

상대적으로 '분노'의 단계가 짧았던 것은 틈 나는 대로 미국 영화나 미국 드라마를 가족끼리 즐겨 보고, 다양한 주제로 터놓고 대화할 수 있었던 덕분이었다. 미국 의학드라마 〈그레이 아나토미〉에서 정형외과 의사 캘리와 소아과 의사 애리조나의 티격태격 사랑 이야기가 이성 커플과 다르지 않았고 드라마 속에서는 동성 커플이 혐오의 대상이나 차별의 대상이 되지도 않았다. 드라마에 빠져서 즐겁게 보니 이해되었고 동화되었고 자연스러웠다. 가랑비에 옷 젖는 줄 모른다는 속담이 맞았다. 물론 미국 드라마의 설정과 대한민국의 현실은 태평양의 거리만큼이나 차이가 있지만, 나의 딸 린이도 현실 속에서 사랑하는 여자와 요리하고, 먹고 마시고, 음악을 듣고, 그림을 그리고, 여행하며 추억을 쌓고, 일하며 도전하고 성취하고, 결혼하고 아이도 키우면서 깨가 쏟아지는, 평범하지만 특별한 삶을 살기를 간절히 소망한다.

내 삶의 축복

　　　많은 우여곡절 끝에 수용의 단계까지 왔지만 그래도 가끔은 나의 딸 린이는 도대체 왜 가르쳐준 적 없고 배운 적도 없는 레즈비언의 삶을 살게 되었을까 하고 궁금해진다. 미주『한국일보』강진우 기자의 2017년 2월 10일자의 리포트에 따르면 "워싱턴DC 성인 인구 가운데 8.6퍼센트가량이 성소수자(LGBT)인 것으로 조사됐다. (중략) 사우스 다코다 주가 2퍼센트 비율로 성인 LGBT 인구 비율이 가장 적었다"고 한다. 한국에서는 관련 통계가 나온 적이 없다. 하지만 한국에서도 성소수자 비율이 낮아도 2퍼센트 이상은 되리라는 것을 충분히 추론해 볼 수 있다. 100명 중에 두 명. 이 두 명은 왜 존재할까? 동서고금을 통틀어 동성애자가 없었던 적이 없다. 고대 이집트, 고대 그리스 로마 시대에도, 신라, 고려, 조선에서도 그리고 대한민국에도 존재한다. "주변에 동성애자는 한 번도 본 적이 없다"고 말하지만 사실은 관심이 없어서 모를 뿐이다.

　이제 우리 가족 중에는 무려 25퍼센트가 존재한다. 2퍼센트이건 25퍼센트이건 왜 존재할까? 존재하는 것에는 다 그럴 만한 이유가 있다고 믿는다. 많은 사람들이 잘 알지도 못하면서 동성애를 신의 착오, 자연의 오류, 죄악, 음란, 타락이라고 혐오하고 차별한다. 이런 것은 존재를 외면하는 것이다. 실존을 외면하는 본질은 없다고 믿는다. 나를 닮은 것 같기도 하고 안 닮은 것 같기도 한 딸의 존재는 내 삶의 축복이다. 다른 '딸 바보' 아빠들처럼 내 휴대폰 첫 화면에서는 딸아이가 환하게 웃고 있다. 힘든 삶의 여정에서 소중한 딸이 '존재'했기에 나는 힘을 낼 수 있었다. 딸이 내게 보낸 메시지는 감동 그 자체였다.

세상이 험난해도 하루를 행복하게 사는 법을 가르쳐주신 덕분에 저는 요즘 더할 나위 없이 행복합니다. 잘하고 좋아하는 일을 마음껏 하고, 누군가를 사랑하는 것도 눈치 보지 않고 당당하게 하고, 내 삶을 자랑스러워하는 딸로 키워주셔서 감사합니다. 엄마 아빠의 딸로 태어난 것이 무엇보다도 행운이에요. 다음 생에 그 어떤 나라에서 태어나도 난 엄마 아빠의 딸로만 태어날 수 있으면 또 행복해질 수 있을 거예요.

린이는 특별한 존재이고 재주가 많은 아이이며 예비 웹툰 작가이다. 딸의 애인도 누군가의 소중하고 예쁜 딸일 테니 나는 그 둘의 인생이 무지개처럼 찬란하도록 축복하고 싶다. 고슴도치도 제 새끼를 껴안듯이, 오글거리지만 내 딸의 존재 이유는 이렇다 치고, 다른 동성애자의 존재 이유는? 음악을 사랑한다면 누구나 한 번쯤은 들어봤을 이름 엘튼 존. 베네딕트 컴버배치가 주연한 〈이미테이션 게임〉이란 영화로 많이 알려진 컴퓨터 과학의 아버지라고 볼 수 있는 앨런 튜링. 당신이 지금 아이폰을 쓰고 있다면 잘 알 것 같은 애플의 현재 CEO인 팀 쿡. 〈엑스맨 데이즈 오브 퓨처 패스트〉를 재미있게 봤다면 기억할 엘런 페이지. 그 외 우리 주변의 많은 성소수자들. 그들의 존재 이유는 우리 인류 모두에게 보다 풍요로운 삶을 선사하려는 신의 아주 특별한 선물이라고 믿는다.

사랑하는

우리 '딸'

라라

아이가 보낸 수많은 '사인'

몇 해 전 크리스마스 날이었다. 우리 가족은 외식을 하며 새해의 꿈과 소망 나누기를 했다. 그때 큰아이는 "나는 예뻐지고 싶고 그래서 행복해지고 싶다"고 말했다. 지금 생각해 보면 그 말은 커밍아웃이었다. 평소 외모에 관심이 많다는 것을 가족 모두 알기에 '정체성' 이야기로는 생각하지 못했다. 아이의 성정체성을 의심해 볼 만한 많은 '사인'들이 유아기부터 있었는데도 말이다.

큰아이가 네 살이던 어느 날은 목욕을 시키기 전 소변을 보게 하려고 변기에 앉혔는데 고추를 잡아 떼려는 듯한 행동을 했다. 나는 대수롭지 않게 여겼다. 같은 해 늦가을에는 온 가족이 가까운 온천에 갔다. 큰애는 아빠와 함께 남탕에 보냈는데, 아이가 목욕하지 않겠다고 고집을 부리는 바람에 남편도 목욕을 못 하고 돌아왔다.

아이가 여섯 살 때쯤이었다. 이웃집에 사는 또래 남자아이들이 골목에서 포켓몬 딱지치기를 하며 놀곤 했다. 나는 큰애에게 친구들과 함께 놀라고 했다. 그러자 한 아이가 "얘, 여자 아니었어요? 여자애인 줄 알았어요" 했다. 짧은 커트머리에 남아용 옷을 입고 신발을 신었는데도 그렇게 말하는 게 의아했다.

그 시절 아이는 무척 밝고 명랑했으며 잘 웃는 아이였다. 그러나 초등학교에 들어간 후엔 "목소리나 행동이 여자 같다고 놀림을 하도 당해서 이젠 눈물도 말라버렸다"는 이야기를, 아이는 20대가 되고서야 털어놓았다. 왜 그때 몰랐는지 나의 무심함을 자책할 수밖에 없었다.

초등학교에서 아이는 여자아이들과 친하게 지냈고, 방과 후엔 동생들을 잘 돌보아 주었다. 두 살 어린 여동생의 치마를 입고 걸그룹 댄스를 추는 것이 그때 가장 즐거운 일이었다고 한다.

아이는 정체성 고민을 초등학교 6학년 때 처음 하게 되었다고 한다. 그 시절부터였던 것 같다. 얼굴을 갸름하게 만들려고 플라스틱 롤러를 시도 때도 없이 문지르고, 키 크기 싫다며 콜라를 너무 많이 마셨다. 신발은 한 치수 작은 걸 고집했다. 밤엔 성장호르몬이 많이 나온다고 해서 잠을 자지 못했다고 한다. 자기를 '못난이', '괴물'이라고 표현하기 시작했고, 살찔까 봐 거식을 했다가 배가 너무 고파지면 폭식을 하고, 많이 먹었다 싶으면 화장실로 달려가 먹은 음식물을 토해 내는 식이이상이 생겼다.

홀로 선 열일곱 살

　　　　　머리를 밤톨처럼 자르고 교복을 입은 큰아이의 중학교 입학 때 모습은 엄마인 내게는 너무 멋진 모습이었다. 하지만 아이는 짧게 깎은 머리도 싫어했고, 남자 교복을 입고 남자아이들만 있는 반에서 생활하는 중학교를 정말 가기 싫어했다. 초등학교 시절의 놀림도 계속되었다. 지금도 교복을 입은 남학생 무리 옆을 지나지 못할 정도로 그 시절은 아이에게 상처로 남았다. 등교 거부를 했고 홈스쿨링에 대한 계획을 꼼꼼히 준비했기에 나는 흔쾌히 아이의 요구를 받아들였다. 아이는 스모키화장을 하고 화려한 악세서리와 옷들로 자신을 꾸미기 시작했다.

　홈스쿨링은 생각처럼 만만치 않았다. 동네 도서관에서 중학과정 EBS 방송을 과목별로 들었다. 아이의 공부를 관리해 보지 않았던 나에게 아이의 학습량을 매일 체크하고 공부시키는 것은 너무 힘든 일이어서, 얼마 못 가 검정고시 학원에 보내게 되었다. 자식을 낳아 키운다는 게 이렇게 힘든 일인가 하는 생각도 하였고, 아이에게 악다구니를 쓰는 일도 잦아졌다. 그 시기에 아이와 사이가 조금씩 벌어지기 시작한 것 같다. 아이는 일본 유학을 꿈꾸며 일본유학원에도 다니고 일본어 공부를 했다. 하고 싶어하는 공부가 많았는데, 미용학원에 다니며 미용사 자격증도 땄다.

열일곱 살은 독립하기에는 아직 어린 나이이다. 하지만 큰아이는 독립생활을 시작했다. 부모의 간섭으로부터 벗어나고 자유롭게 연애도 하고 싶었을 거다. 지방에서보다 서울에서 경력을 쌓는 게 좋다면서 성공해 돌아오겠다는 편지를 남기고 떠났다.

아이는 열여덟 번째 생일이 지나자마자 이름도 바꾸었다. 여성적이고 예쁜 이름이었다. 그런데도 나와 가족들은 큰애의 정체성 때문이라고 생각하지 못했다. 성소수자에 대한 지식이 전무한 상황에선 아무런 의문도 품을 수 없었던 것이다. 다양한 젠더의 다양한 사람들이 존재한다는 것, 그들을 놀리거나 차별해서는 안 된다는 것을 초등학교 때부터 배울 수 있었다면 이런 일은 없지 않았을까? 그런 공교육 시스템이 있었다면……. 그렇게 큰아이는 청소년기의 극심한 고통을 오롯이 혼자서 겪어 내야만 했고, 그것이 지금도 너무나 안쓰럽고 마음이 아프다.

핑크빛으로 꾸민 방

아이의 정체성에 대해 알게 된 것은 한참 후의 일이다. 아이가 자신과 지정성별이 같은 애인(남성)을 사귄다는 걸 알게 되면서였다. 만약 큰아이의 성정체성을 본인의 커밍아웃을 통해 알았다면 그것을 받아들이는 데 좀 더 갈등하는 시간이 있었을지도 모른다. 되돌아보면 그때는 너무 놀란 나머지 바로 사실을 인정하고 도움을 구하는 것밖에 다른 방법이 없었다. 무엇을 어떻게 해야 할지 알 수 없어 성소수자부모모임을 찾아갔다. 다른 부모님들과 당사자들을 만나는 일이 내게는 큰 위로가 되었다. 경험과 지식을 공유하면서 고립감도 해소되고 불안감도 떨칠 수 있었다.

큰아이를 '아들'에서 '딸'로 바꿔서 부르게 된 것도 모임에서 어떤 분의 조언 덕분이었다. 왜 큰아이를 계속 아들이라 부르냐고 했다. 나는 무언가로 얻어맞은 것 같은 충격과 함께 깨달았다. 그날 이후로 우리 가족은 큰아이를 '딸'로 '언니'로 인정하고 그렇게 불러주었다. 아이도 참 기뻐했다. 딸이라고 부르다 보니 딸이 되었다. 가족들 앞에서 입기 힘들어하던 치마도 편하게 입는 등 딸은 자신의 젠더 표현도 자연스럽게 하게 되었다.

이 년 전 어느 날 딸애에게 무슨 선물을 해줄까 물었던 적이 있다. 자기 방을 핑크색으로 꾸미고 싶다고 했다. 나는 아이 방의 벽과 가구색을 핑크로 칠해 주고 침대보와 이불도 핑크색으로 바꾸어주었다. 딸아이 방을 꾸며주면서 나 또한 청소년기에 알아주지 못했던 미안한 마음의 위로가 되었다.

아이가 원하는

모습대로

　　　　　　많은 정보를 접하면서 이제는 나도 좀 단단해졌지만 처음부터 그런 것은 아니었다.

　나는 트랜스젠더는 하리수밖에 몰랐다. 'LGBTAIQ'라는 말도 성소수자부모모임에 처음 간 날 처음 들었다. 내 아이의 정체성이 무엇인지 궁금했다. 동성애자라고 생각했는데 아닌 것도 같아서 아이에게 물어보았다. "나는 여자라고 느끼고 있어. 그리고 외모도 바꾸고 수술도 하고 싶어"라는 말을 들었다.

　아이는 일 년이 넘는 동안 호르몬을 맞으면서 트랜지션을 위한 수술 준비를 했다. 그런데 2015년 가을, 갑자기 수술하지 않겠다고 선언을 했다. 그것도 성소수자부모모임의 정기모임에 참석한 자리에서였다. 나는 그동안 접한 정보들로 트랜스젠더라면 MTF나 FTM으로 정체화하고 의료적 트랜지션을 한 후에 성별정정을 하고 일반인처럼 산다고 생각했다. 그런데 딸의 선언을 계기로 그런 생각에 균열이 생기기 시작했다. 트랜스젠더가 자기 신체에 느끼는 위화감의 정도에도 차이가 있고, 수술을 원하지 않는 '비수술 트랜스젠더'와 젠더퀴어, 논바이너리 등 좀 더 다양한 젠더가 존재한다는 걸 알게 되었다. 내 아이는 어디에 속할까 생각도 많이 했지만, 지금은 아이의 정체성을 내가 알고 있는 틀에 맞춰 보려는 것을 멈추고 아이가 원하는 모습대로 살아갈 수 있기를 바랄 뿐이다.

아이의 정체성을 알고 난 후 나는 트랜스젠더 세미나, 인권포럼, 퀴어영화제, 인권영화제 등에 열심히 참가하였고, 몰랐던 많은 것들을 배울 수 있었다. 성별이분법으로는 설명할 수 없는 젠더의 범주들이 있다는 것도 알게 되었다. 젠더에 대한 공부가 흥미롭지만, 아직은 아쉽게도 아이와 이런 주제로 대화를 나눈 적이 없다. 함께 공부해 나가면 정말 좋겠다는 생각을 자녀와 함께 부모모임을 찾아오는 가족들을 보면서 하게 된다. 성소수자 당사자들이 부모님과 함께 정기모임에 나오는 것이 꿈이라고 하는 말을 많이 듣는데, 내 꿈은 큰딸과 함께 나오는 것이다.

아이 덕분에
달라진 나

큰아이 덕분에 '젠더'에 대해 공부하고 깊이 생각하게 되면서, 나의 오랜 '외모 비하'도 조금씩 극복할 수 있었다. 어릴 때부터 달고 살았던 '돼지'라는 별명에서 비롯된 다이어트에 대한 집착도 버렸고, 뚱뚱한 자신을 비하하는 태도도 많이 고쳤다.

그리고 세상을 바라보는 편견을 조금은 허문 것 같다. 부자가 되어 잘사는 것만 바랐던 나였는데, 다양한 많은 소수자들이 행복한 삶을 살 수 있도록 법과 제도를 만들어 나가는 데 함께 목소리를 내야겠다는 생각을 갖게 되었다. 나와 같은 성소수자 부모와 당사자들을 만나고 경험을 나누면서 큰 행복을 느낀다.

지난 3년 동안 성소수자부모모임 활동을 하면서, 다양한 정체성을 가졌으며 나이도 10대 후반에서 50대 초반까지 정말 다양한 많은 성소수자들과 친구가 되었다. 만나고 같이 영화 보고 밥 먹고 술도 마시고 이야기 나누고 춤추었다. 함께 책을 읽고 공부도 하며 어찌 보면 3년 동안 진한 연애를 한 것 같다. 퀴어 영화를 보거나 관련 행사에 참여하고 퀴어 팟캐스트를 정주행하면서 점점 더 성소수자에 대해 알고 싶고, 함께하고 싶은 마음이었다. 퀴어 관련 모임이나 행사에 가는 것은 한 번도 싫었던 적이 없었고, 늘 가슴이 뛰고 애틋한 마음을 갖게 되었다. 이것이 사랑이 아니고 무엇일까? 내 사랑 성소수자 화이팅! 우리 존재 화이팅!

말해 줘서
고마워

유은주

딸의 연인을 알아본 순간

　개인의 복합적인 정체성 중 어디에 방점을 찍느냐 하는 것은 그 자체로 복잡한 얘기다. 당사자도 아닌 부모가 성인 자녀에 대해, 그것도 그의 성정체성에 대해 말한다는 것은 더욱 힘든 얘기다. 하지만 나는 '내 딸이 레즈비언'이라는 사실과 '레즈비언 딸을 둔 나'에만 초점을 맞춰 글을 쓰려고 한다.

　내 딸은 레즈비언이다. 이렇게 한 문장을 써놓고 보니 뭔가 비장한 듯하지만, 딸애가 레즈비언이라는 사실은 나와 가족에게 민망할 정도로 싱겁게 받아들여졌다. 극적인 에피소드도 소동도 없었다.

2009년 말에는 여러 사정상 서울에서 해를 보내고 맞게 되었다. 자주 얼굴을 보지 못하니 만날 때마다 할 말이 많다. 몇 차례 '위하여'를 외쳤고, 연애 관련 얘기가 오가던 중 딸애가 커밍아웃을 했다. '느닷없이'가 아니라고 한다. 무려 6개월간 관계에 확신이 설 때까지 기다렸다고 한다.

"나는 레즈비언이고, 애인이 있다."

내 입에서 나간 말도 간단했다.

"아, 그런 이야기 굳이 우리한테 안 해도 되는데······. 네 삶이니까."

스무 살 넘은 사람은 해방되어야 하고(부모도 마찬가지다. 나는 우리 사회의 개인은 좀 더 '개인주의적'이 되어야 한다고 생각한다), 성정체성이란 인정과 허용의 문제가 아니라는 평소 생각이 표명된 것이다.

그런데 내가 딸애 파트너가 누구인지 알아낸 것은("혹시 그 친구 아니야?") 다시 생각해봐도 신기한 일이다. 여성영화제에 참석하기 위해 신촌 골목을 걷다가 두 여성을 만난 적이 있다. 딸애 소개로 인사를 나눴는데, 한 여성의 태도가 묘하게 눈길을 끌었다. '저 불편한 태도가 뭘까?' 얘길 맞춰 보니 그가 딸애의 연인이었다. 주머니 속의 송곳도 감출 수 없다지만, 세상 감출 수 없는 게 연애 감정이 아니겠는가. 그때는 관계가 시작되기 전이지만, 이미 그쪽은 연애 감정을 키우고 있었던 걸까? 딸애 파트너는 그 어떤 기색을 들켰던 것이다. 나로 말하자면 연애를 책으로 배운 사람인데, 어떻게 그 기미를 포착했을까?

딸의 연애 이력을 모르지 않기에 이 관계가 얼마나 오래갈까만을 생각했다. 그런데 8년이 되었다. 어쩌다 서울에서 하룻밤 묵을 일이 생기면 크게 망설이지 않고 두 사람 집을 찾아간다. 딸애 파트너 입장에서는 내가 '시' 자 들어간 사람일 수 있고, 그 존재를 뭐라 부르든지 간에 불편한 사람임에 틀림없다.(배우자의 부모는 동서고금을 막론하고 불편한 존재다!) 어떤 날은 어이없게도 딸애는 잠에 곯아떨어진 상태다. '내가 불편할' 딸애 파트너는 자신도 일로 녹초 상태이지만 불침번이 되어 기다리고, 나와 보낼 잠깐의 시간을 위해 촛불을 켜고, 차를 끓여내고, 갈아입을 옷을 챙긴다. 저와 같은 수고가 사랑이 아니고 무엇이겠는가. 이런 시간, 나는 가족의 품이 넓어질수록 그 안에 담길 사랑의 내용이 다양하고 풍부해질 것을 믿는다.

딸애의 커밍아웃 이후 기다렸다는 듯이 세 여성과 두 남성이 내게 커밍아웃을 해왔다. 모두 강의에서 만난 학생이었다. 이들의 커밍아웃을 대하는 내 태도는 다르지 않았지만, 매번 감동이 있었다. 저들에게 내가 믿을 만한 사람이구나. 비밀을 존중하는 사람으로 인식되고 있구나. 그건 딸애에 대해서도 마찬가지다.

나는 대학에서 여성학을 가르친다. 여성학의 주요 주제인 동시에 이 학문의 근간은 젠더와 섹슈얼리티다. 학생들의 관심 역시 큰 부분이다. 연애 안 하는 시절 탓인지, 일 경험이 보편화된 세태의 반영인지 최근에는 노동권에 대한 관심이 부쩍 늘긴 했다. 그럼에도 불구하고 이 주제는 언제나 새로운 얘깃거리로 차고 넘친다.

딸애의 커밍아웃을 덤덤하게 받아들인 것은 상당 부분 이 분야의 지식의 힘이었을 것이다. 공부의 목적은 무지와 편견에서 벗어나기 위한 것. 무지는 공포를 부르고, 무지는 혐오를 낳지 않는가.

커밍아웃을 해야 할
이유

2014년 겨울, 성소수자 단체가 서울시청을 점거했다. 서울시민 인권헌장의 성소수자 차별금지 조항을 둘러싼 갈등에서 촉발된 것이다. 소식을 전하는 애의 전화 목소리는 한껏 상기되어 있었다. 천막은 치기보다 접기가 힘든 건데……. 딸애는 열심히 참여했고, 우리는 좋은 네티즌의 자세로 사태를 지켜보려고 했다. 그런데 농성 둘째 날 새벽, 딸애가 전화를 했다. "이 농성은 내 삶에서 중요한 사건이다.(어떤 일상은 사건으로 경험된다.) 가족이 보러 왔으면 좋겠다." 기간 중 딸애의 파트너를 포함하여 온 가족이 지지 방문을 했다.

이때 여동생한테 "네 조카가 레즈비언"이라고 밝혔고, 지지 방문을 부탁했다. 이것이 부모로서 내 커밍아웃 스토리의 시작이다. 동생의 반응은 나보다는 현실적이었다. 소수자로 살아갈 삶에 대한 걱정, 결혼과 출산 등 평범한 가족 이벤트를 기대할 수 없다는 아쉬움을 토로했으니 말이다.

그다음 순차적으로 우리 가족을 오랫동안 알고 지낸 동료와 친구가 그 대상이 되었다. "놀랍지도 않다"는 반응을 보이는 사람도 있었다. 이때까지만 해도 딸과 사전 의논을 했고, 대상을 선별했고, 막연하나마 기준도 있었다.

그러나 딸애가 성소수자 인권단체 활동을 하면서 우리의 커밍아웃은 다소 정치적이 되었다. 딸애는 자신에 대한 커밍아웃 결정권을 가족 개개인에게 넘겼고, 이런저런 상황 변화에 따라 내 태도는 달라졌다. 보다 적극적으로, 의도적으로 커밍아웃을 하게 된 것이다. 이유를 달자면 세 가지쯤으로 정리할 수 있다.

첫째, 나와 내 딸을 통해 성소수자가 막연한 '그 누구'가 아닌 바로 '이 사람'이라는 사실을 알리기 위해서다. '당신 옆에 성소수자가 있어요'를 알리는 운동의 한 방식이라 할 것이다. 구체적 개인과 그의 삶이 드러나는 순간, 강고한 편견의 얼음벽은 서서히 녹아내릴 것이라고 믿는다.

둘째, 우리 사회의 흔하디 흔한 질문에 명쾌하게 답할 필요가 생겨서다. '그 집 딸, 남자친구 있어요? 결혼은 언제쯤?' 남자친구 있냐는 질문에는 '애인이 있다'는 말로 넘겨버렸다. 그런데 어느 순간, 남자라도 소개시킬 양 파고드는 질문을 회피하는 건 의미도 없고 부적절하다는 판단이 들었다. 딸애의 파트너를 존중하는 방식을 고민하게 된 것이다. 두 사람이, 또 우리 가족이 함께 친밀감과 책임을 나누며 살아온 세월이 무거워졌기 때문이다.

셋째, 시민으로서 사회적 의무를 수행하는 차원에서다. 우리는 사회적 존재로서 내 일이 아닌 일에 분노하고, 싸우기도 한다. 그러나 거리에서 광장에서 내 일이 아닌 일이 없고, 내가 누군가를 위해 싸워준 그 일이 결국은 내 일이고 내 싸움이라는 사실을 체험한다.

성과 연령, 계급, 성정체성, 인종, 민족 등의 다차원적 정체성을 지닌 개인이 전적으로 주류 입장에 서 있을 수는 없다. 그런 개인이 있다면 지금까지의 행운을 축하해 주고, 그 행운이 영원할 수 없다는 경고도 덧붙여야 할 것이다. 나는 시민사회의 성원으로 모든 소수자에 대한 차별에 반대하며, 그 연장선에서 성소수자에 대한 사회적 차별에 반대한다. 이는 시민적 의무이며 지식인의 의무라고 생각한다.

나의 커밍아웃

커밍아웃을 해야 할 이유가 어찌 위의 세 가지뿐일까? 더 숱한 이유를 댈 수 있지만, 하늘같이 뜻이 높다고 해도 발 딛고 있는 현실 안에서 움직일 수밖에 없다. 돌이켜보면 이 과정이 마냥 순탄했던 것이 아니라는 얘기다. 커밍아웃을 작정하고 시행한 적은 별로 없다. 인생은 예기치 않은 소동의 연속이라 대개는 의도치 않게, 느닷없이 이루어졌다.

시민단체 모임에서 관련 이슈가 등장할 때 이들 태도는 내 학생들과 다를 게 없었다. 성소수자 문제는 우선 순위에서 밀리거나 기껏해야 사소하게 취급되었다. 이들에게 성소수자는 시민도 서민도 아니었다. 침묵을 지키는 것이 동의로 오해될 때 그 상황마저 견딜 이유는 없었다. 우연한 일행의 말잔치에 인내심이 바닥난 지점에서 목소리를 내기도 했다. 때로는 설득을 위해서, 때로는 혐오를 혐오로 돌려주기 위해서…….

나의 커밍아웃은 차분했지만, 매번 적지 않은 파장을 남겼다. 자신들이 표방하는 '진보'의 본질을 성찰하도록 했다는 점에서 의미가 있었다.

가장 마음에 걸리는 것은 언제나 가족이다. 나는 삼남매 중 둘째고, 남편은 형제자매가 없는 사람이다. 가족구성원이 단출한 것이 다행이긴 하지만, 그것이 문제가 되기도 한다. 지나치게 밀접한 관계(친밀감과는 다른 차원의)를 맺게 된다는 점에서…….

내 오빠는 억울할 수 있지만, 나는 일찌감치 그를 커밍아웃의 마지막 장벽으로 지목해 두었다. 도무지 입이 떨어지지 않았다. 오랜 관계의 메커니즘, 보수적일 것이라는 판단과 나의 젠더 편견이 입을 막은 것이다. 딸애의 언론 출현이 잦아지면서 언론을 통해 알려지는 것만은 피하고 싶었다. 최소한 내 입으로 말하자. 당사자는 아무 잘못이 없는데 상황이 그에게 낭패감을 줄 수 있으니까.

올해 2월은 어머니 병환으로 가족 회동이 잦았다. 병실의 보호자들은 돌봄을 둘러싼 긴장관계 속에서도 상냥한 시간을 보내기도 한다. 병원 대기실과 병실에서 우리는 정말 많은 얘기를 나누었다. 소중한 가족과 이별해야 할지 모를 절대적인 상황에서 미소한 인간은 겸손하고 관대해지기 마련이다. 평안을 비는 마음만이 간절하다. 나는 이쯤의 어떤 틈을 노렸다. 병원과 집을 오가는 차 안에서 드디어 입을 뗐다. 입을 떼고 보니 이렇게나 쉬운 것을⋯⋯. 끙끙댄 시간이 쓸데없이 길었다. 오빠는 조용히 이야기를 들었고, '충실하게 살면 된다'는 말을 내놓았다. 그래 맞다. 충실하게 살면 되는 것이다. 지금 딸애는 제 인생의 가장 충실한 시기를 살고 있다.

고통스럽지도,

불행하지도 않다

　　　　　모든 부모가 자녀가 성소수자라는 사실로 고통스러운 건 아니다. 고통스럽지 않았고, 불행하지 않았다. 그래야 할 이유가 없었다. 오히려 딸애의 커밍아웃은 내 삶을 더욱 풍부한 경험으로 이끌었다.

　무엇보다 강의에서 만나는 학생들의 성정체성과 관련 이슈에 보다 민감해졌고 담대해졌다. 강의에서 성정체성이나 성소수자 인권이 토론 주제로 등장할 때, 논쟁의 언어는 강렬하지만 결론은 대체로 당위적인 선언에서 끝난다. "나는 성소수자에 대해 편견이 없다. 그들의 인권은 보장되어야 한다.(나는 좋은 사람이다.) 그러나 가족이나 친구가 성소수자라는 건 받아들이기 힘들다.(그런 일은 나에게 일어나지 않는다.)" 토론이 이런 식으로 공허하게 마무리되는 시점에서 내 딸이 레즈비언이라고 말해 준다. 그들이 추상적인 존재가 아니라, 구체적인 존재임을 알라고……. 우리 가운데 누구이며, 이 강의실 당신 옆에 앉아있는 바로 이 사람이거나 저 사람이며, 책임감 있게 살아가는 동료시민이라는 사실을 인식하라고……. 이런 식의 커밍아웃이 서너 차례 있었다. 그때마다 한두 학생이 커밍아웃을 해왔다.

퀴어영화제와 지보이스(G-Voice) 공연 뒤풀이도 잊을 수 없다. 행사 후 자리를 옮겨 마음껏 먹고 마시는 자리였다. 나 같은 이성애자도 섞여 있었지만, 참석자 대부분은 성소수자였을 것이다. 이 공간에서만은 이들이 다수였다. 찰진 유머와 1, 2분 간격으로 터지는 통쾌한 웃음, 깔끔하고 안온한 분위기……. 낯선 행성에 떨어진 것처럼 얼떨떨했던 것도 잠시, 나 역시 저들과 다름없이 웃고 떠들고 마시며 파티를 즐겼다. 이들 중 누구도 이성애자인 나를 차별하지 않았다. 딸이 레즈비언이라는 사실 하나로 도리어 환대를 받았던 것이다.

질적연구자로서 성소수자 인권단체의 아카이브 작업을 도와준 적이 있다. 드물게 뿌듯함을 느꼈던 경험이다. 이는 기록되지 않은 역사의 빈 공간을 채우는 작업이며, 자신의 목소리를 갖지 못한 사람에게 목소리를 돌려주는 작업이기도 하다. 이 작업에 함께할 수 있었던 것 역시 전적으로 레즈비언인 딸애가 있었기 때문이다.

이쯤에서 딸애가 커밍아웃했던 당시 내가 했던 말("그런 이야기 굳이 우리한테 안 해도 되는데…… 네 삶이니까")을 철회해야겠다. 그게 경우에 맞다.

"말해 줘서 고마워. 네 삶이니까 자유롭게 성숙하게 네 삶을 이끌어가도 좋았지. 하지만, 말해 준 덕분에 우리는 분명 더 깊은 관계를 맺을 수 있었어."

딸이 성소수자라는 사실로 고통스럽지도, 불행하지도 않다. 내 삶은 그로 인해 더욱 확장되었다. 딸의 존재로 인해 소수자의 인권에 대해 확신을 가지고 말하게 되었다. 그리고 성소수자 시민이, 또 내 딸이 어떻게 개인적으로, 사회적으로 존중받으며 프라이드를 가지고 살아갈 것인가, 그 길에서 동료 시민으로 어떻게 협력하고 연대할 것인가, 그런 과제가 앞에 놓여 있을 뿐이라고 생각한다. 과제를 소박하게 수행하는 차원에서 개인적이든 사회적이든 어떤 공론장을 막론하고, 내 이야기와 경험이 이들의 보편적 인권, 시민적 평등에 기여할 수 있다면 지속적으로 커밍아웃을 할 것이다.

* 글을 마무리하는 시점에 커밍아웃할 특별한 대상이 떠올랐다. 만날 때마다 딸애를 며느리 삼고 싶다는 애의 중학교 시절 한문선생님.(자녀가 성장해서 이런 말 듣는 것은 흐뭇한 일이다.) "아드님이 맘에 들지 않아서가 아니라, 제 딸이 레즈비언이라서요. _____" 빈칸은 상대의 반응에 따라 채울 것이다.

세상이

달라
보이던 날

국사봉

딸이 보내온 편지

2016년 11월 17일.

교환학생으로 외국에서 공부하던 딸이 보내온 편지를 읽은 날입니다.

이메일도 아닌 국제우편으로 배송되어 온, 책 한 권 두께의 편지였습니다. 딸아이에게서 받아 보는 첫 편지. 아이가 유치원이나 초등학교 다닐 때 보내온 숙제 같은 편지 말고는 처음이었습니다. 외국에서 힘들게 공부하는 이야기거나, 엄마 아빠 보고 싶다는 내용이리라 생각하고 아껴서 읽으려고 며칠 미루어 두었습니다.

살아오면서 그렇게 놀란 적이 있었던지……. 놀람보다는 혼란이라고 해야 할까요? 순간 의식이 없었던 것 같습니다. 제정신이 아니고 몽롱한 듯. 아이 엄마와 부둥켜 안고 울면서 위로의 말이라도 하지 않으면 아이 엄마가 미칠 것 같아 무섭기까지 했습니다.

커밍아웃! 남의 얘기로만, 말로만 듣던……. 홍 아무개가 TV에만 나와도 더럽다고 채널을 돌리던 나. 희귀한 사람들, 태국 어디 가면 볼 수 있다는 트랜스젠더 쇼. 그런 부류의 더럽고 비정상적인, 나와는 전혀 다른 세상의 사람들이라고 생각했는데. 충격과 그 참담한 심정을 필설로 표현할 수 있을지 모르겠네요.

처음 떠오른 생각은 "내가 무슨 죄를 지었길래 이런 벌을 받는가?"였지요. 하늘을 원망도 하고, 있는 죄, 없는 죄까지 하나님께 용서를 구하고…….

하루를 멍하게 보내고, 정신이 없어 한두 장만 읽었던 편지를 다음날 네 시간에 걸쳐 차 안에서 혼자 울면서 천천히 마저 다 읽었습니다. 아이를 이해하려고 하기보다는 전후 상황을 파악해서 빨리 마음을 돌리려고 했습니다.

그런데 편지를 읽으면서 몇 가지 사실을 알게 됐습니다.

첫째, 커밍아웃하기 4년 전에 본인의 성정체성을 알게 됐고, 그때부터 혼자서 고민하며 힘든 날들을 보냈더군요. 물론 그 이전 초 · 중등학교 다닐때도 치마는 전혀 입지 않았고, 옷차림이나 장난감 등에서 남성적인 모습들을 많이 보였지요.

성정체성을 알고 난 후 혼자서 무척 괴로워하고 숙소에서 몇 번이고 뛰어내리고 싶었답니다. 죽음을 생각할 만큼 괴로운 날들을 혼자서 지냈다고 생각하니 너무 마음이 아프고 함께하지 못해서 미안했습니다. 교환학생으로 나가서도 연락을 끊고 실종이나 신체 가사 상태 등으로 사망 신고가 되면 혼자서 살려고 생각했다더군요. 미안함을 넘어 가슴이 먹먹하고 너무 애처롭게 느껴졌습니다.

죽음을 생각하고, 가족과의 생이별, 그리고 혼자서 살면 힘들고 고통스런 미래가 뻔히 보이는데도 딸은 그 길을 택했습니다. 아니 선택의 문제가 아니지요. 딸은 여자가 아닌 남성의 길을 걷고자 했습니다. 도전적이고 공상하기를 좋아하고 때로 자기 연민에 곧잘 빠지기도 하는 딸이기에 혹시 감정적인 선택은 아닌지 자문도 해봤습니다. 그런데 그런 소아병적인 감상은 아니었습니다. 선택이 아닌 자기의 본 모습을 찾고자 노력 중이었습니다.

둘째, 이미 남성 호르몬 요법과 가벼운 외과적인 수술도 한 상태였습니다. 부모와 상의하면 못 하게 할 게 뻔하니까 혼자서 일을 저질렀더군요. 그것도 이해는 됐습니다.

셋째, 딸은 본인의 성전환을 통하여 제대로 된 삶을 살기를 원함과 동시에 성정체성 문제를 겪으며 고통받고 있는 다른 사람들의 위로자가 되기를 원했습니다. 친가와 외가 모두 전통적인 기독교 보수 집안에서 태어났고, 교환학생 시절 고통 중 기도로 하나님의 음성을 듣고 성정체성과 신앙문제, 가족문제 등으로 힘들어하는 사람들을 돕기를 원했지요. 한편 기특하다는 생각도 했습니다.

트랜스젠더, FTM, LGBT, 성소수자. 이런 단어를 인터넷으로 찾아보고, 아이를 이해하려고 노력했습니다. 화를 낼 일도 아니고, 타일러서 되돌릴 수 있는 일도 아니었습니다. 정말 힘들고 세상이 달라보이던 꿈같은 '그날'이었습니다.

'딸 바보'
아빠가
해줄 수 있는 일

편지를 읽고 집으로 돌아오면서 휴대폰으로 아이에게 울먹이는 목소리로 음성 메시지를 남겼습니다.

괜찮다고, 모두 이해한다고⋯⋯. 미안하다고⋯⋯.

편지를 읽고 이틀 만에 아이를 이해하게 된 건 아닙니다. 이해한다는 것보다는 정신과 몸이 다른 상황에서 선택의 여지가 없어 보였습니다. 무엇보다 딸이 성정체성으로 몇 년간 고통스럽게 살아온 걸알고는 다른 말을 할 수가 없었습니다. 아이를 믿고, 힘들게 살아온세월을 위로하며, 앞으로 살아갈 날들을 위해서 아버지로서 해줄 수있는 걸 찾아야 했습니다.

'딸 바보'란 말로 표현이 될까요? 너무 좋아하고 사랑하던 딸이었습니다. 자기 할 일은 열심히 했습니다. 공부를 열심히 하고 잘해서 학교에서도 1, 2등을 다투는 모범생이었습니다. 음악적인 재능도 많아서 피아노, 기타, 드럼 연주도 잘 합니다. 데생도 잘 하고 미술에도 관심이 많습니다. 정직하고 규범을 잘 지키려고 노력하는 아이였습니다. 자기 일은 똑 부러지게 하는 아이로, 친척 동생들에게도 롤 모델이었지요. 경제적으로 어렵게 자라지 않았지만 검소하고 배려심이 많은 아이입니다.

FTM, 트랜스젠더, 성소수자……. 이런 일련의 단어들의 뜻과 관련 정보를 검색하면서 우리나라에도 많은 사람들이 성정체성으로 고통을 겪고 있고, 사회 인식이나 사람들의 무지로 커밍아웃하지 못한 성소수자들이 많다는 걸 알게 됐습니다. 걱정되는 많은 문제들을 풀기 위해 책도 찾아 읽고, 성소수자부모모임에도 참석하였습니다. 그리고 아이를 위해서 뭘 해야 할지 고민했습니다.

먼저, 아이를 향한 변치 않는 가족들의 마음, 엄마 아빠의 마음을 보여주고 싶었습니다. 아이의 고민은 혼자만의 것이 아니라 가족 구성원 모두의 문제이기에 함께 고민하고 대화하며 해결해 나가야 하는 것이지요.

한 살 적은 남동생에게는 제가 차분히 이야기했습니다. 함께 등산하고 지리산 산장에서 둘이 자던 날이었습니다. 이제 누나가 아니고 형이라고 이야기했습니다. 당황했지만, 이해를 하더군요.

딸의 성전환! 마음 아픈 일입니다. 하지만 성전환을 했다고, 자식이 자식이 아닌 다른 누군가가 되는 건 아니지요.

아이는 연말에 2차 수술을 준비 중입니다. 성기재건 수술을 위해 태국과 세르비아도 알아봤습니다. 수술 이후 관리가 중요하다고 생각돼서 결국 한국 병원을 선택했습니다. 지금은 2017년 12월에 예정된 수술이 잘 되기만을 기도하고 있습니다. 수술 잘 마치고 내년에 회복하는 대로 외국 대학 편입을 생각 중입니다. 성소수자에 대한 사회적 인식이나 환경이 좋지 않은 한국보다는 외국에서 자유롭고 가슴 펴고 살 수 있기를 바랍니다. 몇 년 동안 걱정과 고민으로 가슴을 제대로 펴지 못하고 구부정한 자세로 살았는데, 이제 당당하게 웃으면서 살 수 있으면 좋겠습니다.

이미 많은 아픔을 겪은 아이의 마음을 감싸 주고 안아주고 싶습니다. 늘 함께하고 싶습니다. 앞으로 살면서 힘든 일도 많을 텐데, 그때마다 아빠가 그 울음을 대신 울어 주고 싶습니다.

엄마 아빠의 마음은 아직 많이 아픕니다. 지금도 가정예배 시간에 피아노 반주를 하는 뒷모습, 조금은 넓어진 듯한 어깨와 등을 보고 있으면 눈물이 납니다. 잘 그린 엄마 아빠 얼굴 그림을 들고 와서 자랑할 때는 눈물이 나서 혼이 났네요.

드럼 연주를 잘 하는 모습을 봐도 눈물이 납니다. 아이 생각만 하고 있어도 눈물이 납니다. 아빠의 죄 때문은 아닌지 아직도 생각이 듭니다. 1년이 지났지만 지금도 고민은 많이 됩니다. 2차 수술도 해야 하고, 어디서 무얼 하든 잘할 수 있는 아이지만, 외국 나가서 대학다니고 정착해서 살아야 하는 상황을 생각하면 걱정이 앞섭니다. 하지만 아이가 남성으로 성정체성을 제대로 찾고 행복하게 살 수만 있다면, 정체성 문제로 고민하고 소외되거나 주변인으로 사는 것과는 비교할 수 없겠지요. 신체적으로 정신적으로 문제 없이 잘 살 수 있기만을 기도합니다.

성별정정과 개명도 했습니다. 2차 수술이 끝나면 아이의 개명한 이름을 불러주고 싶습니다. 그래서 딸이 아닌 큰아들로 가슴 가득 안아 주고 싶습니다. 가족의 사랑으로 세상에서도 떳떳하고 당당하게 뜻을 펼치고 아름답게 살아가기를, 그런 새날을 위해 두 손 모아 기도합니다.

육아일기는

계속 된다

이은재

엄마가 되다

1992년 12월, 나의 딸 '린'이 태어났다. 오목조목 작은 얼굴에 쌍꺼풀과 보조개를 선보이며 웃고 있었다.

"어머, 진짜 예쁘게 생긴 공주님이에요."

간호사와 의사는 호들갑을 떤다. 신생아를 매번 받아보지만 이 아이는 정말 예쁘게 생겼다고 치켜세운다. 나름 으쓱해진다.

그럼, 누구 딸인데! 호호!

그러려면

아들로 태어나지

2000년 12월, 여덟 살.

"린, 생일 선물 뭐 받고 싶어?"

"레고."

"또야? 집에 많이 있잖아! 저 원피스 어때? 아님 저 인형은?"

결국 딸은 바퀴 네 개 달린 인라인을 신고 벗지를 않는다. 처음 타는 것 같지 않다. 너무도 익숙하고 신나 있는 모습에 아이고, 팔자려니 한다.

의사소통이 가능해지고 나서부터 딸은 절대 여자아이 물건을 사려고 하지 않았다. 커트머리에 바지를 입고 로봇을 조립하고 논다. 아들을 하나 키운다고 생각하기로 했다. 남들은 그러다가도 나이 들면 알아서 꾸미고 화장하고 하게 되니 걱정 말라고 한다. 나 또한 그리 신경 쓰지 않았다. 어떤 때는 "하이, 아들!" 하고 부르기도 했으니.

중학생이 되다

2006년 12월, 열세 살.

린이 중학생이 되었는데 교복치마가 말썽이다. 머리는 단발을 했는데 치마를 못 입겠다고 한다. 아빠가 학교에 여학생도 바지 입을 권리를 인정해 달라고 말했고, 린은 교복바지를 입게 되었다.

문제는 바지가 아니었다. 남성적인 성향을 가졌으나 작고 왜소한 딸은 친구를 만들기가 어려웠다. 농구를 좋아하는데 농구를 같이 할 친구가 없었고, 여자아이들의 수다에는 더더욱 낄 수가 없었다.

"엄마, 학교 가기 싫어."

어느 날 아침 펑펑 울면서 딸이 말한다.

"왜? 무슨 일이 있니?"

"나는 외로워, 엄마. 소풍을 가도 계속 혼자 밥을 먹고 음악실을 가도 과학실을 가도 나 혼자야. 너무 힘들어. 학교 안 가면 안 돼?"

"그렇구나! 엄마가 몰랐네. 안 가도 돼. 엄마 퇴근하고 다시 이야기 하자."

가슴이 너무 아팠다. 아무것도 모르고 잘 지내고 있을 거라고 생각하다니. 딸이 원한 건 전학이었다. 또 다른 교복바지를 맞추면서 이번에는 좀 더 딸에게 신경을 써야겠다고 생각했다. 오래 해왔던 일을 잠시 쉬고 딸에게 집중했다. 다행히 전학 간 학교 친구들과 잘 지냈고, 곧바로 예고 입시에 돌입하게 되면서 같이 만화를 그리는 학원생들과 절친이 되어갔다.

"나, 레즈비언이야"

2008년 5월, 열일곱 살.

용인에서 다시 부천으로 이사를 했다. 경기예고 만화과 합격! 나는 눈물을 흘리며 기쁨과 안도의 한숨을 쉬었다. 이사가 대수인가! 맹모삼천지교가 따로 없다는 말을 뒤로하고 엄마의 의무를 다하기 위해 또다시 근거지를 옮기는 수고를 마다하지 않았다. 이 엄마의 수고로움을 알아주려나.

1학년 어느 때쯤일까?

"엄마, 나는 여자가 좋아. 나, 레즈비언이야."

책상 위에는 연애편지가 쓰여 있었고, 연애가 잘 되지 않는지 퉁퉁 부어오른 눈으로 내뱉은 말이다.

심각하게 받아들이지 않았다. 학기 초만 해도 같은 반 남학생을 사귀니 뭐니 수다가 한창이었다. 고등학교 1학년 사춘기의 발로라고 생각하며 잘 대처하리라 마음을 먹었다.

"여자가 좋든 남자가 좋든 지금 연애 타령이나 할 때가 아니야! 그렇지 않아?"

그러나 마음과는 다르게 날카로운 말들이 튀어나왔다. 한 번도 생각하지 못한 말을 들었기 때문이리라. 일탈을 해도 유분수지, 어디 얼토당토않은 말을 하고 그래. 그래서 엄마보고 어쩌라고…….

"성인이 되면 다시 얘기하자. 그때까지 네가 바뀌지 않는다면."

이렇게 얼버무렸다. 그때 나는 다시는 이런 이야기를 할 일은 없을 거라고 생각했다. 딸이 크면 달라지겠지. 어려서 그런 거라고, 커서 제대로 남자를 만나면 바뀔 거라고…….

딸이 힘들어하는 모습을 보았다. 그래도 더 깊숙이 관여할 수가 없었다. 게이니 레즈비언이니 하는 말에 대하여 나는 어떤 답변도 준비되어 있지 않았고 잘 알지도 못했다. 국내외적으로 외환위기 상황이라 내 삶의 무게만으로도 충분히 무거웠다. 딸이 원망스럽기까지 했다. 언제나 엄마가 튼튼하기만 하지는 않은데, 나도 보살핌이 필요한 시기인데 ……. 힘들다.

딸이 무언가 나에게 얘기를 했으나 기억나지 않는다. 다만 나의 말만이 남아 있다.

"네가 동성애자이고 바뀌지 않는다면 어쩔 수 없겠지만, 엄마는 동참하지 않을 거야."

못 들은 척 외면했고, 그런 일이 없었던 것처럼 무시했다. 시간은 흐르고 있었으나 집안 분위기는 무거워져만 갔다. '진짜 레즈비언이면 어쩌지? 앞으로 어떻게 되는 거지?' 하는 상념이 그치지 않았다. "바뀔 거야, 너무 걱정하지 마." 남편도 같은 말만 되풀이했다. 그러나 무시해도 외면해도 아무것도 사라지지 않았다. 익숙하지 않은 '레즈비언'이라는 단어가 걱정과 불쾌감으로 나에게 계속 붙어 있었다.

딸을 인정하다

2011년 1월, 스무 살.

드디어 린이 성인이 되었다. 목표로 했던 대학도 갔다. 봇물 터지듯 일탈이 시작되었다. 외박도 하고 술도 마시고 연애도 했다. 공격성이 나타나고 반항도 했다. 결국 성인이 되어서도 딸의 동성애 성향은 바뀌지 않았다.

"엄마가 그랬잖아? 성인이 돼서도 내가 그대로면 받아준다고."

인정했다. 여자친구 이야기도 들어주고, 주고받은 선물 품평도 하고, 데이트한 얘기도 듣고. 하지만 그것들은 여전히 낯설었다.

잠들기 전 나는 또 걱정을 한다. 남성 중심의 사회에서 여성으로 더군다나 성소수자로 어떻게 버텨 나갈 수 있을지……. 그저 평범하게 가정을 이루고 사랑받고 사랑하며 딸을 든든하게 받쳐줄 사위를 꿈꾸는 게 욕심인 건가!

논쟁의 계속

2014년 5월, 스물세 살.

격하게 논쟁을 벌였다. 요즘은 틈만 나면 성소수자 이야기다. 하지만 나는 동성애 이야기만 나오면 다른 이야기를 하자고 한다. 그러다 어느새 다시 그 화제로 돌아와 있다.

"너의 대화, 네 작품(창작만화), 모든 것이 편향되어 있어서 엄마는 편하지 않아. 그러면 네 작품에도 한계를 가지게 되는 거야. 안 그래?"

딸은 별명이 '걸커'(걸어다니는 커밍아웃)라고 했다. 일단 상대에게 커밍아웃을 하고, 받아주면 대화 상대가 되고 부정적인 반응이 나오면 논쟁을 벌이거나 아예 차단을 한단다. 딸은 쌈닭이 되어가는 것 같았다. 나는 그것이 일종의 폭력이라고 흥분했다.

"왜 이리 커밍아웃을 하지 못해 안달이니? 조용히 살면 안 되는 거야? 너의 섹스라이프를 누가 궁금해 해? 생활과 연애를 분리시키면 안 되는 거야? 우리 가족 모두가 네가 동성애자인 것을 인정하고, 네가 동성과 연애하고 사귀고 헤어지고 하는 모든 것을 알아. 그럼 다른 동성애자들보다 행복한 거 아닌가? 그런데 네가 레즈비언인 것이 무슨 자랑이야?"

나는 목소리를 높인다. 나도 쌈닭이 되고 있다. 침묵이 이어지고 얼굴은 열이 올라 불그스름하다.

"엄마 쪼끼쪼끼에서 한잔 어때?"

그래도 딸은 또 대화를 시도한다.

엄마가 미안해

2015년 6월, 스물네 살.

부당해고를 당했다. 억울하고 인간이 싫었다. 증발하면 아무것도 안 남을까? 책임도 의무도 변명도 옳고 그름도. 그래서 자유일까? 사는 게 구차해지는 건 정말 싫은데…….

여느 때와 마찬가지로 터덜터덜 지하철에 탔다. 모두 앉아 있고

서 있는 사람은 거의 없었다. 그들이 날 보고 있지 않을 텐데, 나는 그
때 왜 모두 나를 보고 있다는 생각이 들었을까? 그리고 나를 비웃는
듯한 느낌에 사로잡혔다. 나는 아무 짓도 안 했는데 배척당한 느낌.
내 잘못이 아니라고 항변하는데도 네 의견 따위는 중요하지 않다는
암묵적 동의가 날 질식하게 했고, 절대로 그들 사이에 다시는 들어가
지 못할 것 같은 처절한 외로움을 느꼈다. 아! 소외란 이런 것이구나.
혐오를 당하는 느낌이 바로 이런 것이구나. 억울함보다도 먼저 내가
서 있을 자리조차 없게 만드는구나. 이것이 가슴까지 차오르면 분노
를 부르거나 좌절로 증발을 선택할 수도 있겠구나.

　단 한순간에 소외와 혐오에 대하여 정확히 알 수 있었다. 그리고
내 딸이 엄마에게 설명하려 애썼던 것이 무엇인지 느껴졌다. 자기가
왜 자유롭지 못한지, 생활과 연애를 분리하여 살라고 하는 건 정체성
을 숨기며 살라는 건데, 그것이 어떻게 분리의 문제인지, 자신의 존
재 자체인데……. 엄마는 자신을 인정한다고 하면서 사실은 전혀 이
해를 못 하고 있다고 항변하던 말이 무슨 뜻이었는지 깨달았다. 나의
오만이었다. 부당해고의 억울함 따위는 저 멀리 내던져두고 나는 빨
리 내 딸 린이 보고 싶었다. 엄마가 미안했다고, 너 혼자서 온통 불편
한 공간에서 생존투쟁을 하게 했다고, 이제야 이해했다고 말하고 싶
어서 발걸음이 빨라졌다.

　린이 있다. 작업실로 이용하는 집 근처 카페에 그녀는 언제나처럼
혼자 앉아 있다. 그 또한 너무 외로워 보였다. 아무 말 없이 건너편 자

리에 앉아서 그녀의 놀란 눈과 작고 마른 손을 꽉 잡았다.

"엄마가 미안해. 이제 이해했어. 편협한 지식으로 잣대를 대어, 내 방식대로 살라 하고, 또 인정해 줬으니 고마워하라고 그랬어. 미안해, 린아. 엄마가 오만했어."

딸은 울기만 했다. 둘이 펑펑 울었다. 그리고 축배를 들었다.

"엄마! 나에게 가장 두려웠던 것이 엄마를 잃는 거였어. 난 포기하지 않아."

그해 11월, 성소수자부모모임.

"저는 레즈비언 딸을 둔 엄마 뽀미입니다. 저기 뒤에 제일 예쁘게 생긴 아이가 제 딸 린이에요. 열심히 하겠습니다!"

당사자와 부모가 같이 활동하는 경우가 드물다고 했다. 딸은 오랜만에 미소를 보인다. 어깨에도 자신감이 쌓여 있다.

린아! 엄마가 함께할게.

자그마한

행복을 이루다

　　　　2017년 10월, 스물여섯 살.

경기도 평촌의 어느 횟집.

"일행이 몇 분이세요?"

"여섯 명이에요."

남편의 생일이었다. 식구끼리 밥이나 한 끼 먹자고 한 자리였는데, 네 명의 식구가 여섯 명이 되어 모인 것이다.

"하하하! 까르르! 호호호!"

레즈비언 큰딸과 애인, 이성애자 작은딸과 애인, 그리고 나와 남편. 우리는 그 시간이 끝나도록 편안했고 어색하지 않았다.

동성 애인과 가족들이 함께 편안하고 즐거운 시간을 갖는 것. 성소수자 당사자들에게 그것은 너무나 간절하면서도 실현되기 어려운 '꿈'이라고 이야기하는 것을 들은 적이 있다. 그런데 나는 이렇게 꿈을 이루게 된 것이다. 진정 그리 어렵지 않았다. 생각해 보면 이러한 장면을 계속 상상하고 있었기 때문인가? 먼저 손만 내밀면 되었다.

"같이 밥 먹고 갈래?"

부모가

커밍아웃 하는
이유

이성용

아이의 파트너를 처음 만난 날

어느 날 아이는 자신이 레즈비언이고
애인이 있다고 말했다. 특별히 놀라지는 않았다. 올 것이 왔다는 생
각이 들었다. 아이가 성장해서 어떻게 살아갈지 구체적으로 상상해
본 적은 없지만, 레즈비언의 삶을 살 것이라고 상상해 본 적은 없다.
하지만, 그렇게 살아가지 않을 이유도 없다는 생각이 들었다. 걱정의
말도 덧붙이지 않았지만, 축하한다는 말도 하지 않았다. 그러냐, 어떤
사람이냐, 사귄 지는 얼마나 되었냐, 재미있냐, 하고 물었던 것 같다.

어려서부터 아이는 늘 또래의 평범한 삶을 답답해 했다. 고교 시

절, 남들이 다 하는 방학 보충수업은 한 번도 해본 적 없고, 시험기간 중에도 좋아하는 밴드 공연을 보러 서울로 춘천으로 천안으로 원정을 가기도 했다. 아내와 나는 아이를 자유롭게 키우고 있다고 자부했지만, 아이는 부모가 생각할 수 있는 최대한의 자유조차 갑갑했을 수 있다. 아이들은 부모가 아무리 넓게 바운더리를 쳐도(쳤다는 착각) 그 경계 밖에서 성장하는 것이 아닌가.

그날 이후 만날 때마다 아이는 연애 얘기를 했다. 사진을 보여주고, 그 사이에 어떻게 지냈고, 무슨 일 때문에 서로 싸웠는지……. 아내는 이러저러한 일로 아이의 파트너를 만날 일이 있었다. 나 역시 궁금했지만 좀처럼 만날 기회가 오지 않았다.

2014년 12월 초 '무지개행동'(성소수자차별반대무지개행동: 성소수자 차별반대를 위한 성소수자 단체·개인들의 연대체)이 서울시청 점거 농성을 시작했다. 서울시민인권헌장 문제와 관련해서 박원순 서울 시장이 한 "동성애를 지지하지 않는다"는 발언에 항의하기 위해서였다. 무지개행동 농성단에 적극적으로 참여하고 있던 아이는 아내와 나에게 지지 방문을 요청했다. 우리는 기꺼이 찾아가 짧은 지지 연설을 하고, 열기 가득한 현장에서 같이 구호를 외치고, 그 자리에 참석한 사람들의 생생한 이야기를 들었다.

그날이 아이의 파트너를 처음 만난 날이었다. 첫 대면을 앞두고 다소 긴장이 되었다. 만나서 어떤 말을 할 수 있을지, 어떤 모습을 보여 줘야 할지 정리가 되지 않았다. 그런 어수선한 와중에 아이의 파트너가 시청 로비에 나타났다. 그는 나보다 더 긴장한 듯했다. 아이가 소개를 하기도 전에 영화에 나오는 조폭처럼 90도로 인사를 했다. 어색함도 잠시, 우리는 편안하게 얘기하고 사 온 음식을 나누어 먹고 농성장 분위기를 자연스럽게 즐겼다.

레즈비언 딸 덕분에

　　　　　딸이 아니었으면 누리지 못했을 즐거운 추억들이 많다. 아이는 커밍아웃하고 곧바로 성소수자 운동에 참여했다. 퀴어 영화제에 스태프로 참여하면서 나를 초대했다. 아내는 다른 일이 있어 혼자 가야 할 상황이었다. 낯을 가리는 성격에다 성소수자들을 만나면 어떻게 처신해야 할지 몰라 많이 망설였다. (내 아이가 성소수자임에도 불구하고 나조차 어쩔 수 없었던 불편감이랄까?) 그러나 결국 가기로 결정했다. 아이는 스태프로 부산하게 돌아다니느라 아빠를 돌아볼 여유조차 없었다. 아이가 소개해 준 다른 사람들과 같이 보낸 시간이 더 많았다. 이들의 태도는 친절하고 세련되었다. 그 자리에서 처음 김조광수, 김승환 커플을 만났다. (그들은 우리나라 최초의 공개 동성결혼식에 참석해 달라고 했다. 귀한 초대에 응하지 못한 것은 참으로 아쉽다.)

　서울시청 광장의 퀴어문화축제도 생각난다. 광장을 가득 메운 성소수자들은 유쾌하고 생기발랄했다. 그에 반해 광장을 에워싼 호모

포비아들은 거친 목소리로 증오의 메시지를 전달하려고 애쓰고 있었다.

2017년 가을에는 처음으로 성소수자부모모임에 참석했다. 전국에서 모인 부모들이 가슴을 털어놓고 살아온 세월을 이야기했다. 슬기롭게 아이들의 삶을 이해하고 힘이 되려고 애쓰는 모습이 인상적이었다. 특히 트랜스젠더 부모들의 얘기를 들으면서 아픔에 공감하고, 꿋꿋하게 살아가는 모습에 박수를 쳤다.

성소수자 관련 모임에 참석하면서 무엇보다 생각의 지평이 넓어졌다고 할 수 있다. 그간 내가 관심을 가져왔던 세상사와는 다른 다양한 얘기들을 접하게 되었다. 성소수자뿐만 아니라 세상에 분명히 존재하지만 보이지 않는 사람들이 눈에 보이기 시작했다. 세상이 얼마나 넓고 사람들이 얼마나 다르게 살아가고 있는지 아이를 통해 배웠고, 배우고 있다. 아이 덕분에 많은 사람들이 보지 못하는 세상의 또 다른 삶의 모습을 볼 수 있게 되었다. 그런 의미에서 나는 레즈비언인 딸에게 감사해야 한다.

부모로서의
첫 커밍아웃

아이가 레즈비언이라고 해서 내 삶이 달라진 것은 없다. 본인은 그렇게 살면 되고, 나는 나대로 살아가면 된다고 생각

했기 때문이다. 주변 사람들에게 특별히 커밍아웃할 일도 없었고, 그
래야 한다고 생각하지도 않았다.

그러나 아이가 성소수자 운동에 뛰어들고 매체를 통해 이름이 알
려지면서 상황은 조금씩 변해 갔다. 지인들 중에 우리 아이가 레즈비
언이라는 사실을 다른 경로로 알게 되는 사람들이 있지 않을까, 걱정
아닌 걱정을 하게 되었다. 아이도 그런 생각을 했나 보다. 오랜만에
집에 와서 대화하던 도중 딸이 먼저 그런 얘기를 했다. 아빠 엄마가
판단해서 자신이 레즈비언이라는 사실을 주변 사람들에게 말해 주
면 좋겠다고.

기회는 비교적 빨리 찾아왔다. 일 년에 한두 번 정도 만나는 선배
가 있다. 독실한 크리스천이면서, 지역에서 시민사회 일을 열심히 하
는 사람이다. 이 선배가 동성애에 대한 편견이 담긴 글을 이따금 페
이스북에 퍼나르는 게 마음에 걸렸다. 어느 날 일본에서 손님이 찾아
와 그 선배를 포함해서 일행이 동해안으로 짧은 여행을 하게 되었다.
가는 도중 자녀들의 연애, 결혼 등 지극히 상투적인 이야기를 나누
게 되었다. 처음에는 내 아이가 연애나 결혼에 관심이 없다고 대답했
던 것 같다. 그런데 이 기회에 딸 얘기를 해야겠다는 생각이 스쳤다.
저녁 식사를 하면서 얘기를 꺼냈다. 우리 아이가 레즈비언이다, 지금
애인과 함께 잘 살고 있다, 가끔 페이스북에서 선배가 퍼온 글을 보
면 불편하다…….

그 후 이야기가 어떻게 전개되었는지는 정확하게 기억나지 않는

다. 선배는 충격을 받고 잠시 할 말을 잃은 듯했다. 그리고 변명 비슷한 얘기를 몇 마디 덧붙였다. 그 와중에도 우리 아이와 나를 이해하려고 노력하는 모습이 보였다. 이후 선배의 페이스북에서 더 이상 그런 성격의 글은 찾아볼 수 없다.

내가
커밍아웃을 하는
이유

        촛불집회가 한창이던 2016년 겨울, 영화 〈무현, 두 도시 이야기〉를 친구들과 함께 보고 뒤풀이를 가진 적이 있다. 시국이 시국인지라 모두 흥겹게 촛불집회의 추억을 얘기하다 의견이 갈렸다. 박근혜 전 대통령과 최순실에 대한 여성비하 발언이 적절한가에 대해 논쟁이 벌어졌다. "암탉이 울면 집안이 망한다"거나 "저잣거리 아녀자"라는 표현이나 여성단체들이 DJ DOC(디제이덕)의 여성혐오 가사에 반발해서 공연 보이콧을 한 것이 온당한 것인지……. 어떤 이들은 국민의 분노가 극에 달한 이때, 그런 표현이 무슨 문제냐고, 지엽적인 문제로 다툴 때가 아니라고 언성을 높였다.

아내와 나는 아이가 레즈비언임을 밝히면서, 광장에는 다양한 정체성을 가진 사람들이 각자의 비전을 가지고 모이지 않았느냐, 성차별이나 성소수자에 대한 혐오 없이도 얼마든지 함께 분노하고 함께 같이 갈 수 있다고 말했다. 합치된 결론에 이르지는 못했으나(술 마시면서 하는 토론에서 합의에 도달할 수 있다는 망상은 처음부터 없기도 했지만), 우리가 성소수자 부모로서 커밍아웃을 한 순간부터 전세(?)는 급속히 우리 쪽으로 기울었다.

나는 지금도 민중총궐기 측에서 2016년 11월 11일에 내놓은 사과문(「민중총궐기투쟁본부 "다양성·평등성 지키겠다" 지난 촛불집회 여혐 발언 사과」, 『경향신문』 2016. 11. 12)이야말로 우리 사회의 진보를 위해 매우 중요한 글이라고 생각한다. 정치나 다른 분야에서는 진보적인 사람들도 성차별과 성정체성, 특히 성소수자 문제에 대해서는 그렇지 못한 경우를 많이 본다. 이 경우에도 이들을 설득할 유일한 무기는 그들 주변에도 성소수자가 존재한다는 사실을 분명하게 인식하게 하는 것이리라.

30년이 넘은 부부 동반 모임이 있다. 고등학교 시절 친구들 모임이다. 이제는 결혼하는 자녀들이 생기고, 자녀의 혼사 문제가 주요 화제로 등장한다. 올 여름 모임에서는 한 친구가 우리 아이에 대해 남자친구가 있는지, 결혼은 언제 시킬 것인지를 집요하게 물었다. 더 이상 화제를 피할 수 없을 것 같아 아내에게 눈짓을 보냈다. 아내는 아이가 레즈비언이고 지금 애인이랑 같이 살고 있다고 얘기했다. 모두들 많이 놀랐는지 그 자리에서는 더 이상 아무런 얘기가 오가지 않았다. 어색한 침묵에 빠져 버린 것이다. 모임이 파하고 잠자리에 들었을 때 옆자리에 누운 친구가 물었다. 아까 한 얘기가 정말이냐고.

두어 달 후, 모임에 참석했던 친구의 전화를 받았다. 용건은 내비치지 않고 시시한 근황을 몇 마디 물은 다음, 아이가 레즈비언이라 힘들지 않느냐고 물었다. 그 사이에 여러 가지 생각을 한 모양이다.

이후 그 친구들을 만나면 오히려 내가 먼저 그 얘길 듣고 어땠느냐고 묻는다. 대부분 특별한 편견은 없다고 말한다. 씩씩하게 성장해 온 모습을 알기에 앞으로도 잘 살아가리라고 믿는다고 말한다.

성소수자는 우리 중 누구와 아무런 관계없이 존재하는 사람이 아니다. 잘 알고 지낸 선후배나 친구의 아들딸일 수 있다. 그들은 또한 우리의 다정한 이웃이며 동료 시민이기도 하다. 이런 구체적인 사실 앞에서 우리가 관습적으로 당연하다고 믿었던 생각은 바뀌어야 하고 바뀔 수 있다. 이것이 내가 커밍아웃을 하는 가장 큰 이유다.

엄마를
지렛대
삼아

정은애

사내아이 같은 여자아이

아이가 초등학교 때 일이다.

나는 근무 중이었고 몸이 아픈 아이는 혼자 병원에 가는 길이었다. 병원에 도착했나 싶어 전화를 해보니 아이가 화가 잔뜩 나서 울고 있었다. 병원 앞에서 내리며 요금을 내느라 시간이 지체된 것 같은데, 택시기사가 아이에게 근처 서민아파트를 욕했다는 것이다. 그 아파트 주민은 아니지만 똑같이 서민인 우리 처지와 서민아파트라고 무시하는 기사의 태도, 아이가 느꼈을 모욕감 등이 한순간에 스쳤다. 할 말이 떠오르지 않아, 우선 집에 조심해서 들어가라고 하고 전화를 끊었다.

조금 시간이 지난 후 어떻게 하고 있나 싶어 다시 전화해 보니 의외로 목소리가 괜찮았다. 무슨 좋은 일이 있었냐고 물었더니, 병원 갔다가 집에 오는 다른 택시에서 아까 탔던 택시 아저씨 이야기하니까 그 기사님 왈 "그 아저씨가 잘못했네! 그래도 울지 마라. 사내자식이 그깟 일 가지고 울면 되겠니?" 했다는 것이다. 그래서 "저 남자 아니고 여자인데요"라고 말했지만, 아이는 자신을 남자아이로 봐주어서 기분이 좋았던 거였다. 그 이야기를 하며 아이도 웃고 나도 웃었다.

엄마에게 보내는 신호

내 아이는 FTM 트랜스젠더이며, 성별정정 신청을 준비하고 있다. 성소수자부모모임에 가면 "바이젠더 팬로맨틱 에이섹슈얼로서 FTM으로 트랜지션을 앞두고 있는 아이의 엄마입니다" 하고 길게 나를 소개한다. 아이는 자신의 성정체성을 기억하고 불러주는 것만으로도 기뻐한다. 그만큼 세상에서 존재감이 묻혀 살고 있으니까.

사실 아이가 유치원 시절부터 여자아이를 사랑한다고 편지를 쓸 때 나는 그 나이 또래 아이들이 느끼는 우정이겠거니 생각했다. 그후 자주 여자아이들에 대한 우정인지 애정인지 알 수 없는 친밀함을 표현할 때에도 별 신경을 쓰지 않았다. 드물게나마 괜찮아 보이는 남자나 남자 연예인에 대한 좋아하는 마음을 드러내기도 했기 때문에 아이의 성정체성이나 성적지향에 대한 고민을 크게 하지 않았다.

하지만 아이는 어렸을 때부터 자신의 남다른 성정체성에 대해 고민도 많이 했고 엄마인 나에게 신호도 많이 보냈는데 엄마가 알아채지 못했다고 혹은 무시했다고 따진다. 내가 그 신호를 어떻게 아냐고! 주변에서 본 적도 없고 당연히 상상해 본 적도 없는데……. 엄마인 나는 몹시 억울할 따름이다.

생각해 보면 아이는 여러 경로로 표현을 하고 있었던 듯하다. 학예회 때는 여자 한복 대신 바지 차림 생활한복을 사달라고 했다. 그래도 되냐고 묻자 아이는 선생님이 입고 싶으면 입어도 된다고 하셨다며 태연히 말하는 것이었다. 학예회 날 가보니 그런 한복을 입은 아이는 내 아이밖에 없었다. 학예회가 끝난 후 어떻게 된 거냐고 따지자 "인생이 다 그런 거 아니겠어~" 하며 나를 황당하게 하였다. 나는 이런 일들을 모두 아이가 좀 유별나서 하는 행동으로 생각하였을 뿐이다.

내 아이가
트랜스젠더라는 것

이쯤 살다 보니, 세상에 있을 수 없는 일은 없다는 생각을 갖게 되었기에 아이가 레즈비언일 수도 있다고 생각했다. 좀 낯설기는 하였지만(솔직히 말해 썩 흔쾌하지는 않았다) 그럭저럭 주변에도 알리고 나는 꽤 진보적인 부모인 척하기도 하였다.

아이는 때로는 사귀는 여자를 소개하기도 하고 때로는 이별에 식음을 전폐하기도 하는 등 흔한 연인들의 모습과 다를 바가 없었다. 아이는 비위가 약하고 소리에 예민하며, 부당한 일을 그냥 넘어가지 않고 잘 따지며 감정이 격해지기도 하였다. 또, 자신의 성정체성을 말하기 두려워했다. 주변에서 아이에 대해 자꾸 묻는 게 불편했던 나는 아이에게 커밍아웃하라고 말하기도 했다.

그랬던 나이지만 성소수자부모모임에 아이와 함께 참석한 날은 생각지·못한 사실을 알게 되어 당황스러웠다. 레즈비언인 줄 알고 있었던 내 아이가 트랜스젠더라는 것. 또한 '바이젠더 팬로맨틱 에이섹슈얼'이라며 곧 트랜지션을 하고 싶다는 것.

그 용어들이 무얼 뜻하는 건지도 모른 채 더듬거리던 중 때마침 MBC 〈PD수첩〉에서 성소수자 이슈를 취재하고 싶다고 하여 아이와 취재에 응하게 되었다. 조심스럽게 공개인터뷰를 하며 아이가 혹시나 악플에 상처받을까 두려워했는데 다행히도 크게 마음 쓰지 않았고, 이제 자신의 성정체성을 공개하는 걸 꺼리지 않게 되었다. 그런 과정 속에서 나는 성정체성이 그간 알고 있던 남녀나 LGBT 외에도 60여 개가 넘는 이름으로 구분되어 불린다는 것도 알게 되었다. 그동안 세상의 수많은 존재의 다양성에 대해 내가 얼마나 무지했는지도. 덕분에 아이는 더욱 단단해져서 재학 중인 학교에서 성소수자 동아리를 만들고 교내에 동아리방도 얻게 되어 주변의 친구들과 연대하며 외롭지 않은 청춘을 보내고 있다.

차별에 대항하는
용기 있는 사람들

　　　　　그렇지만 여전히 아이가 편안하게 살기는 힘든 세상이다. 지금도 퀴어퍼레이드 때 혐오하는 사람들이 떼를 지어 따라다니며 방해하는 걸 보면 중세시대 마녀사냥이 연상된다. 멀리 찾을 것도 없이, 오른손을 바른손이라고 지칭하는 것이나 아직도 피부 색깔로 사람을 차별하는 것, 종교나 학력, 경제적·사회적 지위로 사람을 차별하고 그런 것들에 영향을 받는 분위기를 보면 지금이 21세기가 맞는가 싶다.

　그러나 그런 차별에 대항하는 또 다른 용기 있는 사람들을 많이 만나게 되어 행복하다. 성소수자부모모임만 해도 그렇다. 아이가 여러 차례 권유하여 선심 쓰듯 나가 본 모임에서 부모님들을 본 첫 느낌은 '자식의 어려움을 이해하고 지지하면 저런 얼굴들이 되는 걸까' 하는 것이었다. 처음 보는 사람을 정말 따뜻하고 너그럽게 바라보는 표정들. 같은 처지의 아이들과 부모들에 대한 한없는 공감과 연민이 그런 얼굴을 만든 것 아닐까. 편안했고 그 감정이 나에게도 스며들었다.

　나는 그동안 담담한 척하면서도 아이가 성소수자의 삶이나 사랑에 대해 이야기할 때 슬그머니 화제를 돌리거나 모르는 척 외면했다. 하지만 자식이 성소수자라는 사실에 충격받고 쓰러지거나 혐오하지 않는 것만으로도 스스로 괜찮은 부모라고 생각해 왔던 터였다. 생각해 보면 의식 있는 엄마인 척하며, 성정체성으로 어려움을 겪고 있는 아이가 세상과 맞서 혼자 싸우도록 내버려둔 셈이니, 참 엄마의 교만함으로 인해 아이가 얼마나 힘들었을지 미안한 일이다.

방패가 되고
창이 되어 줄게

부모모임에 참석하면서 많은 성소수자 당사자들을 만났다. 커밍아웃에 대한 두려움과 그 후 시간을 견뎌내는 방법, 부모님의 심정에 대해 묻고 고민하고 용기를 내는 모습을 보고 내 아이 같은 당사자들에게 무언가 도움을 주고 싶었다. 또한 성소수자 부모님들이 충격과 어려움을 호소할 때 같이 울며 예전의 내 모습을 떠올리기도 한다. 얼마 전에는 나와 같은 성소수자 부모님들께 드리는 편지를 쓰기도 했다.

(…) 성소수자 엄마인 저는 지금 예전과 달리 많은 것을 알고 깨닫게 되었습니다. 성적 취향은 선택하는 것이 아니라 타고 난다는 것을요. 그건 부모나 다른 누구의 잘못 때문이 아니라,

세상에 왼손잡이나 얼굴색이 다른 사람들이 있는 것처럼 그냥 자연스러운 일이라는 걸요. 또 당사자들이 얼마나 오랫동안 자신의 정체성에 대해 고민하는지도요.

성소수자로 사는 것이 선택 가능한 일이라면 이렇게 사회적으로 비난 받는 환경에서 누가 그 길을 선택하겠습니까? 우리 아이들은 이렇게 타고났습니다. 타고난 대로 살아야 하기 때문에 성소수자로 사는 거지요.

(…) 어머님께서도 아이에게 무엇을 해줘야 할지 몰라 당황스러울 때에는 그냥 안아주세요. 힘들어도 그냥 안아주세요. 놀랍게도 아이들은 커밍아웃했을 때 부모님이 자신을 괴물처럼 여길지도 모른다는 공포심을 많이 갖고 있다고 합니다. 우리 부모들은 자식이 어떤 모습이어도 사랑하는데 말이죠.

성소수자 부모님들이 퀴어퍼레이드에서 프리허그를 했습니다. "여러분, 어서 오세요. 안아드릴게요!" 하면 성소수자들은 나이가 많든 적든 안기면서 울어요. 엄마들도 웁니다. 자신의 존재를 있는 그대로 인정하는 어른이 있다는 사실만으로도 우리 아이들은 안도하고 고마워하고 살아 낼 힘을 갖거든요.

어머님께서도 아이의 존재를 온전히 이해하고 안아주시기 바랍니다. 그리고 아이에게 꼭 말해 주세요. "엄마는 네가 어떤 모습이어도 너를 사랑한다"라고요.

2017년은 우리 가족에게 평생 잊지 못할 특별한 해이다. 아이와 함께 대외적으로 퀴어 관련 활동을 시작하였고, 추석에는 친가와 외가 친척들 모두에게 정식으로 커밍아웃하였다. 사람에 대한 이해가 깊은 아이 친가 식구들은 짐작하는 이도 있었고 처음 알게 된 이도 있었지만, 모두 그간 힘들었겠구나 하고 위로해 주었다. 교회에 다니는 외가 식구들은 걱정 반 이해 반 해주시는 걸로 생각보다 무난하게 받아들이셨다. 그간 친척들 반응이 어떨까 미리 짐작하고 걱정했던 시간이 무색하리만큼 순조로운 커밍아웃 신고식을 치르고 나니, "사람들은 실제보다 걱정을 더 많이 하고 산다"는 말이 새삼 다가왔다.

이제는 나도 당당하게 아이에게 말한다. 엄마를 지렛대 삼아 세상에 나아가 더 힘차게 외치라고. 엄마도 이해와 지지에서 한발 더 나아가 능동적인 행동으로 같이하겠다고. 부모란 자식이 죄를 지으면 감쌀 수는 없어도 같이 돌을 맞아주는 것. 하물며 지은 죄 없이 세상에서 내 자식이 정죄 받는다면 죽을힘을 다해 방패가 되고 창이 되어줄 것이다. 내 자식뿐 아니라 세상 모든 성소수자들을, 죽을 힘을 다해 지키고 보호할 것이다.

그러기엔,

너무
찬란하다

○ **김승섭**
고려대 보건정책관리학부 교수
『아픔이 길이 되려면』 저자

"어떤 새는 담장 안에 머물 수 없
다. 그러기엔 그 깃털이 너무 찬란하다."
영화 〈쇼생크 탈출〉 중 레드(모건 프리먼 분)의 대사

박사과정 학생으로 미국에서 공부하던 시절, 제가 함께 일하던 교
수님의 결혼식을 보도한 기사를 『뉴욕타임즈』에서 읽은 적이 있습
니다. 그 신문기사를 제가 아직도 생생히 기억하는 이유는 사진 속에
등장하는 두 사람이 모두 남성이었기 때문입니다. 당시 마치 당연하

다는 듯이 두 남성의 결혼을 보도한 신문기사를 보면서 느꼈던 묘한 낯설음이 지금도 기억납니다. 다행히도 당시 제가 공부하던 학교는 성소수자들이 자신의 성적지향이나 성정체성으로 인해 차별받지 않도록 항상 세심하게 배려하고 있었습니다. 덕분에 저도 동성애자로 커밍아웃한 교수님의 수업을 듣고 그분의 프로젝트에서 일하며 그 낯설음을 점차 줄여갈 수 있었지요.

거꾸로
가고 있는
한국

　　　　　2013년 한국에 돌아와 교수로 일하며 새삼스레 놀랐던 점은 많은 이들이 성소수자에 대한 혐오를 부끄러움 없이 공개적으로 표현한다는 것이었습니다. 온라인에서는 물론이고 일상에서도 성소수자 혐오는 보이지 않는 공기처럼 존재하다 예고 없이 문득문득 드러났습니다.

언제인가 동성애자인 한 친구가 제게 한국 사회가 '감옥' 같다는 이야기를 했습니다. 자신이 왜 이런 취급을 당해야 하는지 모르겠다고, 한국 사회가 너무나 답답하다고요. 학교와 직장에서는 성소수자를 보이지 않는 존재로 취급하고, 방송에서는 동성애자를 항상 우스꽝스러운 사람처럼 다루는 게 괴롭다고 했습니다. 한국에서 계속 살기 힘들 것 같다고, 기회가 되면 이곳을 벗어나 외국에서 스스로를 포함해 누구도 속이지 않는 삶을 살고 싶다고 말했습니다.

저는 아무 말도 할 수 없었습니다. 제6차 세계가치조사(World Value Survey, 2010~2014)에 따르면, 한국인 중 "나는 동성애자를 이웃으로 받아들이고 싶지 않다"고 답한 이는 77.6퍼센트입니다. 스웨덴의 3.7퍼센트보다 20배 이상, 미국의 20.7퍼센트보다는 3배 이상 높은 수치입니다. 한국은 OECD 국가 중 성소수자가 살기 가장 힘든 나라입니다.

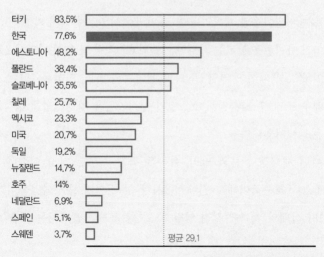

OECD 14개국 중 동성애자를 이웃으로 받아들이고 싶지 않다고
응답한 사람의 비율

터키	83.5%	
한국	77.6%	
에스토니아	48.2%	
폴란드	38.4%	
슬로베니아	35.5%	
칠레	25.7%	
멕시코	23.3%	
미국	20.7%	
독일	19.2%	
뉴질랜드	14.7%	
호주	14%	
네덜란드	6.9%	
스페인	5.1%	
스웨덴	3.7%	평균 29.1

(제6차 세계가치조사, 2010~2014)
출처: 김승섭, 『아픔이 길이 되려면』, 동아시아, 2017.

성소수자 인권과 관련하여 한국이 얼마나 후진적인지 보여주는 상징적인 사건 중 하나는 2009년 캐나다 이민·난민 심사위원회의 결정입니다. 한국에서 병역 거부를 한 남성 동성애자 김경환 씨는 캐나다에 난민 신청을 했습니다. 그리고 한국의 상황을 면밀히 조사한 캐나다 정부는 그 난민 신청을 수용하기로 했습니다. "대한민국에서는 동성애가 '신에 반하는 죄' 또는 정신적 질병으로 간주"되고, "김 씨를 위한 피난 대안처가 없다"는 게 그 이유였습니다.*

가까운 나라인 대만에서는 2016년 트랜스젠더 오드리 탕이 장관급인 디지털 정무위원에 임명되어 지금도 활동하고 있습니다. 아이슬란드 총리직을 맡았던 요한나 시귀르다르도티르는 커밍아웃한 레즈비언이고, 2017년 6월부터 아일랜드 총리로 일하는 레오 바라드카르는 커밍아웃한 게이입니다. 전 세계에서 시가총액이 가장 큰 기업이자 아이폰을 만드는 회사인 애플의 CEO 팀 쿡 역시 커밍아웃한 게이고요. 세계적 앵커인 CNN의 앤더슨 쿠퍼도, 헐리우드의 스타 여배우 조디 포스터 역시 스스로의 성적지향을 자랑스럽게 생각하는 동성애자입니다.

이런 세계적 흐름과 달리, 한국은 점점 거꾸로 가고 있습니다. 2014년 『표준국어대사전』에서 '사랑'의 정의가 수정되었습니다. "어떤 상대의 매력에 끌려 열렬히 그리워하거나 좋아하는 마음"이

---

* 「동성애 한국인의 망명 수용사유 '경악'… 캐나다의 '난민지위 결정문' 첫 공개」, 『중앙일보』 2011. 12. 16. (http://news.joins.com/article/6915084)

라는 뜻풀이를 "남녀 간에 그리워하거나 좋아하는 마음"으로 수정한 것입니다. 보수 기독교계의 요구 때문이었습니다. 이 이야기를 생각할 때면 저는 전국에 중계되는 텔레비전 토론에서 상대 후보에게 "동성애에 찬성하느냐"고 묻던 대통령 후보가 떠오릅니다. 제가 그 질문을 받았다면, 무슨 뜻인지를 되물었을 것입니다. 동성끼리 서로 그리워하고 좋아하는 마음이 동성애인데, 그런 타인의 마음에 제3자인 제가 어떻게 찬성과 반대 의견을 표현할 수 있는지에 대해서요.

혐오는
사람을 아프게 합니다

같은 해 교학사에서 출판한 『생활과 윤리』 교과서는 "성적 소수자를 비도덕적이거나 정신적으로 이상하거나 질병을 유발할 가능성이 높은 사람으로 대하는 것은 옳지 못하다"는 부분을 삭제했습니다. 그리고 "후천성면역결핍증 환자 중 남성 동성애자가 많고, 성적지향은 선천적이지 않다"는, 편견을 조장할 수 있는 내용을 교과서에 추가하면서 학생들이 성소수자에 대해 찬반 입장을 토론하도록 하고 있습니다. 자신의 존재 자체가 토론 대상이 되는 교실에서 그 시간을 견뎌야 하는 청소년 성소수자의 마음은 어떤 것이었을까요?

혐오는 사람을 아프게 합니다. 수많은 보건학 연구들은 혐오와 차별이 성소수자를 아프게 한다고 보고하고 있습니다.[*] 직접적으로 가해지는 신체적·언어적 폭력만을 말하는 게 아닙니다. 한국사회에서 성소수자는 자신의 잘못과 무관하게 언제 어디서 거부당할지 몰라 항상 긴장된 상태로 살아갑니다. 그런 일상 속에서 스스로의 건강을 지켜내는 일은 쉽지 않습니다. 또 사회가 만들어낸 왜곡된 이미지를 내면화한 이들은 스스로를 혐오하는 마음을 갖기도 합니다. 자신의 모습을 계속해서 검열하게 되는 것이지요. 공중화장실에 들어가는 게 못내 힘들었던 한 트랜스젠더 분의 이야기가 생각납니다. 자신에게는 유일하게 안전한 장소인 집에 들어와서도 그 긴장을 온전히 놓지 못해, 집 안에 있는 화장실을 이용할 때조차 불을 끄고 들어간다고 했습니다. 그분 몸 안에 존재하는 타인의 시선은 그토록 끈질기고 폭력적이었습니다.

[*] Meyer IH. Prejudice, social stress, and mental health in lesbian, gay, and bisexual populations: conceptual issues and research evidence. *Psychol Bull.* 2003;129(5):674-97. doi: 10.1037/0033-2909.129.5.674. PubMed PMID: 12956539; PubMed Central PMCID: PMC2072932.

Hatzenbuehler ML, McLaughlin KA, Keyes KM, Hasin DS. The impact of institutional discrimination on psychiatric disorders in lesbian, gay, and bisexual populations: A prospective study. *American Journal of Public Health.* 2010;100(3):452-9.

Krieger N. Discrimination and health inequities. *International Journal of Health Services.* 2014;44(4):643-710.

Mays VM, Cochran SD. Mental health correlates of perceived discrimination among lesbian, gay, and bisexual adults in the United States. *Am J Public Health.* 2001;91(11):1869-76. PubMed PMID: 11684618; PubMed Central PMCID: PMC1446893.

2017년『미국의사협회지』에 실린 미국 전역의 청소년들을 대상으로 한 자살 연구에서는 성소수자 청소년 중 40퍼센트가 지난 1년 동안 자살을 진지하게 생각한 적이 있다고 응답했습니다.* 같은 질문에 이성애자 청소년 중 14.8퍼센트가 그렇다고 응답했던 점을 고려하면, 2배 이상 높은 수치입니다. 같은 기간 동안 자살을 실제로 시도한 적이 있는지를 물었을 때, 그 격차는 더 커졌습니다. 이 질문에 대해 성소수자 청소년 중에서는 24.9퍼센트가, 이성애자 청소년 중에서는 6.3퍼센트가 그렇다고 답했습니다. 성적지향으로 인한 차별과 낙인이 성소수자 청소년의 자살시도 위험을 4배 가까이 높였던 것입니다.

아들을 위한
진 만포드의 용기

　　　　　1972년 4월, 미국 뉴욕에서 초등학교 선생님으로 일하던 진 만포드(Jeanne Manford)는 병원에서 급히 걸려온 전화를 받았습니다. 동성애자인 아들 모티(Morty)가 폭행을 당해 치료받고 있다는 전화였습니다. 지역 언론인들이 모이는 행사에서 유인물을 나

* Caputi TL, Smith D, Ayers JW. Suicide risk behaviors among sexual minority adolescents in the united states, 2015. *JAMA*. 2017;318(23):2349-51. doi: 10.1001/jama.2017.16908.

뉘주다가 경찰의 묵인 아래 폭행을 당했던 것입니다. 진 만포드는 뉴욕의 지역 일간지에 글을 투고합니다. "나는 동성애자인 아들이 있고 그 아이를 사랑한다"(I have a homosexual son and I love him)는 구절이 담긴 글이었습니다.

그로부터 두 달 뒤인 6월 25일, 그녀는 뉴욕에서 열린 성소수자 퍼레이드에 아들과 함께 참여합니다. "동성애자인 우리 아이들을 위해 부모가 뭉쳐야 합니다"(Parents of Gays Unite in Support for Our Children)라고 쓴 손팻말을 들고 행진하며 그녀는 군중 속에서 수많은 성소수자 젊은이들을 만납니다. 그들은 환호하며 그녀를 포옹했고, 또 몇몇은 그녀에게 자신의 부모님을 만나 줄 수 없겠냐고, 거절당할지 모른다는 두려움에 자신은 커밍아웃을 하지 못하고 있다고 말했습니다.

진 만포드와 그녀의 남편은 동성애자의 부모들이 모여 함께 활동할 수 있는 조직이 필요하다고 생각하고, 뉴욕의 작은 교회에서 20명의 부모들이 만나는 첫 모임을 진행합니다. 그리고 그렇게 시작된 모임은 훗날 성소수자 인권운동의 가장 큰 힘이 되는, 미국 전역에 400여 개의 지부를 두고 20만 명의 회원과 후원자를 가진 '성소수자 가족모임 PFLAG'(Parents, Families and Friends of Lesbians and Gays)로 발전합니다.

2012년 오바마 미국 대통령은 그 용기를 기리기 위해 진 만포드에게 훈장을 수여했습니다. 1972년 당시의 사회적 상황을 살펴보면

"나는 게이인 내 아들을 사랑한다"고 외쳤던 그녀의 용기가 왜 값진 것이었는지 이해할 수 있습니다. 그때는 정신과 진단에서 표준으로 사용하는 '정신질환 진단 및 통계 매뉴얼'(DSM)에 동성애가 정신질환으로 등재되어 있었고, 미국의 일리노이와 코네티컷을 제외한 거의 모든 지역에서 동성끼리 성관계를 맺으면 처벌하는 소도미법(Sodomy Laws)이 남아 있던 시기였습니다. 미국정신의학회의의 결정으로 동성애가 정신질환 목록에서 빠지게 된 건 그 이듬해인 1973년이었고, 대법원의 결정으로 미국 전역에서 소도미법이 폐지된 것은 그로부터 30년 후인 2003년이었으니까요.

벽장 속에 숨어 있는
우리 곁의
성소수자들

저는 '레인보우 커넥션 프로젝트'(Rainbow Connection Project)라는 이름으로 2016년 성인 동성애자와 양성애자 2,335명을 대상으로,* 2017년에는 트랜스젠더 278명을 대상으로 그

* Yi H, Lee H, Park J, Choi B, Kim S-S. Health disparities between lesbian, gay, and bisexual adults and the general population in South Korea: Rainbow Connection Project I. *Epidemiology and health*. 2017;39(0):e2017046-0. doi: 10.4178/epih.e2017046.

들이 겪는 사회적 환경과 건강에 대해 연구를 했습니다.* 설문 항목
에는 가족이나 친구에게 커밍아웃을 했는지를 묻는 질문이 있습니
다. 옆의 표는 그 결과를 정리한 것입니다.

　남성 동성애자 중 아버지에게 커밍아웃을 한 경우는 13.8퍼센트,
어머니에게 커밍아웃을 한 경우는 23.8퍼센트밖에 되지 않았습니다.
여성 동성애자의 경우도 크게 다르지 않았습니다. 한국에서 동성애
자 자식을 둔 부모 다섯 명 중 네 명은 자녀가 동성애자라는 사실을
모르고 있는 것이지요. 한국의 많은 성소수자들은 부모에게조차 자
신의 성적지향이나 성정체성을 밝히지 못하고 있습니다. 내가 가장
인정받고 싶은 사람들에게서 거부당할 수 있다는 두려움 때문입니
다. 계속해서 정체성을 숨기며 관계를 이어나가야 했던 시간은 얼마
나 힘든 것일까요.

　미국에는 2002년 시작된 '가족수용프로젝트'(Family Acceptance
Project)라는 연구기관이 있습니다. 어떻게 해야 가족들이 보다 따뜻
하게 성소수자 청소년들을 받아들이고 또 지지해줄 수 있을지에 대
해 연구하는 기관입니다. 그곳에서 2009년 역사적인 연구를 발표합

* Lee H, Park J, Choi B, Yi H, Kim S-S. Barriers to Transition-related Healthcare among
Korean Transgender Adults: Focused on Gender Identity Disorder Diagnosis, Hormone
Therapy, and Sex Reassignment Surgery. *Epidemiology and health*. 2018;0(0):e2018005-0.
doi: 10.4178/epih.e2018005.

성소수자의 커밍아웃 대상

커밍아웃 함	남성 동성애자 (Total N=749)		남성 양성애자 (Total N=108)		여성 동성애자 (Total N=543)		여성 양성애자 (Total N=611)		트랜스여성 범주 (Total N=139)		트랜스남성 범주 (Total N=87)	
	응답자수	(%)	응답자수	(%)	응답자수	(%)	응답자수	(%)	응답자수	(%)	응답자수	(%)
어머니	178	23.8	21	19.4	133	24.5	102	16.7	108	77.7	73	83.9
아버지	103	13.8	10	9.3	53	9.8	46	7.5	86	61.9	63	72.4
그 외 가족 구성원	261	34.9	21	19.4	223	41.1	196	32.1	86	61.9	70	80.5
성소수자 친구/지인	678	90.5	83	76.9	506	93.2	529	86.6	118	84.9	82	94.3
비성소수자 친구/지인	516	68.9	54	50.0	467	86.0	499	81.7	100	71.9	79	90.8

＊ 어머니, 아버지에게 한 커밍아웃은 '해당사항 없음'을 제외한 결과임.

＊ '그 외 가족구성원, 성소수자 친구/지인, 비성소수자 친구/지인'에게 한 커밍아웃은, '전혀 하지 않음'을 '커밍아웃하지 않음'으로, '일부에게/대부분에게/모두에게'를 '커밍아웃함'으로 묶어서 분석한 결과임.

＊ '트랜스여성 범주'는 출생 시 법적 성별이 남성인 MTF 트랜스젠더와 논바이너리 남성을, '트랜스남성 범주'는 출생 시 법적 성별이 여성인 FTM 트랜스젠더와 논바이너리 여성을 지칭함.

니다.* 21~24세 224명의 성소수자를 대상으로 그들이 가족들에게 얼마만큼 인정받고 지지받는지를 측정했습니다. 예를 들어, "13세부터 18세까지 당신이 성소수자로서 차별이나 폭력을 경험할 때 당신의 부모님은 당신을 얼마나 자주 비난했나요?"와 같은 질문을 하고 그 답을 모아 '가족 거절'(Family Rejection)이라는 형태로 점수화했습니다. 연구는 그 점수가 가장 높은 집단에서 우울증 발생 위험이 5.9배 증가하고, 자살시도를 할 가능성이 8.4배 증가한다고 보고하고 있습니다. 가족으로부터 부정당하는 성소수자들은 이처럼 삶의 절벽에 몰려 있습니다.

혐오의 담장을
무너뜨리는 길

　　　　　언젠가 성소수자부모모임에서 강연을 할 기회가 있었습니다. 세월호 참사 생존학생이나 쌍용자동차 해고노동자에 대해 연구를 하며 예민하고 슬픈 이야기를 사람들과 나눠야 하는 시간이 여러 번 있었습니다. 하지만 부모모임에서 강연을 할 때만큼 절실한 눈빛으로 강의를 듣는 청중을 본 적은 없습니다. 저 역시 자식을

* Ryan C, Huebner D, Diaz RM, Sanchez J. Family rejection as a predictor of negative health outcomes in white and Latino lesbian, gay, and bisexual young adults. *Pediatrics*. 2009;123(1):346-52. doi: 10.1542/peds.2007-3524. PubMed PMID: 19117902.

키우는 부모인지라 그 마음을 알 것 같았습니다. 내 자식 몸에 작은 생채기가 나면 그보다 몇 배 더 큰 상처가 가슴에 새겨지는 게 부모니까요.

한국의 성소수자부모모임에도 수많은 진 만포드가 있었습니다. 부모가 내 자식이 경험할 혐오와 차별에 분노하고 맞서 싸우는 게 그렇게 놀라운 일은 아닐 겁니다. 하지만, 한국처럼 성소수자 혐오가 심각한 나라에서 그게 쉬운 일일 리 없습니다.

영화 〈쇼생크 탈출〉에서, 억울하게 감옥살이를 하게 된 앤디 듀프레인(팀 로빈스 분)은 여배우 포스터로 감방의 벽을 가리고 20년 동안 작은 동굴을 파서 탈출합니다. 비가 쏟아지는 날 하수관을 기어 나와 자유의 몸이 된 앤디가 하늘을 향해 두 팔을 벌린 채 환호하던 그 모습을 특히 좋아합니다. 그 장면은 감옥에서 만난 친구 레드가 했던 "희망은 위험한 거야. 그건 널 미치게 할 수도 있어"라는 말이 틀렸다고, 앤디가 온몸으로 세상에 외치는 순간입니다.

우리에게는 희망이 있습니다. 모든 인간이 차별받지 않고 온전히 자기 자신일 수 있는 세상을 만드는 것입니다. 언제쯤이면 한국에서 성소수자가 '감옥'이라는 표현 없이 살아갈 수 있을까요. 쇼생크 감옥에서 앤디가 탈출하는 데 걸렸던 20년의 시간이면 될까요.

하지만, '탈출'은 우리의 목표가 될 수 없습니다. 몇몇 사람들이 한국사회 밖으로, 그 담장 너머로 탈출한다고 해결되는 문제가 아닐 테니까요. 어쩔 수 없이 우리의 싸움은 혐오의 담장 자체를 무너뜨려,

이 사회를 살아가는 누구도 자신을 숨길 필요가 없는 세상을 만드는 길입니다.

이 책에 실린 여러 이야기들은 왜 이 부모님들이 그 막막하고 먹먹한 싸움에, 자신의 몸에 상처를 내면서 함께하게 되었는지를 보여줍니다. 모두 다른 언어로 쓰여졌지만, 한결같이 말하고 있습니다. 갇혀 살기에는 너무 찬란한 깃털을 지닌 자신의 아이들에 대해서요.

그 변화에 초대해 주셔서 영광입니다. 함께 상처받고, 함께 기뻐하겠습니다.

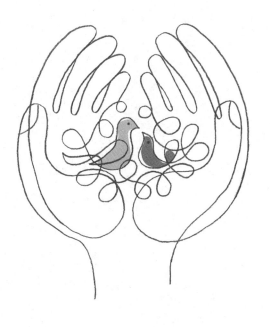

2

당신 곁에도
있는 사람

------- 성소수자들의 이야기 -------

　많은 성소수자들은 스스로의 정체성을 깨닫는 그 순간부터 가족과의 관계를 걱정한다. 나를 키워준 부모, 나와 함께 자라온 형제자매가 내 정체성을 알게 되면 나를 전혀 다른 사람처럼 볼 것 같다는 두려움, 가족에게 온전한 나 자신으로 사랑받고 있지 못하다는 생각은 많은 성소수자들을 고립시킨다. 수많은 고민과 며칠 밤을 새운 준비 끝에 커밍아웃을 해도 가족의 반응이 긍정적일지 부정적일지는 알 수 없기 때문에, 성소수자들은 가족과 인연을 끊을 각오를 하고 커밍아웃을 한다.

　누군가는, 본인의 정체성을 알리는 것이 얼마나 중요하기에 그렇게까지 고민하느냐고 물을 수도 있다. 하지만 가족에게 커밍아웃하지 못한 채 살아가는 것은 당사자에게 매일 살얼음판을 걷는 것 같은 긴장과 외로움을 안겨준다. 일상적인 대화를 하면서도 사소한 에피소드에 자신의 정체성이 드러날까 봐 스스로 검열하게 되고, 성소수자 관련 자료나 작은 메모 하나까지 숨기는 데 신경을 곤두세우게 된다. 이렇게 별것 아닌 것처럼 보이는 일들이 쌓이면서 당사자는 큰 압박과 스트레스를 받을 수밖에 없다.

커밍아웃을 했으나 받아들이지 않는 가족과 거리를 두고 살게 된 성소수자, 성소수자 인권활동에도 참여하고 주변 사람들에게도 커밍아웃했지만 가족에게만은 입을 떼지 못한 성소수자, 커밍아웃을 받은 부모님이 적극적으로 성소수자 인권활동에 함께 나선 성소수자 등, 다양한 입장에 있는 성소수자들이 자신과 가족에 대해 어렵게 이야기를 꺼냈다.

이 이야기들은 특별히 감동적이거나 특별히 슬프고 절망적인 이야기가 아니다. "내 주변에서 성소수자를 본 적이 없어"라고 말하는 분들도, 알고 보면 이들과 비슷한 고민을 하는 성소수자들이 주변에 한 사람쯤은 있을 것이다. 성소수자는 당신의 가족이나 친지, 친구와 동료일 수 있다. 성소수자들은 어디에나 있고, 이 이야기는 우리 주변의 '평범한' 이야기이다.

게이 아들,

엄마 아빠의
삶을 바꾸다

정예준

입 밖으로 꺼낼 수 없는 말

열네 살 때 처음 짝사랑하게 된 상대는 같은 반 남자아이였다. 아무리 애를 써도 그 아이가 머릿속에서 떠나질 않았다. 본능적으로 안 된다는 것을 알았고, 그래서 그 애를 피해 다녔다. 하지만 그 아이를 잊으니 또 다른 남자아이에게 두근거렸다. 그때 마침 성소수자의 이야기를 다룬 웹툰을 보게 되었고, 그렇게 내가 게이라는 것을 알게 되었다. 하지만 '게이'나 '동성애자' 같은 단어는 목구멍에 걸린 생선가시처럼, 느껴지기는 하지만 절대 입 밖으론 꺼낼 수 없는 말이었다. 그래서 어느 공간에서든, 어떤 기분이든 늘 만성적인 답답함을 안고 살았던 것 같다.

부모님은 모두 훌륭한 분들이었다. 자신이 틀렸을 때는 그걸 인정할 줄 알고, 내가 설득하면 자식의 말이지만 따라주는 보기 드문 한국 부모였다. 그럼에도 나는 커밍아웃은 절대 안 하겠다고 다짐했다. 그냥 무서웠다. 금슬 좋은 부모님을 보면서 나도 성숙한 배우자와 함께 늙어가는 꿈을 꾸게 되었지만, 그 꿈은 절대 이뤄질 수 없을 것 같았다. 그때의 나는 그냥 아무에게도 들키지 않게 조용히 혼자 살다가 그대로 죽을 작정이었다.

그렇게 아무에게도 털어놓지 못한 비밀을 안고 혼자 앓으면서 스무 살이 되었고, 그때 처음으로 가장 친한 친구에게 커밍아웃을 했다. 내 정체성에 굉장히 위축돼 있던 나는 누구든지 내가 게이임을 알면 욕을 하거나 도망갈 줄 알았다. 하지만 친구는 정말 별일 아니라는 듯 자연스럽게 받아들였고, 덕분에 나는 벽장문을 조금씩 열어갔다.

"중대발표를 할 거예요"

첫 커밍아웃이 좋았던 덕분에 용기를 얻어 그 후 1년간 거의 모든 친구들에게 커밍아웃을 했다. 그러다 보니 부모님께도 커밍아웃을 해야 할 것 같았다. 내가 아무리 노력해도 내 정체성을 바꿀 수 없었으니, 바뀌어야 한다면 부모님이 바뀌는 게 맞았다. 거짓 평화를 깨고 당장의 혼란을 겪더라도 진짜 행복을 느끼고 싶었다. 얼굴을 맞대고 이야기를 꺼낼 용기는 없었기 때문에 편지를 쓰기로 했다. 그 편지를 던지고 집에서 도망 나와 친구 집에 피신해 있을 계획을 짰다.

"이번 주 목요일에 중대발표를 할 거예요."

날짜를 잡아두고 며칠 전부터 부모님께 예고를 했지만 부모님은 무엇인지 짐작도 못 하는 듯했다. 커밍아웃을 계획한 당일, 나는 미리 성소수자부모모임에서 받아온 성소수자 부모 인터뷰집 『나는 성소수자의 부모입니다』와 『성소수자 자녀를 둔 부모 가이드북』을 편지와 함께 책상에 놔두었다. "제가 간 뒤 책상 위에 둔 것들을 읽어보세요. 생각을 많이 해보셔야 할 것 같으니, 저는 며칠 친구 집에서 지내다 올게요"라고 선언하며 집을 나왔다.

그때 썼던 편지다.

부모님께

이렇게 편지만 두고 집을 나와서 정말 많이 걱정하셨죠. 제 감정을 정리해서 글로 이 사실을 전하는 게 가장 좋은 방법이라고 생각해서 이렇게 편지를 드려요. 심호흡을 하고 차분한 마음으로 읽어주세요.

저는 동성애자예요. 부모님이 얼마나 충격이 크실지 알아요. 마음을 진정시키고 계속 읽어주세요. 같이 놔둔 책자를 먼저 보시는 것도 좋을 것 같아요. 성소수자부모모임에서 낸 책자인데 부모님께서 전혀 모르셨던, 내 일은 아니라고 생각하던 성소수자 문제에 대해 다른 성소수자 부모님들이 잘 설명해 놓은 책자예요.

제가 동성애자임을 자각한 건 중학교 1학년쯤이에요. 저는 제가 '평범함'의 범주에 들어갈 수 없는 '소수자'라는 사실이 무의식중에 너무 두려웠고, 부모님과 있으면 더욱 위축됐기 때문에 재작년까지도 모두에게 그 사실을 숨기며 들키지 않기 위해 노력했어요. 하지만 혼자 생각하고 행동하는 법을 배우며 저는 벽장문을 조금씩 열 수 있었어요. 친한 친구들에게 이 사실을 말하며 제 자신을 받아들일수록 제 마음은 훨씬 편해졌어요.

부모님께 커밍아웃했을 때 폭언을 듣거나 심하게는 집에서 내쫓기는 사람들도 있다고 해요. 이 편지를 읽는 지금은 저를 '부정'하는 단계일지도 모르지만, 결국엔 부모님이 저를 있는 그대로 받아들이고 사랑하실 거라 확신해요. 저는 부모님이 제가 어떤 사람이든지 제 행복을 지지해줄 분들이라는 걸 믿거든요.

부모님은 항상 저를 믿고 제가 큰 사고를 치지 않는 걸 고마워하셨어요. 그래서 이 일이 더욱 충격일 수도 있을 거예요. 하지만 한편으로는 기쁘게 생각하셔도 될 것 같아요. 저는 부모님과 더 많은 제 삶을 공유하고 싶어서 이런 말씀도 드리는 거니까요.

컴퓨터 바탕화면에 〈바비를 위한 기도〉라는 영화를 다운받아 놨어요. 동성애자 아들 바비와 부모의 실화를 그린 영화예요. 이 영화는 부모님이 동성애자를 이해하는 데 큰 도움을 줄 거라고 생각해요. 제가 돌아오기 전에 꼭 봐주셨으면 해요. 그리고 매달 성소수자부모모임이 정기적으로 열려요. 이번 주 토요일에도 열리는데, 시간이 맞지 않으시면 다음달에도 참여할 수 있어요. 그곳에는 부모님과 같은 상황을 겪었던 다른 부모님들이 계세요. 함께 거기에 가서 이야기를 나누면 좋겠어요.

동성애자는 언제나 존재했고, 그저 왼손잡이처럼 그 수가 적을 뿐인 개인의 정체성이에요. 하지만 한국에서는 이런 문제가 사회적 이슈로 다뤄진 지 얼마 되지 않았죠. 그래서 부모님이 이 문제에 대해 완전히 무지하실 걸 알아요. 당장 부모님이 저를 이해하기는 어렵겠지만, 저는 그런 부모님을 이해할게요. 앞으로 몇 달, 혹은 몇 년이 될지 모르겠지만, 우리의 행복을 위해 같이 배워 나가고 노력했으면 좋겠어요.

그렇게 폭탄을 던지듯 편지와 책자를 던지고 친구와 함께 PC방으로 갔다. 게임을 했지만 전혀 집중할 수 없었다. 부모님께 폭언을 듣는 상황, 혼자서 제2의 삶을 꾸리게 되는 상황 등 생각하고 싶지 않은 미래가 자꾸 떠올랐다. 가슴은 아플 정도로 쿵쾅댔다. 그러다 자정쯤에 아빠에게 처음으로 메시지가 왔다.

"그동안 많이 힘들었겠구나. 진작 상의하지……. 우리가 깊이 고민하고 생각할게."

메시지 너머 충격을 감추고 애써 침착해 보이려는 아빠의 모습이 느껴졌다. 엄마는 아무런 메시지도 보내지 않았다. 나는 그저 알았다고 했다.

그리고 다음날이 되어서 엄마에게도 메시지가 왔다.

"예준아, 엄마야. 계속 네 편지 내용을 곱씹어 생각하고…… 걱정되는 일들이 자꾸 떠올라서 잠이 안 오네. 네가 그동안 얼마나 힘들었을까 생각하면 계속 눈물만 나고……. 앞으로 어떻게 살아가야 할지 생각하면 막막하고……. 너무 혼란스럽지만 용기 내어볼게."

"사실…… 너무 힘들어……. 어쨌든 엄마가 하려는 말은…… 네가 행복해지는 쪽으로 도와주고 싶은데, 아직은 엄마 심경이 정리가 안되어서 시간을 좀 달라는 거야……. 엄마가 힘든 인생을 살게 낳아줘서 너무 미안하고, 앞으로 잘 헤쳐 나가자!"

엄마가 나를 받아들이려고 노력하시는 것 같아 다행이라고 생각했다. 하지만 나는 엄마가 미안하다는 말이 슬펐다. 내가 게이인 것은 엄마 잘못도, 내 잘못도 아니기 때문이다. 엄마에게도 시간과 공부가 필요한 것 같았다.

엄마 잘못도,

내 잘못도

아니기 때문에

　　며칠 뒤, 아빠와 성소수자부모모임의 정기모임에 나갔다. 그곳에는 우리 아빠처럼 자식의 커밍아웃을 막 접하고 모임에 찾아온 다른 부모님들, 커밍아웃을 접한 지 몇 년이 넘어 이제는 성소수자들이 차별받는 세상을 바꾸겠다는 활동가 부모님들, 그리고 동성애자, 양성애자, 트랜스젠더, 젠더퀴어 등 다양한 정체성을 가진 당사자분들이 있었다. 아빠는 정기모임에선 말을 거의 하지 않았지만,(나중에 얘기해 보니 아빠는 울음이 터질 것 같아 그때 말을 못 했단다) 뒤풀이에 가서는 조금 편해졌는지 밤늦게까지 다른 부모님들과 술을 마시고, 웃고 떠들기까지 했다. 이미 자식의 커밍아웃을 겪은 '베테랑' 부모님들의 조언이 아빠에게 큰 힘이 된 것 같았다. 집으로 돌아가는 차에서 아빠는 넌지시 "오늘 모임에 와 보고 네가 행복하게 살 수 있겠다는 확신을 얻었다. 아빤 이제 다 된 것 같다"고 말했다.

　　해외 출장을 갔던 엄마는 정기모임이 지나고서 며칠 후에야 귀국했다. 귀국하자마자 우리는 외식을 했다. 밥을 먹으며 엄마는 적극적으로 성소수자에 대해, 그리고 엄마가 미처 몰랐던 게이인 나에 대해 물어봤다. 대화 도중에도 엄마는 "네 앞에선 울지 않으려고 했는데⋯⋯"라며 계속 눈물을 훔쳤다.

　　우리는 그날 외식 이후로는 이 문제를 거의 입 밖에 내지 않았다.

선뜻 말을 꺼낼 수 없는 묘한 분위기가 흘렀다. 엄마에게 나의 정체성은 여전히 생각하기도, 말하기도 어려운 문제인 것 같았다.

한 달 뒤 정기모임엔 엄마도 함께 참석했다. 시작하면서 한 사람씩 자기소개를 하는데, 엄마 차례가 되자 "저는 한 달 전에 아들이 게이라고……" 하며 말도 잇지 못하고 계속 울었다. 한 달간 나와는 거의 얘기를 하지 않던 엄마는 모임에서 굉장히 많은 말들을 쏟아냈다. 내색하진 않았지만 엄마에게도 이 문제를 털어놓을 곳이 필요했던 것이다.

아빠가 처음 참석했을 때처럼 다른 참여자 분들이 모두 엄마를 격려해 주었고, 엄마도 뒤풀이에서 다른 부모님들과 늦게까지 이야기를 나누었다. 모임 이후 엄마도 눈에 띄게 나아진 것 같았다. 그 뒤로는 엄마와 아빠, 그리고 나중에 알게 된 여동생까지 빠르게 이 문제를 수용했고, 우리집은 비로소 나에게 완전히 편안한 공간이 되었다.

커밍아웃 후에
바뀐 것들

그렇게 강렬했던 커밍아웃을 한 지도 일 년이 넘었다. 커밍아웃 이후에는 많은 것들이 바뀌었다. 먼저 성소수자 인권운동을 시작했다. 부모님도 다 아는 마당에, 더 이상 벽장 속에 있을 필요는 없었다. 막연히 두려워했던 에이즈 이슈에 대해 인권단체에서 제대로 공부도 하고, 게이합창단 단원이 되어 무대에 서기도 했다. 종태원(종로와 이태원, 게이들이 모이는 거리)에 나가서 친구들과 어울리기도 했다. 비슷한 성소수자 친구들을 사귀는 게 나를 더 나답고 편하게 만들어 주는 것 같다. '이쪽 친구들'은 이제 나에게는 더없이 소중한 자산이다.

여동생에게는 부모님께 커밍아웃한 지 한 달 정도 뒤에 커밍아웃했다. 치킨을 먹다가 커밍아웃을 받은 동생은 "진짜? 정말?"하며 놀라더니, 이내 "뭐, 오빠 인생이니까!" 하고 쿨하게 받아들였다. 그때 동생은 (편견을 포함해서) 성소수자에 대한 아무런 지식도 없었기에 괜찮았다고 한다. 사실 동생과는 서로 그다지 관심이 없던 사이였는데 커밍아웃 후에 오히려 훨씬 가까운 사이가 되었다. 그전까지는 정체성을 숨기느라 쉽게 드러내지 못한 관심사(남자 아이돌, 화장품 같은)를 동생과 공유하게 되었기 때문이다. 워너원 사진을 주고받고, 어느 파운데이션이 괜찮다더라 하는 소소한 얘기들이 자연스럽게 우리를 절친한 사이로 만들었다.

부모님은 성소수자부모모임에 점점 더 자주 나가시더니 이제는 아예 인권활동가가 되어, 쉬는 날이면 온갖 성소수자 행사에 가서 구호를 외치느라 바쁘시다. 퀴어퍼레이드에서 '나는 게이 아들을 둔 부모입니다'라고 적힌 피켓을 들고 행진하고, 군대 내 동성 간 성행위 처벌법인 군형법 제92조 6항 폐지를 위한 집회에서는 "죄 없는 우리 아들을 잡아갈 수 있냐"며 목소리를 높인다. 이제는 다른 활동가 부모님들이 가장 편한 친구가 되었다면서, 네 덕에 여생을 함께 보낼 좋은 사람들을 만났다고 고마워하신다.

또, 부모님은 주변 사람들에게 커밍아웃해도 되냐고 물어보셨는데, 부모님이 원한다면 얼마든지 하시라고 했다. 내심 나는 부모님이 많이 해주길 바랐다. 아무리 성소수자에 부정적인 시각을 가진 사람이라도 본인 주변에 성소수자가 존재하는 것을 안다면 쉽게 악마처럼 생각하지는 못할 테니까. 그 후 금세 부모님은 본인의 친구들과 친척들에게도 커밍아웃을 했다.

부모님 친구분들은 한국 중장년층 대부분이 그렇듯 이런 문제에 큰 관심이 없었지만, 소중한 친구의 아들이 게이라는 걸 알고서는 누구보다 열렬한 공감과 지지 의사를 보내왔다. 친척들도 마찬가지였다. 보수적인 경상도 분들이 대부분이었지만 커밍아웃 이후 처음으로 다 같이 모였을 때 "성소수자를 부정적으로 생각했었는데 우리 예준이가 그렇다는 걸 들으니 내가 잘못 생각했다는 걸 알았다"고 하셨다. 군대나 결혼 문제에서 성소수자가 차별받는 문제를 찬찬히 설명해 드리자 그런 법이 어디 있냐며 크게 역정을 내기까지 하셨다. 명절마다 결혼은 언제 할 거냐는 질문이 게이들이 가장 듣기 괴로워하는 것인데, 더 이상 그런 질문 들을 일이 없을 테니 한결 홀가분했다.

세상을 바꾸는 것은

혐오가 아닌

사랑일 테니

지금 나는 캐나다 토론토로 유학을 와 있다. 대한민국을 바꾸고 당당히 한국 땅에서 살고 싶은 마음이 여전히 크지만, 게이가 군대를 가면 잡혀가고, 군대 가기를 거부해도 잡혀가는 나라에서 가만히 있을 수는 없었다. 물론 군대 내에서 숨죽이고 이성애자인 척, 거친 남성인 척 연기하며 내 자신을 숨기면 될 수도 있겠지만, 평생을 그렇게 살다 이제야 숨통이 트였는데, 그 어두운 벽장 속으로 다시 들어가기는 싫다.

캐나다는 성소수자 친화적인 국가로 유명한 나라답게 입국 수속장에서부터 성소수자를 상징하는 무지개 깃발 사진이 붙어 있었다. 동성 커플들이 거리에서 자연스럽게 보이고 광고에도 나오며, 퀴어 퍼레이드는 국가적인 행사로 개최된다.

여기서 나는 많은 한인 성소수자들을 만났다. 다들 진정한 자유를 위해 먼 타지에 발을 붙이고 있었다. 이곳에서 사귄 게이 형들이 모이면 서로 하는 얘기들, 결혼은 언제 할 거냐, 지금 만나는 남자와 결혼해라, 네 나이면 돈과 외모 중 하나는 포기해야 한다 등, '이성애자스러운' 대화와 농담을 듣고 있자면 이곳에서 게이들이 얼마나 '평범한' 존재인지 느껴져서 기분이 오묘하다.

그 밖에도 성별 선택란에 '선택하지 않음, 답변하지 않음' 등 남녀

이외의 세 번째 항목이 있고, 남자화장실에 "트랜스 남성을 포함해 젠더와 관계없이 원하는 누구나 사용이 가능하다"는 안내가 붙어 있는 것을 보며 사회 전반의 성소수자에 대한 이해도가 높다는 것을 느낀다.

이런 캐나다이지만 1990년대 후반까지만 해도 전혀 성소수자 친화적인 나라가 아니었다고 한다. 지금의 한국처럼 동성애를 질병이나 변태적 행위로 생각했고, 국가가 탄압을 주도하였다고 한다. 하지만 끊임없는 투쟁과 사람답게 살 권리를 중요시하는 분위기 속에서 빠르게 진보하여 이제는 '퀴어 강국'이 되었다. 한국은 아직 너무나 갈 길이 멀어 보이지만, 주변에 힘이 되는 친구들과 한 걸음씩 나아가다 보면 금방 변할 수 있을 것이라고 생각한다. 결국 세상을 바꿀 동력은 혐오가 아닌 사랑일 테니 말이다.

벽장으로
들어간 날,

그리고
그날 이후

백승우

　　　　　　부모에게 하는 커밍아웃 얘기가 나오
면 항상 나는 이렇게 말해 왔다. "딱히 부모에게 커밍아웃해야 할 의
무는 없잖아." "커밍아웃이 성공하면 좋기야 하겠지만, 나한테는 그
게 막대한 에너지를 쏟아부어서까지 얻고 싶은 건 아니야." "자기
들이 못 알아본 건데 무슨 자격으로 왜 말 안 했냐 탓할 수 있겠어?"
"시대가 어느 때인데 부모 자식 관계가 꼭 눈물의 상봉으로 결말 맺
을 필요는 없지." 일부러 더 틱틱거리면서, 연연하지 않는 척, 온갖
쿨한 척은 다 하면서.

　　사실은 나도 알고 있다. 저렇게 사전에 미리 선을 두려는 말들은

부모에게 쏟아붓고 싶은 응어리들이 신경질적으로 튀어나오는 것이 란 걸. 성소수자부모모임의 정기모임에서 부모님들 말씀에 수없이 울컥하고, 내면의 부모님과 수없이 싸우고 화풀이했다. 동시에 이렇게나 내가 부모에게 연연한다는 진실이 괜스레 짜증이 났다.

나는 다른 당사자들처럼 부모의 마음이나 입장을 헤아리거나 부모와 서로 터놓고 대화를 할 만큼 성장하지 못한 채 과거에 그대로 갇혀 있는 듯하다. 아직도 응석을 부리고 싶은 걸까. 어쨌든 커밍아웃에 대한 이야기를 하기엔 아직도 할 말이 별로 없다. 반대로 나는 벽장 속에 들어간 날과 그날 이후만 얘기할 수 있을 것 같다.

지독했던
중학교 2학년

중학교 2학년 때, 나는 학교와 점점 불화했다. 아이들은 2차 성징이 이미 시작됐고 각자 충실히 여자가, 남자가 되어 가고 있었다. 이젠 어느 하나를 골라잡아 그 속에 들어가야 할 시기가 왔다. 허나 나는 굼떠 재빨리 그러지 못했다. 어린 시절 친구들은 어느새 남자가 되었고 나를 계집애 같다며 조롱하고, 때리고, 위협했다. 여자아이들은 상냥하게 대해 주다가도 깔보는 눈빛이 언뜻 보이더니 자기들끼리 알 수 없는 귓속말을 속삭였다. 이 공간에 정이 떨어져, 자연스레 연극부 활동도 그만두고 학교에선 잠만 잤다. 머리를 안 자르고 교복을 줄여 입는 나름의 반항을 하기도 했다.

가장 지독하게 군 건 담임선생님이었다. 친구에게 일방적으로 맞았던 적이 있었는데 수업 도중 영단어 'fight'를 설명하며 나와 친구 얘기를 하기도 하고, 아이들이 승우는 공을 무서워한다니까 참 이상한 애라며 비웃기도 했다. 결정적으론 엄마에게 전화해서, 승우는 친구가 없어서 매일 혼자 있다, 옷이 꼬질꼬질하다, 승우가 머리를 안 자르면 부모님이 대신 오셔서 오리걸음을 하라고 폭언을 했다. 내가 참 싫었던 모양이다.

우리 엄마는 성격이 불 같은 사람인데, 펄펄 끓는 기름까지 부어진 셈이었다. 나에게 친구 없냐며 친구 이름을 대보라고 윽박질렀고, 나는 죄지은 것마냥 고개를 숙이고 별로 친하지도 않은 애들 이름 몇 개를 둘러댔다. 내가 학교 가기 싫다고 하는 날엔 나를 발로 차고 가방을 창문 밖으로 던져 버렸다. 상황이 이렇다 보니, 내 현실과 달리 평화롭고 예쁜 말만 가득한 교회가 낯설어 그만 다니려고 했다. 물론 그날도 엄마는 방문을 걷어차고 소리를 질렀다. (누나들의 해석에 따르면 종교의 강요라기보다는 내가 집에만 있는 것을 걱정하는 엄마만의 표현이라고 했다. 우리 엄마는 표현 방식이 저렇다.) 또 학교폭력을 당한 후 잠자는 시간이 열다섯 시간까지 늘어났는데, 내가 증상을 호소하자 정신력이 부족하고 나태하다며 비아냥거리기도 했다. 우리 엄마는 이런 사람이었다. 그리고 요즘도 당시 얘기가 나오면 웃으면서 "그때 너 참 말 안 들었었지"라고 말한다.

내가 모르는
엄마의 삶

　　저것만 떼어 놓고 보면 엄마는 참 나쁜 사람이다. 허나 엄마는 자식 셋을 키워야 했고, 자주 실직해서 틈만 나면 술 먹고 난동을 부리는 아빠를 대신해 가정을 홀로 책임져야 했다. 설상가상 좁아터진 집에 할아버지와 할머니를 모시기도 했으며, 고등학생 큰누나가 있는 가족 다섯 명이 한 방을, 할아버지가 남은 방을 쓰기도 했다. 이미 엄마의 삶은 포화 상태였다. 남을 돌보기 전에 자기 자신도 돌볼 수 없었을 것이다. 나도 그걸 잘 알았다.

　그래서 더욱 침묵했던 것 같다. 나 본인이 성소수자이지만 나도 태어나서 한참 지나고서야 성소수자란 말을 배웠다. 그전에 일어난 일들은 미처 언어화하기도 전에 지나갔고, 따라서 입에 올라와본 적도 없이 하나하나 마음속으로 가라앉았다. 거기다 엄마가 얼마나 버거운 상태인지 알고 있었고, 앞에서 힘들어 할 자격이 없었다. 그건 사치였다. 그래서 엄마가 작게 푸념하는 소리나 땅이 꺼질 듯한 한숨부터 큰 화풀이까지 묵묵히 들었다.

　엄마는 본인의 인생이 얼마나 힘든지, 그에 비하면 나는 얼마나 걱정 없이 편하게 살고 있는지, 그래서 엄마 말을 잘 들어야 하고 왜 엄마 희생에 고마워해야 하는지를 가르쳐줬다. 엄마의 삶을 힘들게 한다는 죄책감을 배웠고, 입을 다무는 법을 배웠다. 물론 엄마라고 자식한테 그런 얘기를 하고 싶었을까. 하루에도 수십 번 이 세상에서 무얼 바라고 이 고생을 하나 싶었을 것이고, 다급하게 아무나 붙잡고 하소연한 것인데 그게 정신 차려 보니 자식이었을 것이다. 술 취한 남편과 시어머니, 어린 자식들 사이에서 엄마가 의지할 곳이 어디 있었을까. 사실 이것도 다 지레짐작이다. 엄마가 어떤 고생을 했고 어떤 심정이었을지는 엄마만이 알 것이다. 난 결국 그 삶을 모른다.

침묵은
홀로 감당하는 것

　　　　　어쨌든 침묵한 이후로는 나 스스로와도 대화를 잘할 수 없었다. 엄마의 주문에 따라 엄마와 나의 고통을 비교했다. 나의 고통을 무시하고 나는 엄살쟁이라고만 생각했다. 그래서 나에게 무슨 일이 있었는지 한참 뒤에 알았다. 당시에 내게 있던 사건들이 충분히 힘들어할 만한 일이었다는 걸, 그 몇 년 동안 내가 단 한 번도 울지 않았다는 걸 스물한 살이 되어서야 알았다.

　과거엔 감히 힘들어하지 못하고 스스로를 책망하기만 했었다. 그걸 뒤늦게 알았을 때는 엄마를 마음속으로 원망하기도 했다. 어린 나한테 왜 그랬냐고. 엄마는 자식한테 화풀이라도 했겠지만, 나는 맞고 돌아온 날도 울지 않고, 아니 울지 못하고, 아무 말도 하지 않고 그냥 잠 속으로 도망갔다고. 이런저런 속앓이를 하다가 마음을 좀 다독여 정리하고, 결국 어느 정도는 묻어 뒀다. 하지만 침묵은 단순히 하고픈 말들을 묻는다고 끝나는 것이 아니다. 침묵은 모든 문제를 홀로 감당하는 것이기도 하다.

지금은 판정이 끝났지만, 학교폭력을 당한 이후 남성사회에 적응하기 힘들어서 군대를 어떻게든 가지 않으려고 했던 때가 있다. 정작 가장 심각할 때는 병원에 못 갔는데 뒤늦게 증명할 자료를 마련하기 위해 정신병원에 갔다. 막대한 병원비가 깨졌고, 처음 심리검사 때 몇십만 원을 날려버렸다. 단기 알바로 간신히 번 돈을 몇 초 만에 탕진했고, 병원 문을 나와 벽에 기대어 한참을 한숨만 쉬었다. 시원하게 울고 싶었는데 눈물이 안 나와서 속이 터질 것 같았다. 도대체 인생이 왜 이렇게 됐을까. 남자들한테 이유 없이 맞았고, 폭력적인 남자들이 싫어졌고, 그들 틈에서 견딜 수 없었고, 그래서 도망가고 싶었다. 자기들이 얼마나 폭력적인지 모르는, 그래서 내가 얼마나 여리고 비정상이고 예민한지를 입증해야 비로소 나를 믿어주는 그들. 애써 잊었던 고통으로 가득 찬 과거를 나는 내 돈과 시간을 들여 퍼올려야 했다. 굳은살을 찢고 그 속을 파내는 고통 같았다.

당시에 벼랑 끝에 몰린 심정으로 부모님께 한 번만 도와달라고 하고 싶었으나 한동안 꾹 참고 그러지 않았다. 빚지는 게 싫었고, 나는 분명 철없이 돈만 축내는 식충이 자식이 될 테고, 그들은 스스로를 그런 자식을 너그러이 참아주는 부모로 여길 테고, 그런 자기 자신을 자랑스레 전시할 테니까. 그것으로 또 얼마나 죄책감을 심어주고 부채감을 줄지 아니까. 하지만 알바를 도저히 구할 수 없어서 견디다 못해 결국 병원비를 타다 썼다. 굴욕적이라고 느꼈다.

멀쩡해 보이던 아들이 갑자기 정신병원이라니 처음엔 적잖이 놀란 것 같았다. 그러다 아빠는 여러 번 나를 의심했다. 군대 빼려고 그러는 것 아니냐고 여러 번 물었고, 헛짓 하지 말고 남자답게 다녀오라고 했다. 그 순간마다 내가 어떻게 살았는지 아냐고 소리를 지르고 싶었다. 당신이 술에 취해 난동을 부릴 때, 지친 큰누나가 "너 이제 아빠 힘으로 못 이기냐?"라고 말했을 때, 내 심정이 어땠는지 말하고 싶었다. 폭력과 남자들이 치가 떨리도록 싫었는데, 누군가는 내가 남자가 되어 더한 폭력으로 다른 폭력을 제압해 주길 바라는 그 상황에서 나는……. 하지만 그 말을 터뜨리기 위해선 커밍아웃을 하지 않을 수 없으니 목구멍까지 올라온 말들을 그냥 꾸역꾸역 집어삼켰다. 원래 하듯이.

벽장이 뭐길래

이 사연들이 내가 가족에게 커밍아웃을 안 한다고 말해 왔던 이유이다. 엄마는 이미 자기 자신만으로도 버겁고 지친 사람이다. 커밍아웃을 하면, 당시에 왜 자신이 그랬는지 구구절절한 엄마만의 사연들을 또 들어줘야 할 것이고, 엄마는 그러다 결국 또 너무나 불쌍한 자기 자신에 도달할 것이다. 나는 그 모습을 보며 학을 떼면서도 동시에 이해가 될 것이고, 결국 서로 상처받았다고 외치는 사람들만 남을 것이다. 가해자는 없고 피해자들만 있을 것이다. 사과 받겠다고, 나도 힘들었다고, 고작 그거 하나 인정받으려는 내 꼴도 참 가관일 것이다. 나는 그 꼴을 참아낼 속이 없다. 이기적인 마음을 죄다 버리고 온갖 응어리들을 쳐내고 심플하게 커밍아웃만 하기엔, 이미 거기에 덕지덕지 붙어 있는 것들이 너무 많다. 기억의 골이 깊다.

그래서 생각도 달리 했었다. 굳이 서로의 모든 앙금을 해결할 필요도 없고, 그 과정이 고통스럽다면 더욱 그럴 필요 없다고. 서로 잘 지내고 있다면 지나간 과거는 마음 한켠 어딘가에 묻어 두면 그만이라고. 굳이 식어가는 폭탄을 찾아 꺼내서 터뜨릴 이유가 없다고.

하지만 인생을 살다 보면 언제 또 그런 날이 올지 모른다. 목구멍까지 하고 싶은 말들이 터져 나오려 하는 날. 그 옛날의 기억을 구구절절 다 끄집어내야만 비로소 얘기를 시작할 수 있는 날. 아니면 독립에 성공하고, 그런 날이 더 이상 없을지도 모른다.

그럼에도 가끔 아쉽다. 좋은 친구들을 만나 성소수자로서 사는 게 썩 괜찮다는 생각이 들수록 그렇다. 성소수자인 게 도대체 뭐라고 이렇게 나 스스로를 침묵시켰을까. 왜 가장 가깝고 눈앞에 있는 부모와도 단절되어 얘기를 할 수 없었을까. 벽장이 뭐길래. 조금만 나오면 날 도와줄 사람들도 많았는데. 얘기할 수 있었다면 정말 별것 아닌 해프닝으로 끝났을 수도 있었고, 그냥 전학을 갔을 수도 있었을 텐데. 설령 상황이 더 심각해지더라도 적어도 이렇게 겉과 속이 다른 관계를 맺게 되진 않았을 텐데. 어쩌면 사이가 퍽 좋았을지도 모를 텐데.

내가 할 수 있는
커밍아웃

　　　　그렇게 아쉬움을 곱씹다 지금 내가 할 수 있는 커밍아웃이 꼭 눈앞에 있는 사람에게 성소수자임을 밝히는 것만은 아니라는 생각이 들었다. 커밍아웃은 말 그대로 벽장 안에서 나오는 것이기도 하며, 갇힌 내면에서 나오는 것이기도 하다. 나에게 커밍아웃은 꼭 현실의 부모를 붙잡고 씨름하는 것만이 아니다. 나에게 커밍아웃은 관성이 된 자기 연민, 온갖 분노가 집결하는 근원지, 그럴듯한 변명거리로서의 부모를 극복하는 것이었다. 과거의 부모이자 내면의 부모는 더 이상 타인이라기보다는 나 자신에 가까웠다.

　물론 저런 결론을 한순간에 얻진 않았다. 당한 건 나인데 내가 먼저 이해하는 게 분하다고 생각했다. 절대 커밍아웃 안 하겠다는 말은 왜 내가 먼저 지고 들어가야 하느냐는 아집이기도 했다. 왜 내가 그렇게 모진 일을 홀로 겪고서도 부모까지 다 이해해 주는 착한 자식이 되어야 하나. 난 그러기 싫었다. 당신도 똑같이 '감정의 쓰레기통'이 되는 게 어떤 느낌인지 알았으면 좋겠고, 당신이 먼저 다 깨닫고는 찾아와 사과했으면 좋겠고, 모를 거라면 차라리 내게 계속 상처 주는 말을 했으면 좋겠다고 생각했다. 당신은 역시 나쁜 사람이라고, 여태까지 그랬던 것처럼 욕하고 탓할 수 있게. 아니면 내가 먼저 찾아가 다 당신 탓이라고 쏘아붙이고도 싶었다. 어린아이 같은 마음이지만 그게 편하고, 없는 사실도 아니니까. 나 자신의 이기적인 면은 적당히 모른 척하고 그렇게 생각하고만 싶었다. 하지만 엄마를 보며 어떤 당연한 현실을 인정하게 됐고, 생각을 달리하게 되었다.

슬프지만, 존재를 선언하지 않으면 사람들은 성소수자가 눈앞에 있어도 모른다. 물론 성소수자를 알아도 의도적으로 지우려 들기도 하지만. 우리 모두가 타인들 앞에선 항상 소외된다. 적극적으로 싸우고 입 열고 떠들지 않는 이상 알아주지 않는다. 먼저 나를 침묵시킨 건 세상인데 왜 항상 내가 먼저 입을 열어야 하냐고 원통해 했는데, 알고 보니 모두가 그렇게 살아가고 있었다. 엄마가 내게 화풀이를 하고 자기를 알아주길 바라며 했던 폭력들은 정당화될 수 없는 행위이지만, 그것은 적어도 타인에게 자기 자신을 알리려는 행동이었다. 누군가에게 먼저 말을 거는 것이 지는 것은 아니다. 모든 걸 이해하고 말을 걸 필요도 없고, 조금 이기적으로 말을 걸어도 된다. 거기서 발생하는 문제에 대한 책임은 다시금 본인 몫이겠지만 말이다. 영원히 혼자 살 수 없다면, 계속 남에게 나를 알리고 입을 열어야겠다고 다짐했다.

어쩌면, 언젠가는

　　과거의 부모와 내면에 있는 부모만 보다가 이후 성
소수자부모모임 활동을 하면서 다양한 당사자와 부모를 보았다. 폭
력적인 말이더라도, 무례한 말이더라도, 눈물이 새어 나와 단어 하나
도 제대로 발음하지 못하더라도, 이기적인 말이더라도, 일단 한 공간
에 모여 눈을 맞추고 얼굴을 보고 말하려는 부단한 노력들을 보았다.
모두가 마땅히 해야 하는 일이지만 많은 사람들이 삶에 지쳐서 접어
놓곤 하는 것들. 아무리 심각한 케이스의 부모나 당사자를 보아도,
적어도 저들은 이전보다는 나아지겠거니 싶었다. 입을 여는 사람들
에게 끝없이 나를 비춰 보고 다시 나에게 그들을 비춰 보며 많은 영
향을 받았다.

　　이제 와서 돌아보면, 내가 내면의 부모를 극복하게 된 것, 더 이상
내면의 부모와 입씨름하지 않게 된 것도 소통의 단계를 밟아온 게 아
닐까 싶다. 예전엔 침묵 속에 나 자신과도 말을 하지 않았고, 그다음
은 내면의 부모를 세워 놓고 나와 대화했고, 그다음은 타인들과의 대
화 속에서, 지금은 이런 공적인 지면에 얘기하고 있다.

　　글의 처음엔 커밍아웃을 굳이 왜 하냐고 했지만 어쩌면, 언젠가는
부모님과 눈을 보고 얘기할 수 있을지 모르겠다. 부모모임에서 봤던
그들처럼. 지금 이 글을 쓰는 게 그런 과정 중 하나일지도 모르겠다.
그런 날이 오면 서로 안아주고 여기까지 오는 데 참 오래 걸렸다고
말하고 싶다. 서로 참 수고했다고 말해 주고 싶다. 나 자신한테도 부

모한테도.

　당사자들에겐 이렇게 말하고 싶다. 꼭 누군가에게 성소수자임을 반드시 밝혀야 하는 건 아니에요. 하지만 자신을 혼자 아파하도록 내버려두지 마세요. 조금씩 조금씩 나를 알려 나가다 보면 어느새 벽장을 나와 있을 겁니다.

슬픔으로부터

투쟁

지오

내가 막 서른을 넘긴 때였으니 지금
으로부터 8년 전 일이다. 아침 댓바람부터 큰삼촌에게서 전화가 왔
다. 막 출장길에 오른 터라 정신이 없어 굳이 전화를 받지 않았다. 점
심 때쯤 전화가 다시 울렸다. 그런데 이번에는 끊어지기가 무섭게 다
시 울리고 또 다시 울리기를 반복했다. 나는 조금 짜증스럽게 전화
를 받았다. 삼촌은 화가 나 있었다. 허리가 아파서 꼼짝달싹 못 하다
가 기고 기어서 막 병원에 왔더니 이번엔 보호자가 있어야 입원이 가
능하다고 했다며 왜 그렇게 전화를 안 받느냐는 것이다. 출장 중이라
어려웠다고 답하니, 친구에게 부탁해서 입원은 했으니 필요한 짐들

만 저녁에 가져다줬으면 좋겠다고 말했다. 이미 입원까지 해 놓고선 무어 그리 다급했던 건지 나도 화가 치밀어 거칠게 전화를 끊었다.

통명스레 전화를 끊은 탓이었을까. 종일 신경이 쓰여 아무 일도 손에 잡히질 않았다. 일은 일대로 꼬이고 마음은 마음대로 복잡해 괜히 심술이 났다. 짐이랄 것도 없는 것들을 대충 우겨 넣고 병원에 도착했을 때는 희한하게도 짜증보다 미안함이 앞섰다. 삼촌도 한나절 동안 진정이 되었는지 되레 고마워하며 나를 반겼다. 병원 앞에서 사온 고기만두를 펼쳐 놓고 젓가락을 손에 쥐어주니 싱글싱글 웃기까지 했다. 그렇게 많이 아팠냐고 내가 물었고, 그렇게 많이 아픈 건 아니었지만 허리에 힘이 안 들어가더라고, 일어서질 못해서 고생을 좀 했다고 삼촌이 답했다. 그렇게 바빴냐고 삼촌이 물었고, 그렇게까지 바쁜 건 아니었지만 사장이 같이 간 길이라 눈치가 좀 보였다고 내가 답했다. 하루의 안부 사이에서 우린 웃었고 거기서 끝냈으면 참 좋았을 텐데 삼촌은 기어이 내가 듣고 싶어하지 않는 말을 꺼냈다.

"만나는 사람 없니? 진짜 결혼 안 할 거야?"

삼촌의 물음에 나는 머쓱하게 웃으면서 답했다. 만나는 사람은 있다가도 없고 없다가도 있지만 결혼은 전혀 생각이 없다고. 혀라도 한번 끌끌 찰 줄 알았더니 어쩐 일인지 삼촌은 그저 고개만 끄덕였다.

내가 막 스무 살에 접어든 대학교 신입생 때 사업 실패로 엄청난 빚을 남기고 바람처럼 사라진 부모님 덕분으로(그 이야기는 정말 길고도 길고 길다. 그리고 엄마는 이후 돌아왔다) 그 후 십 년이 넘도록 집

안에서는(조부모님, 삼촌, 동생, 나중에는 엄마까지) 아무도 내게 결혼에 대해 입도 뻥긋하지 않았다. 과연 어느 집안에서 이런 콩가루 집안 딸내미를 받아주겠느냐는 현실적인 수용에서부터, 아버지에게 받은 거듭되는 배신감으로 남자라면 치가 떨리리라는 지레짐작까지. 어찌되었든 나는 범상치 않은 집안 환경으로 인해 사생활 면에서는 제법 자유로웠다. 다만 꼭 한 명, 큰삼촌만이 만날 때마다 결혼하라는 잔소리를 늘어놓곤 했다.

대화가 길어지면 잔소리도 깊어질 터라 서둘러 자리를 정리했다. 극구 만류하는데도 삼촌은 홀까지 따라 나왔다. 홀에서는 허리나 목에 깁스를 한 환자들이 배회했다. 삼촌처럼 디스크로 고통 받는 사람들이 어지간히도 많다고, 그들을 멍하니 쳐다보며 엘리베이터를 기다리는데 불쑥 삼촌이 말했다.

"너는 나처럼 살지 마."

무슨 의미인지 짐작되는 바 없지 않았지만 못 들은 척, 시침을 뗐다. 삼촌이 말을 이었다.

"나 봐라. 병원 데려와 줄 사람도 없어."

"지금이라도 결혼해, 삼촌. 나한테 강요하지 말고."

"야, 내가 뭐가 있어서 무책임하게…… 너도 나랑 비슷해서 자기 것 없이는 말도 못 꺼내는 거 내가 아는데…… 그래도 여자랑 남자는 또 달라. 자존심 내세우지 말고 그냥 시집 가. 나처럼 되지 말고."

난 삼촌과 달라, 그러나 나는 대답 대신 삼촌 얼굴을 마주 바라보

왔다. 삼촌은 안쓰러운 눈빛으로 날 보고 있었다. 허리에 복대를 찬 삼촌 얼굴이 유난히 새까맸다. 면도를 하지 못해서인지 씻지를 못해서인지, 어쩌면 병원 바닥이 유달리 하얬는지도 몰랐다. 얼른 고개를 돌렸다. 그만 들어가라며 등을 떠미는 사이 엘리베이터 문이 열리고 나는 황급히 올라탔다. 내 안에서는 차마 말이 되어 나오지 못한 언어들이 바스락거렸다.

나는 삼촌과 달라. 미안해. 삼촌에게 말하지 못한 비밀이 있어. 그 비밀을 아는 순간 삼촌이 날 보는 눈빛이 달라질까 봐 무서워. 삼촌, 사실 나는 결혼을 안 하는 게 아니라 할 수가 없는 거야. 삼촌은 내가 연애도 제대로 안 하는 줄 알지만 사실 난 동거를 두 번이나 했는걸. 내가 사귀는 사람은 성별이 나와 같아. 그러니까 삼촌이 내 룸메이트라고 생각했던 그 사람들이 사실은 애인이었어. 나는…… 동성애자야. 들어본 적 있어? 난 여자를 좋아해. 콩가루 집안이라 결혼을 못 하는 게 아니라 사회가 날 인정하지 않기 때문에 못 하는 거야. 그건 나와 우리 가족 누구의 탓도 아니야. 삼촌은 이해할 수 있겠어? 그래도 난 겁이 나. 나 때문에 집안에 또 다른 불화가 생길까 봐. 내가 무식하고 천박하다 여기는 사람들의 표정을 우리 가족에게서 볼까 봐, 혹은 우리 가족들이 날 그렇게 볼까 봐. 내가 가족들을 실망시키게 될까 봐 두려워. 또 우리 가족들이 나 때문에 짊어져야 하는 부담과 따가운 시선들은? 그래서 아주 가끔은 차라리 다행이라고도 생각해. 최소한 나는 결혼을 강요받진 않으니까.

혼잣말을 웅얼거리며 밤길을 걸었다. 사실 난 잘 몰랐다. 내가 결혼을 못 하는 것이 비단 정체성 때문이라고만 할 수 있을까. 동성결혼이 법적으로 가능하다 해도 나는 결혼은 하고 싶지 않았다. 그건 진짜 삼촌이 짐작하는 집안의 이유일 수도 있고 구속당한다고 느끼는 답답함 때문일 수도 있었다. 서른을 넘어서도 나는 내가 뭘 원하는지 제대로 알 수 없었다. 사람들에게는 결혼이 당연하게 받아들여진다는 사실이 더 신기했다. 어쩜 그렇게 확신이 가능할까.

겁이 나는 건 사실이었다. 가족들은 장녀라서 고생이라며 이래저래 토닥여주고 마음을 써주고 다른 불편함이 있을까 봐 간섭도 하지 않았다. 어려서부터 어른들 기대에 큰 어긋남 없이 얌전하게 자라온 터라, 되레 부모가 자식 인생 망친 격이라며 날 안쓰럽게 보듬었다. 딱히 사실이 아닌 것은 아니나, 그렇다고 온전한 진실이라고도 할 수 없는 말 뒤에 나는 나의 가장 큰 비밀을 잘도 숨겨 왔다. 거기엔 여성의 지위가 달라진 사회 변화도 한몫했다. 어쩌다 명절에 만나는 먼 친척에게 "결혼은 안 할 거예요" 하고 말하면, "그래 귀찮으시지. 요새는 결혼 안 하는 여자들이 잘나가더라" 하고는 그만이었다. 가당찮은 골드미스의 지위에 오른 나는 내 비밀을 들키는 순간, 어긋나버린 아이, 치료받아야 할 대상, 타락한 존재로 낙인 찍히게 될 것이 두려웠다. 아버지가 없어서 그렇다는 둥 말을 듣게 될까 봐 미리부터 겁이 나기도 했고 시기가 적절하지 않기도 했다. 먹고살기가 빠듯한 때에는 그 외 다른 문제들이 모두 하잘것없는 문제로 전락하기 마련이다. 그러니까 정체성이니 꿈이니 하는 말들은 일종의 사치 같았다. 그러저러한 핑계들로 자위하며 내 비밀을 다시 한 번 가슴 안에 묻었다. 사람들이 보고 싶은 대로 보도록 마법의 가면을 썼다.

　허리 수술을 받고 퇴원한 이후 두 계절 반이 지나는 동안 삼촌은 부쩍 나를 찾는 날이 늘어났다. 평소에도 집안 대소사를 같이 나누던 터라 뜸한 편은 아니었지만, 그 시기에는 하루가 멀다 하고 연락이 왔다. 내용도 집안의 자잘한 문제들이 아니라 당신의 늙어감과 한탄이 주를 이뤘다. 나는 점점 삼촌이 부담스러웠다. 만나자는 약속이 차일피일 미뤄지다 어렵사리 함께 앉은 자리에서 삼촌은 말했다.

　"사람들이 물으면 나는 네가 내 딸이라고 말했어. 그러니까 내가 죽으면 아무리 어렵더라도 혼자인 삼촌을 기억하고 막걸리 한 사발이라도 놓아주겠니?"

　2009년 겨울, 내게는 아버지와도 같던 삼촌이 스스로 목숨을 끊었다. 그가 떠난 자리엔 당신처럼 살지 말라는 말이 부유했다. 삼촌은 사우디로 파견 갔던 건설노동자였다. 귀국 후엔 그 이력으로 제법 승승장구했다. 그러나 한창 잘나가던 당시에 당신 형이 남긴 엄청난 빚을 떠맡았다. 그리고 결혼 대신 형이 버리고 간 두 조카를 거뒀다. 빚을 갚고 빚을 갚고 빚을 갚는 세월 동안 그도 나이를 먹었고 점차 자신의 위치에서도 위태로워졌다. 컴퓨터를 다룰 줄 아는, 이론으로 중무장한 젊은 후배들이 그의 자리를 치고 올라왔다. 엎친 데 덮친 격으로 허리 수술 전후로 더는 일을 할 수도 없게 됐다. 그가 딸처럼 키운 조카는 '그래도 내 아버지'라며 자신의 아버지를 찾는 데 혈안이 되어 틈만 나면 전국을 떠돌았다. 갓 오십을 넘긴 중년 남성이 당신 조카에게 짐이 되지 않고 가족이라는 이름에서 소외되지 않으며 그 이상 비참하게 늙지 않을 방도는 삶을 멈추는 것밖에 없었다. 그가 타고 다닌 낡은 자동차에선 교태 어린 목소리의 여성이 부르는 음란 가요가 울리고 서랍에선 온갖 진통제가 쏟아졌다. 삼촌은 가난했고, 아팠고, 그리고 외로웠다.

삼촌은 아버지 같은 사람이었지 아버지는 아니었기에 사망신고서를 제출할 때, 보험 서류를 정리할 때, 자동차와 우편물 따위를 정리할 때에도 "아니, 왜 조카가?" 혹은 "다른 가족이 없어요?"와 같은 말을 호기심 어린 눈초리와 함께 받아야 했다. 뿐만 아니라, 이 사회에는 슬픔에도 관계에 따른 규격이 정해져 있어 나는 딱 3일 동안만 애도를 허락받았다. 그 이상 조금만 슬픈 기색이 보이면 사람들은 의아한 눈초리로 삼촌일 뿐인데 유난 떤다거나, 지나치게 딱하다는 표정으로 내게 훈수를 두려 했다. 나는 죄책감과 상실감을 추스르는 대신 일상을 보호하기 위해 또 한 번 가면을 덧씌웠다. 그리고 규격에 맞는 짝 찾기를 시도했다. 삼촌이 남긴 말이 가시처럼 박혀, 이유야 어찌되었든 나 역시 정말로 가난하고 아프고 외롭게 죽을지도 모른다는 두려움이 엄습했다. 다르게 산다는 것의 피곤함에 지쳤던 탓도 있었다. 사랑보단 안정이 필요했다. 친구처럼 함께 늙어갈 동반자가 반드시 끌리는 대상일 필요는 없을 거라 생각했다. 의아한 눈초리를 받지 않고 구구절절 설명을 달지 않아도 되는 삶을 살고 싶었다.

　서너 명의 남자를 소개받았다. 그중 한 명과는 교제를 전제로 꽤 진지한 이야기를 나눴다. 그렇게 조금씩 평범한 삶에로의 진입로가 보이는 듯했다. 그러나 딱 거기까지였다. 함께 영화를 보고 하루의 이야기를 주고받는 이상으로 남자와의 관계를 진전시키지 못했다. 타인에게 비밀로 부쳐야 했던 관계에선 느끼지 못했던 불안을 비밀이 아니어도 괜찮은 관계에서 느꼈다. 타인을 속이고 있다는 죄책감보다 더 무거운 중압감이 날 짓눌렀다. 내가 나를, 내 감정을 속이고 있었기 때문이었다. 사랑은 아니지만 신뢰가 가는 사람이 아니냐고 스스로 타이르고, 시간이 지나면 차차 마음을 더 내어주게 될 것이라고 주문을 걸어봤자 소용없는 일이었다. 애당초 가능하지 않은 본능적인 거부감이었다. 규격에 맞는 삶을 살기 위해서는 나 자신에게 거짓말을 해야 했고, 내가 나를 소외시켜야만 했다. 내가 나를 살해하는 일이었다.

　남자에게 이별을 고하고, 삼촌이 잠든 납골당에 갔다. 담배 한 개비가 타는 동안 내 이야기를 했다. 들리지 않을 말들을, 이미 늦은 고백을 타들어 가는 연기에 실어 보냈다. 당신처럼 살지 않겠다는, 당신 몫까지 더 행복하게 살겠다는, 선언 같은 것이었다. 남자와 결혼을 해서 가정을 꾸리고 부모가 되는 삶으로써가 아니라, 다른 삶을 펼쳐내 보임으로써 그렇게 하겠다고 다짐했다. 삼촌과 나는 다르지만, 사회가 정한 규격에 맞지 않은 삶을 산다는 점에서는 똑같았다. 제도에서 비껴난 삶들. 삼촌은 그 바깥의 삶을 달리 상상하지 못했다. 개인의 삶이 그 자체로 온전하지 않고 배우자나 자식에게 의탁해야만 가능한 이성애/가부장 중심의 이 사회구조가 상상을 허락하지 않은 탓이기도 했다. 어쩌면 사회는 틀을 더욱 공고히 다지기 위해 삼촌과 같은 본보기가 필요한지도 몰랐다. 틀에서 벗어난 삶이 비극적일수록 틀 안으로 포섭하기가 쉬울 테니까 말이다. 그래서 더욱 제도에 포섭되어 나 스스로를 지우지 않겠다고 다짐했다.

나는 사회에 대한 관심을 넓혀가기 시작하면서 친구들에게 하나둘 커밍아웃을 해나갔다. 그러나 커밍아웃이 가족에게까지 모두 연결되진 못했다. 지금은 여동생만이 유일하게 내 정체성을 알고 있다. 동생은 좋다고도 싫다고도 않고, 외롭지나 않으면 되지 하고 말했었다. 엄마는 어느 정도 눈치챈 듯 보이지만 어떤 식으로 얘기를 꺼내야 할지 여전히 망설여진다. 예측할 수 없는 겁이 혹처럼 붙어 있다.

그리고 시간은 흘러서 이제 내가 커밍아웃해야 할 가족의 범위는 사뭇 달라졌다. 동생의 가족이 내 삶에 들어온 것이다. 동생은 신랑에게 내 정체성을 공유했고 가끔 시부모님이 "언니는 왜 결혼 안 해?"하고 물으면 "언니는 잘 사니까 걱정 안 하셔도 돼요"하고 답한다고 했다. 그런 질문이 한두 번은 아니었던 모양으로, "왜 시부모님은 쓸데없이 언니한테 관심이지?"하고 투덜대기도 한다. 그럴 때면 내 힘을 벗어난 관계와 그 속에서 내 커밍아웃이 미칠 영향과 파장을 숙고하게 된다. 커밍아웃은 죽을 때까지 계속되는 난제라는 말을 실감한다.

한편 이 세계는 산 자들의 몫이어서 이제는 떠난 삼촌을 기억하는 날보다 자라는 두 조카에게 마음을 쓰는 날이 더 많아졌다. 내년에 초등학교에 들어가는 큰조카는 어디서 배워 왔는지 여자는 이래야 하고 남자는 저래야 한다는 말을 곧잘 한다. 그때마다 나는 아니야, 그렇게 정해진 건 없어, 하고 바로잡는다. 그러면 옆에서 지켜보던 동생이 한 소리를 한다.

"애 혼란스럽게. 언니, 네가 아무리 그래 봐, 유치원에선 안 그러는데 도루묵이지."

그렇다. 세상은 그렇게 돌아간다. 나는 삼촌의 사망신고서를 작성할 때 받았던 눈초리를 기억하고 있다. 가족들에게 커밍아웃하지 못한 여러 핑계들을 곱씹고 있다. 삼촌의 절망과 나의 주저가 닮아 있듯, 나의 소외는 이 세계에서 일어나는 다른 많은 소외와 연결되어 있다. 결코 한 개인의 문제가 아닌 것이다. 삼촌이 세상을 떠난 지 8년이 지난 지금, 나는 여전히 슬프고 삼촌이 남긴 말에 대한 내 투쟁은 한창 진행 중이다. 나는 좀 더 단단해져야 할 것이고, 아마도 싸워야 할 것이다. 삼촌을 위해, 나를 위해, 전혀 다른 세대를 살게 될 조카를 위해.

조카가 성인이 되었을 때 그에게 주어진 세계는 좀 더 다양하기를 바란다. 조카의 미래가 누군가의 삶을 의탁받거나 자신의 삶을 의탁하는 데 함몰당하지 않기를 바란다. 제도 안에 스스로를 우겨 넣지 않고, 그 안에서 탈각되었다 하여 비참하지 않으며, 제도 밖의 삶을 상상하고 유영할 수 있기를 바란다. 자신을 드러내는 일이 용기를 필요로 하는 일이 아니기를 바란다. 세계가 조금은 더 넓어져 가기를, 그 변화를 함께 만들어 갈 수 있기를, 그래서 더 자유로운 조카의 삶을 상상하는 일이 지금을 살아가는 나에게 용기가 되기를 바란다. 그래서 이모처럼 살지 말라는 말 대신, 이모는 온전히 이모답게 살았다는 말을 들려줄 수 있기를.

용기라는

말

제제

'커밍아웃'이라는 말은 이제 더 이상 우리 사회에서 낯선 말은 아니다. 하지만 '커밍아웃'을 실제로 하는 사람은 아직 그렇게 흔하지는 않다. 텔레비전 예능 프로그램 자막에 나오는 말장난 같은 상황 말고, 정말 벽장 속에 숨어 살듯이 정체성을 숨기다가 그 문을 박차고 나와서 "나는 이런 사람입니다!"라고 당당하게 말하는 그런 커밍아웃 말이다.

지난 몇 년 사이 몇몇 대학의 학생회장들이 커밍아웃한 성소수자인 경우도 있었고, 촛불집회 무대에 올라와 발언하면서 본인이 성소수자라고 밝힌 이들도 있었다. 그래도 아직 우리 주변에는 커밍아웃하는 사람이 드문 것이 사실이다. 아직도 "내가 아는 성소수자는 하리수와 홍석천뿐이야"라고 말하는 친구도 있다. "내 주변에 그런 사람은 없어"라는 말도 직접 들어봤다. 이런 말을 들을 때마다 나는 커밍아웃을 고민한다. 당신 생각보다 세상에는 성소수자들이 많다고, 나도 그런 사람이라고, 화를 내며 얘기하고 싶지만 이내 두려움에 말을 삼킨다. 그러고도 내가 정직하지 못한 것 같아서 혼자 미안해 한다.

내가 처음 인터넷에서 성소수자 커뮤니티를 접하고 성소수자 친구들을 만나게 되었을 때 많은 사람들이 내게 해준 말이 있다. "커밍아웃은 평생 하게 된다"는 말이었다. 흔히 사람들은 커밍아웃이 "나는 성소수자입니다"라고 뺑 터뜨리면 끝나는 거라고 생각한다. 하지만 실제로 이렇게 한방에 끝낼 수 있는 사람은 굉장히 드물다. 세계적으로 유명한 사람이 아니라면 누군가를 새로 만날 때마다 고민을 하게 된다. 그리고 정말 세계적인 유명인일지라도 많은 단계를 거쳐서 공개적인 커밍아웃을 할 수 있는 경지에 이르렀다고 나는 장담할 수 있다. 정체성이라는 것이 하루아침에 깨닫고 인정할 수 있는 것이 아니지 않은가.

나 스스로에게 하는
커밍아웃

지금 돌이켜보면 어떻게 몰랐을 수가 있나 싶다. 나

는 그냥 '착한 아이'였던 것 같다. 주변 사람들이 나를 보고 여자라고 하니까 그런가 보다 했다. 아들 손주만 보다가 처음으로 태어난 손녀딸이 반가웠던 할머니, 할아버지는 온갖 꽃 달린 모자와 레이스 달린 원피스를 입혀주셨다. 엄마는 내가 태어났을 때 산부인과 선생님께서 "첫딸이 유복이어라"라고 말했다며 좋아하셨다. 하지만 나는 서서 소변을 보려고 하다가 화장실에서 실수를 하고, 빨강 파워레인저가 되고 싶었고, 남동생처럼 축구화를 신고 싶었지만, 이런 내 모습을 다른 사람들이 모르게 했다. 이해는 되지 않았지만 어른들이 내가 여자라고 하니까 그런 줄 알고, 열심히 여자처럼 행동하려고 했다. 물론 마음처럼 잘 되지 않았지만 말이다.

자라면서 자주 이사를 다니다 보니 어딜 가나 주목받게 되는 일이 많았다. 어릴 때 잠시 미국에서 살다가 한국으로 돌아와서부터, 미국에서 살다 온 아이, 영어 잘하는 아이로 눈에 띄는 데다가 태권도 하는 여자애, 머리 짧게 자르고 다니는 여자애, 짓궂은 남학생들 때려주는 여자애로 유명했다. 그땐 마냥 그런 시선들이 싫었다.

우리 집에 모여 있던 동네 아주머니들이 방에서 나오는 나를 보고 "이 집 큰애는 아들로 태어났으면 참 잘생겼을 텐데"라고 말하면 나는 있는 힘껏 현관문을 닫고 밖으로 나와 씩씩거렸다. 동네 아이들이 내 뒤에서 "저 사람, 여자게? 남자게?"라고 손가락질하면 부들부들 떨면서 그 아이들을 째려봐 주었다.

나는 나의 성별에 대해 누가 얘기하는 것이 싫었고, 그 때문에 나 스스로도 생각하고 싶지 않았던 것인지 스물다섯 살의 끝자락이 되어서야 나의 성별정체성을 고민하기 시작했다. 어쩌면 그리 둔했는지 지금도 이해가 안 된다.

중학교 때 다시 미국으로 돌아갔다. 눈에 띄는 게 싫었던 나는 처음으로 머리를 길렀다. 교복도 없는 공립 학교라서 여성스럽지 않은 옷을 입고 다니면 너무 튀는 것 같아 엄마에게 옷을 사 달라고 했다. 그렇게 착한 여학생으로 열심히 살면서 고등학교까지 졸업하고 대학교에 갔지만 곧 우울증에 빠져서 허덕였다. 그때 나에 대해 심각하게 고민했고, 처음으로 여자를 짝사랑하게 되면서 느낀 성적지향에 대한 혼란, 또 한국 유학생들과도 어울리지 못하고 미국 아이들과도 어울리지 못하는 나의 문화적 정체성에 대한 혼란, 그러면서 학교생활에 적응하지 못해서 잘 나오지 않는 학점 때문에 너무 힘들었다.

결국 휴학을 하고 한국에 돌아와 영어학원 강사로 일하며 지내던 어느 날, 며칠 밤을 새며 인터넷에서 트랜스젠더 남성들의 이야기를 담은 동영상, 뉴스 기사, 블로그 자료를 찾아보고 있는 내 자신을 발견했다.

"내가 지금 뭐 하는 거지?"

처음에는 그냥 단순한 호기심이라고 치부했다. 하지만 날이 갈수록 이게 나일지도 모르겠다는 생각이 엄습해 왔다. 그리고 어느 날, 현관문을 나서는 내 뒷모습을 보고 엄마가 한 말실수에 나는 머릿속 전구에 불이 켜지는 느낌을 받았다.

"아들! 아니지, 딸! 잘 다녀와."

아들이라는 첫마디에서 나는 한 대 맞은 사람처럼 멍해져서 인사를 대충 얼버무리고 밖으로 나왔다.

그렇게 시작된 성별에 대한 나의 고민은 다시 미국으로 돌아가서도 계속되었다. 동생들이 다니는 주립대로 편입을 해서 삼남매가 함께 살게 된 곳은 미국에서도 가장 진보적임을 자랑하는 서부의 도시였다. 유튜브에서 봐 왔던 트랜스 남성들 중에 이곳에 사는 사람들도 많았기에 나는 그들에게 연락을 해서 만나게 되었고 그들은 나를 퀴어의 세계로 인도해 주었다. 그렇게 좋은 환경을 만난 나의 정체성은 몇 개월의 고민 끝에 싹을 틔웠고, 나는 드디어 거울 속에 비친 내 모습을 보며 "나는 FTM 트랜스젠더입니다"라고 말할 수 있었다. 그 말을 내뱉으면서도 역시 두려웠지만, 처음으로 자유를 얻은 그 기쁨은 뭐라고 표현하기가 어려웠다.

주변 사람들에게 하는
커밍아웃

내가 가장 믿을 수 있는 친동생들과 친구들에게 먼저 커밍아웃을 했다. 며칠씩 머릿속으로 여러 가지 시나리오를 상상해 보고 안전하다고 느껴지는 때와 장소에서 조심스럽게 말을 꺼냈다. 대부분 반응이 괜찮았다. 충분히 나를 지지해줄 거라고 예상한 사람들이었기 때문에 이 단계는 어렵지 않았다. 하지만 가장 큰 과제는 부모님이었다.

　스스로 트랜스젠더라고 인정을 하고부터 약 6개월 동안 나의 가장 큰 과제는 "어떻게 이 사실을 부모님께 알릴 것인가?"였다. 부모님은 한국에 계시고 나는 미국에 있었다. 직접 얼굴을 보고 얘기할 수 있는 상황이 아니었기 때문에 진정성이 느껴지지 않을까 봐 걱정도 됐지만 어찌 보면 편한 면도 있었다. 그냥 내가 할 말들을 던져 버리고 생각을 정리하실 동안 나는 빠져 있을 수 있을 거라고 생각했다. 하지만 내가 미국 시민권이나 영주권을 가지고 있지 않은 상태에서 만약 부모님이 격한 감정을 이기지 못해 학비 지원을 중단한다면 나는 불법체류자가 될 수밖에 없는 상황이었다. 그렇게 된다면 어떻게 살아남을지, 온갖 상황을 예상하며 수많은 고민을 했다. 가끔은 동생들도 모르게 혼자 도망쳐서 숨어서 살까 하는 생각도 했다. 내 과거를 아는 사람이 없는 곳에서 새로 시작하는 것만이 진정한 나로서 살아갈 수 있는 방법이라고 생각했다.

　정말 힘든 시간이었다. 내 삶 속의 수많은 사람들이 보는 앞에서 비난을 받아가며 남자로 어떻게 살아갈 수 있을지 상상이 되지 않았다. 그래도 절대로 죽고 싶다는 말은 하지 않았다. 너무 억울했다. 아직 이룬 것도 없었다. 진실된 내 인생은 살아보지도 못한 채로 죽고 싶지 않았다. 이대로 죽는다면 영원히 여자로, 딸로 기억될까 봐 절대 죽지 않겠다고 다짐했다. 꼭 진짜 나의 모습으로 살고 기억되고 싶었다.

동생들을 양옆에 앉히고 부모님과 화상채팅을 했다. 열심히 준비했던 말들을 차근차근 풀어 나갔다. 하지만 내 얼굴은 금방 눈물 콧물 범벅이 되었다. 부모님은 어안이 벙벙하신 듯했다. 엄마 아빠는 괜찮다고 나를 타일렀다. 너무 덤덤하게 넘어가는 것 아닌가 했다. 그 뒤로 한 달이 지나고 부모님이 혹시 내 커밍아웃을 잊어버리려고 하는 건 아닐까 싶은 마음에 나 같은 트랜스젠더 아들을 둔 한국인 어머니의 인터뷰 기사를 이메일로 보내드렸다. 아니나 다를까, 올 것이 왔다. 내 평생 잊을 수 없을 말들이 이메일 답장 속에, 카톡 메세지속에 담겨서 날아왔다. 대실패였다. 그 뒤로 약 1년간 부모님과 대화를 끊었다.

동생들을 통해 간간이 부모님 소식을 들으며 지내던 어느 날, 여동생이 엄마라며 전화를 건네주었다. 처음으로 내가 원하는 트랜지션이 뭔지 묻는 엄마에게 울면서도 열심히 답변을 해드렸다. 그런데 수술은 돈이 들 테고 우리 형편으로는 불가능하지 않냐며, 천천히 생각하자고 하셨다. 그리고 얼마 지나지 않아, 할아버지가 많이 편찮으시다고 아빠가 많이 힘들어하신다고, 경제적 부담도 커서 한 명 이상은 학비를 보내주기 힘들 것 같다는 말을 듣게 되었다. 막내 동생은 이미 휴학 중이었고 동생들은 둘 다 이런저런 이유로 미국에 남아 있어야 하는 상황이었다. 학업을 중단하고 한국으로 갈 수 있는 사람은 나뿐이었다.

사실 이때 나는 이미 테스토스테론* 주사를 맞기 시작한 상태였다. 부모님께 커밍아웃은 했지만 언제까지 기다릴 수 없다고 생각했고, 일을 저질러 놓고 통보하자는 마음으로 봄 방학을 기다리고 있었다. 하필 이런 타이밍에 한국으로 들어가야 했고 집안 분위기도 좋지 않을 터였다. 호르몬 치료를 중단하기로 마음먹었다. 어차피 한국에 가면 일을 해야 할 텐데 주민등록증에 명시된 내 성별은 여성이었다. 대학 졸업장도 없이 세 번째 휴학을 하게 되면서 내가 할 수 있는 일은 더 한정되는데, 트랜지션을 하면서 할 수 있는 일은 더더욱 적었다. 또 편찮으신 할아버지 앞에서 집안을 시끄럽게 할 자신도 없었다. 참자, 언젠가는 나도 트랜지션을 할 수 있을 거다, 내 자신을 다독여 보았지만 억울한 건 사실이었다.

불특정 다수에게 하는
커밍아웃

한국 생활에 다시 적응을 하면서, 중성적인 외모로 사는 것만으로도 힘든 점이 많았다. 화장실도 상황 봐서 이쪽저쪽을 번갈아 쓸 수밖에 없었고, 취업을 위해서는 최대한 여성스러운 모습

---

* 성호르몬의 일종으로 '남성' 호르몬으로 알려졌지만, '여성'에게서도 일부 생성되기도 한다. 일반적으로 '여성'에 비해 '남성'에게서 더 많이 분비되지만, 그 반대의 경우도 있다.

을 보여줘야 했다.(정말 비트랜지션 트랜스젠더들은 연기대상이라도 줘야 한다.) 게다가 미국에서 약 2년 동안 공개적으로 트랜스젠더 남성으로 살던 내가 다시 여자로 돌아왔다는 사실이 믿기지 않았다. 마치 지난 2년이 꿈이었나 싶었다. 미국에서 친한 친구들은 거의 모두 퀴어 커뮤니티에서 만난 친구들이었고 교수님들에게도 아무 거리낌 없이 커밍아웃할 수 있었는데, 이제 너무나도 열심히 내 자신을 숨겨야만 하는 이 사회가 답답해 미칠 지경이었다. 누군가에게는 내 정체성에 대해 털어놓아야 숨통이 트일 것 같았다.

미국에 있는 동안, 많은 영미권 FTM 친구들처럼 나도 유튜브에 내 트랜지션 관련 고민과 이야기를 공유하는 브이로그(Vlog, 비디오와 블로그의 합성어)를 찍어서 올리곤 했다. 한국에 오면서 혹시라도 직장 사람들이 보게 되지는 않을까 하는 불안감에 대부분 영상을 비공개로 바꿨지만 그래도 가끔은 새로운 동영상을 올리고 다른 FTM들과 소통을 했다.

어느 날 내 영상을 본 사람에게서 메시지가 왔다. 퀴어퍼레이드에 오지 않겠느냐는 내용이었다. 몇 명의 트랜스젠더 남성들끼리 모여서 퍼레이드에 참여도 하고 숙소를 빌려 밤새 얘기도 하자고 그랬다. 조금 망설이기도 했지만 나와 같은 사람들을 만나고 싶은 마음에 결국 동참하기로 했다.

미국에서도 가보지 않았던 퀴어퍼레이드에 처음 참여하게 되면서 나는 불특정 다수에게 하는 커밍아웃의 중요성을 알게 되었다. 서울 하늘 아래에서 "이게 진정한 나의 모습입니다"라고 말하고 보여 줄 수 있다는 게, 이렇게 좋은 거구나 하고 느꼈다. 지나가는 사람들이 우리를 보고 웃어주고 손을 흔들어 줄 때, 우리가 존재한다는 걸 인정받는 느낌이었다. 퍼레이드를 마치고 모인 친구들과 서로 고민을 나누며 이 모든 일이 힘들고 어려워도 함께한다는 자체만으로 위안이 된다는 걸 새삼 깨달았다.

그 이후로 나는 종종 (안전하다고 느끼는 범위 안에서) 불특정 다수에게 커밍아웃을 한다. 인터넷 뉴스 기사 댓글에 내가 트랜스젠더임을 밝히고 내 입장에서는 이런 생각이 든다는 말을 하기도 한다. 긍정적인 반응은 나를 정말이지 춤추게 한다. 물론 부정적인 사람들의 반응은 되도록 무시한다. 몇 번 시도해 본 온라인 데이팅 어플리케이션*에 내 성별정체성을 밝히고 사람을 만나 보기도 했다. 아직 별 소득은 없었지만 말이다. 그래도 나한테 매력을 느끼는 사람들에게 오는 연락은 나도 사랑받아 마땅한 사람이라는 걸 상기시켜 준다. 계속해서 이렇게 시도는 해보려고 한다. 사람은 공감을 먹고 사는 동물이니까.

---

* 스마트폰 어플리케이션(앱) 중 하나로, 온라인으로 데이트 상대를 찾도록 도와주는 어플을 뜻한다. 성소수자의 경우, 일상생활에서(타인의 성정체성을 알 수 없는 상태에서) 섣불리 상대에게 만남을 요청할 수 없기 때문에, 성소수자 전용 어플을 활용해서 만남을 갖는 경우가 많다.

앞으로도 해 나가야 할

커밍아웃

정체성이라는 게 간단하지가 않다. 내 정체성도 처음 깨닫게 된 이후부터 계속해서 진화하고 있는 것 같다. 한국으로 돌아온 지 2년 6개월이 됐는데 그 사이에도 많은 변화가 있었다. 아마 한국에 오지 않았다면 발견하지 못했을 암 진단을 받았다. 하필이면 자궁내막이라는 곳에 생긴 암이라서 내 몸과 내 성별정체성에 대해 많은 생각을 해야 했고, 확실하다고 치부했던 정체성을 다시 돌아보는 계기가 되었다. 여러 의료진들로부터 재발 위험 때문에 어쩌면 평생 남성호르몬 치료를 못 받을지도 모른다는 말을 들은 후로는 내가 원하는 삶을 어떻게 이 몸을 가지고 살 수 있을지 고민 중이다. 아직 정해진 것은 없다. 그래도 무엇보다 건강이 가장 중요하니까 신체적 건강과 정신적 건강의 균형을 찾으려고 노력하고 있다. 앞으로도 참 많은 커밍아웃을 해야 할 것이다.

내 이야기를 들으면 많은 사람들이 용기 있다고 말하곤 한다. 그 말이 고맙기도 하지만 약간 부대끼는 것도 사실이다. 내가 용기를 내야만 했던 것은 그만큼 사회가 나를 받아들이기를 어려워하기 때문이다. 이 '용기'를 우리 사회 일원들 모두가 함께 공유하면 좋겠다. 모두가 함께한다면 한 사람, 한 사람의 성소수자들이 내야 할 용기의 부담을 좀 나눌 수 있지 않을까?

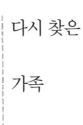

다시 찾은

가족

모리

좋은 신호?

2011년 2월이었다. 발렌타인데이에 작은누나와 만나 데이트를 했다. 영화관에 가서 애쉬튼 커쳐와 나탈리 포트만이 나오는 로맨틱코미디 영화 〈친구와 연인 사이〉를 봤는데, 영화에 게이 캐릭터가 나왔다. 누나는 내게 "나도 게이 남자친구 있었으면 좋겠다"고 속삭였다. 그날 누나와 함께 있는 중에 트위터를 많이 했는데, 그때 날린 트윗 중에는 "누나가 영화 보다가 게이 남자친구가 있었으면 좋겠다고 했다. 자기 동생이 게이인 줄도 모르고!"라는 트윗도 있었다. 그 트윗이 재밌었는지 사람들이 리트윗(공유하기)을 많이 했고, 역시 트위터를 하던 누나는 그날 밤 우연히 내 트윗을 보게 되었다. 당시 내 트위터 계정엔 내 사진이 없었고, 누나는 '재밌는 사람이네' 하는 생각에 내 계정을 팔로우했던 것 같다.(누군가 내 계정을 새로 팔로우하면 내게 메일로 알림이 오게 되어 있다.)

트위터에서 게이를 처음 만났을 누나는 내 트윗들을 호기심에 살펴봤을 것이고, 그날 나와 데이트하면서 있었던 일들을 고스란히 트윗해 놓은 것을 보고 그 계정이 다름 아닌 자기 동생의 계정이라는 사실을 깨달았을 것이다. 내 트위터 프로필엔 내 블로그 주소도 적혀 있었으니, 아마 블로그에서 내가 쓴 더 많은 글들을 보게 되었을 것이다. 그날 작은누나는 내게 갑자기 메신저로 "네가 어떤 사람이든 사랑한다"는 쪽지를 보냈다. 나는 그게 좋은 신호라고 생각했다.

작은누나는 혼자 이 사실을 감당하기 힘들었는지 큰누나에게 알렸다. 그리고 큰누나는 엄마 아빠에게 알렸다. 나중에 듣기로는, 심장이 안 좋은 아빠가 놀라서 쓰러지실까 봐 글로 적어서 알렸다고 한다. 그날인지 아닌지 모르겠지만 나는 아빠에게서 "오늘따라 아들이 더 보고 싶네. 아빠가 미안하다"라는 문자를 받았다. 난 그것도 좋은 신호라고 생각했다.

아빠에게 전화가 왔지만 받지 않았다. 시간이 필요할 거라고 생각해서였다. 적어도 6개월 정도는 가족들이 생각을 정리하고 정보도 찾아볼 시간이 필요하다고 생각했다. 그런데 며칠 지나지 않아 엄마가 낮에 내 서울 자취방에 찾아왔다.

나중에야 알게 됐지만 엄마는 그때 내가 기대한 만큼 성소수자인 나를 받아들이고 있지 못했다. 엄마는 그저 "왜 그걸 말도 안 했노?", "집에 내려와라"라는 말만 했다. 그때 나는 그게 좋지 않은 신호라는 걸 몰랐다. 처음으로 엄마가 내가 게이라는 걸 알게 됐다는 게, 그동안 혼자 힘들었던 게 북받쳐서 울면서 엄마를 안으려고 했는데 엄마는 그냥 가만히 있었다. 나를 같이 안아주지 않고 내가 안는데 그저 가만히 서 있었다. 엄마는 울지도 않았고, 나를 위로해 주지도 않았다. 화가 나 있었던 것 같다. 엄마는 집에 내려오라고만 했다. 나는 그러겠다고 했고, 엄마는 돌아갔다.

그날 밤에 큰누나에게 전화가 왔던 것 같다. 누나는 그동안 몰라서 미안하다고, 혼자 힘들었겠다고 했다. 엄마 아빠에겐 알렸다고, 엄마 아빠가 나이가 많고, 말하지 않고 지내는 그 시간이 너무 아까워서 말하기로 했다고 했다. 나는 괜찮다고 했다. 다른 사람들에 비하면 가족들이 잘 받아들여주니 난 복 받은 것 같다고 말했는데, 누나는 "그건 봐야 아는 거고"라고 말했다. 그때까지도 난 그게 무슨 말인지 알지 못했다. 그저 난 "블로그에 모든 걸 미리 써 두길 잘했구나" 하는 생각만 했다. 2009년 겨울부터 블로그에 써 왔던 성소수자로서의 고민들 때문에 가족들이 쉽게 받아들이고 있는 거라고 생각했다. 그 주 주말에 집에 내려가기로 했다.

착각

  그 주 주말, 그러니까 작은누나가 내 트위터를 발견
한 지 2주가 채 지나지 않은 시점에 나는 집에 내려갔다. 집으로 가
는 기차에서 한 가지 다짐을 했던 게 기억난다. "가족들이 몰랐던 건
어쩔 수 없는 일이다. 그 사람들의 잘못이 아니니 그 시간에 대해 책
임을 묻지 말자."

  밀양역에 아빠가 마중 나와 있었다. 별 말 없이 차를 탔고, 일상적
인 대화를 하며 한 식당으로 향했다. 엄마와 큰누나와 매형도 다른
차로 왔는데(큰누나가 결혼한 지 얼마 되지 않은 때였는데, 매형이 그 자리
에 와 있다는 사실에 놀랐던 것 같다. 난 매형과 그렇게 친하지 않았다), 주
차장에서 다시 만난 엄마는 내게 화난 표정으로 밉다고 했다. 아빠는
"가가 와 밉노?"라고 하셨다. 식당은 제법 컸는데, 테이블들이 많이
놓여 있는 트인 공간이 있었고 방도 있었다. 엄마는 사람들 들을까
봐 여기서 무슨 말이나 하겠냐며 방으로 들어가자고 했다. 그러나 왜
인지 기억이 나진 않지만 결국 그냥 트여 있는 곳에서 밥을 먹었다.
밥을 먹으면서는 그냥 일상적인 이야기를 했다. 내 정체성에 대해선
말하지 않았고, 밥을 먹은 뒤 집으로 갔다.

  집에 들어가서 거실에 다 모였을 때, 엄마는 아빠에게 역시 화난
얼굴로 "얘기 안 할 꺼가?"라고 했다. 아빠가 이야기를 시작하기 전
까지, 사실 나는 이 대화가 아주 좋은 기회가 될 것이라고 생각했다.
동성결혼이 합법화된 나라가 얼마나 많은지, 연예인 중에 누가 게이

인지, 내가 얼마나 잘 살아가고 있는지 가족들에게 말해 주려고 했다. 하지만 그건 내 착각에 불과했다. 가족들은 내가 자신들을 '속였다'는 점에 화가 나 있었다.

아빠는 먼저 상황을 설명했다. 큰누나가 알려줬고, 내 블로그에 있는 글을 하나도 빠짐없이 보고 또 봤다고 했다. 그러고는 자료를 많이 찾아봤는데, 나중에 정상으로 돌아올 수도 있으니 일단 다른 사람들에게 커밍아웃은 하지 말라는 거였다. 매형과 큰누나는 둘 다 의사였는데, 큰누나는 "서른 살이 되면 다 돌아온다"는 말을 아주 단호하게 했다. 내가 그건 틀린 연구라고 말하자 눈을 크게 뜨고 싸우기라도 할 기세로 "레퍼런스(출처) 줄까?"라고 반복적으로 말했다. 가족들은 내가 동성애자로 살면 행복하게 살지 못할 것이 너무 뻔하기 때문에 이성애자로 돌아갈 가능성을 놓지 말라고 말했다. 나는 "난 지금 행복하고, 앞으로 행복하게 살 계획도 있다"고 말했는데, 모두 "넌 행복할 수 없다. 그건 네가 자기암시하고 있는 걸로밖엔 안 보인다"고 했다.

그날 나는 죄인이 되어 있었다. 좀 더 일찍 말했더라면 가족들이 더 노력해서 '되돌릴' 수 있었는데 미리 말하지 않았다는 것, 가족들을 '기만'했다는 것이 죄목이었다.

엄마가 말했다. "내가 딱 한마디만 한다. 그 블로그 하고 있었을 시간에 공부를 했어 봐라. 무슨 짓이고 그게? 혼자서 그렇게 의식화하고." 엄마는 '의식화'라는 단어를 썼다. 내가 게이가 아닌데 블로그를 하면서 '의식화'를 했다는 말인 것 같았다. 나는 그 말에 너무 화가 나서 들고 있던 스마트폰을 집어던졌다.

집에 내려오는 길에 했던 다짐은 아무 소용도 없게 되어버렸다. "그래, 한 번도 동성애에 대해 생각해 볼 기회가 없었을 테니 내가 이해해야지"하고 생각했지만, 그렇다고 해서 내가 혼자 힘들어 했던 그 시간들을 깎아내리는 것까지 용서할 순 없었다. 적어도 부모라면 그러면 안 된다고 생각했다.

내가 스마트폰을 던지자 큰누나가 벌떡 일어나며 말했다. "그 핸드폰 니 돈으로 산 거가? 엄마 아빠가 준 돈으로 산 건데 왜 던지는데?"내 학교 성적은 좋지 못했고 장학금을 받지도 못했다. 등록금은 부모님이 냈다. 큰누나는 내가 기숙사를 신청하지 않은 것도 끄집어냈다. 2인 1실을 쓰는 게 싫어서 계속 자취하려고 기숙사 신청을 안했는데, 큰누나와 엄마는 그것도 못마땅한 듯했다. 다른 사람인 척 가면을 쓰지 않아도 되는 나만의 공간이 필요했다는 말도, 그게 정말 소중한 거라는 말도 하지 못했다. 그땐 그렇게 설명할 수 있는 개념이 내 머릿속에 없었다.

큰누나는 단호한 말투로 "앉아라!"하고 말했다. 마치 나에게 명령할 수 있는 위치에 있는 사람이라도 되는 것처럼. 아빠는 말리며 일단 앉아서 이야기하자고 했고, 상황이 조금은 진정되었다. 나는 그때부터 계속 울고 있었다. 나를 앉혀 놓고 가족들은 자기들이 하고 싶은 이야기를 했다. 아빠는 자신의 오랜 꿈인 '3대 명문가'가 이제 불가능하게 되었다고, 그런 이야기를 할 때마다 내가 속으로 어떻게 생각했을지 모르겠다는 이야기를 했다.

그 자리에 혼자 울며 앉아 있으면서 '지금은 아무 말도 하지 말자. 저 사람들에게 죄 짓지 말자'고 생각했다. 나는 고문을 받고 있는 기분이었는데, 그들은 나를 앉혀 놓고 자기들끼리 무슨 이야기를 하다가 웃기도 했다. 그건 정말 끔찍한 기분이었다. 더 이상 거기 있을 이유가 없다는 생각이 들어서 내 방으로 들어가 버렸다. 그러고는 잠들려고 누워서 한참을 생각했다. 무슨 생각을 했는지 잘 기억이 안 난다. 그러다 잠이 들었다.

다음날 일어나 보니 엄마와 누나, 매형은 이미 부산 집으로 내려가고 없었다. 아빠만 집에 있었고, 나는 기차 시간이 될 때까지 거실에서 TV를 봤다. 케이블 채널에서 게이가 나오는 미국 가족 시트콤인 〈모던 패밀리〉를 해주고 있었는데, 깔깔깔 웃으면서 봤다.

아빠가 역까지 태워 주었는데, 차 안에서 내가 무슨 표정을 하고 있었는지 아빠는 "그런 표정 하고 있지 마라"고 애원했다. 나는 그 말이 너무 거슬렸다. 그런 표정을 짓게 만든 당사자가, 자기가 무슨 짓을 했는지는 생각하지도 않고 내가 밝은 표정을 하길 바란다는 게 너무 잔인했다. 차에서 난 아무 말도 안 했다. 그렇게 기차를 탔고, 그 후로 그들의 연락을 무시하기로 했다. 아니, 더 이상 안 보고 살기로 생각했던 것 같다.

그날 서울로 돌아와서 친한 게이 친구와 만나 집에서 있었던 이야기를 했다. 집에서 그들이 했던 말과 행동들을 하나도 빠짐없이 기록해 둘까 고민하다가, 그게 과연 나한테 좋은 일일까 하는 생각이 들어서 그러지 않기로 했다.

내 편이 아닌
'좋은 말'들

그 후로 전화가 와도 받지 않았다. 또 어떤 상처를 받을지 겁이 났다. 아빠는 계속 문자를 보냈고, 그 문자에 답장을 보내다 보면 결국 싸움이 됐다. 아빠는 '가족'이니 '끊을 수 없는 관계'니, '사랑'이니 하는 좋은 말들로 무장하고 있었다. 그 말들은 내 편이 아니었다. 그 말에 따르면, 아빠는 그런 좋은 것들을 지키려는 사람이었고, 나는 그걸 파괴하고 벗어나려고 하는 사람이 되어버렸다. 내가 그렇게 할 수밖에 없도록 만든 게 누구인지는 중요하지 않았다. 사랑하기 때문이라고 하면서 그토록 잔인한 폭력을 행사할 수 있다는 게 이해가 되지 않았다. 그건 정말 내가 느껴본 가장 심한 역겨움이었다. 그 답답한 모순을 뚫고 대화를 할 수 있을 것 같지 않았다. 그때쯤부터 나는 내가 할 수 있는 가장 잔인한 말들을 하기 시작했다. "당신 같은 부모 필요 없으니 다시는 연락하지 마세요."

그 후로는 전화는 물론 문자가 와도 다 무시했다. 연락을 받지 않자 걱정이 됐는지 엄마가 집으로 불쑥 찾아왔다. 학교에서 돌아와 내 방 비밀번호를 누르려는데, 문이 잠겨 있지 않았다. 이상하다고 생각하며 문을 여니, 어두운 방 안에 사람 기척이 느껴졌다. 너무 놀라서 누구냐고 물었는데, 엄마가 "누구겠노?"라고 대답했다. 왜 남의 방 안에 마음대로 들어오는 것인지, 대화를 다시 하고 싶으면 사과를 할 것이지 사과할 생각은 하지도 않으면서 연락이 안 된다고 쳐들어오는 건 또 무슨 폭력인지, 방문을 열어준 집주인은 대체 무슨 생각이었는지 너무 화가 났다. 그래서 나가라고 했다. 안 가겠다고 하는데도 억지로 문 바깥으로 밀자 갑자기 엄마가 울기 시작했다. "니 고아 아니잖아" 같은 말을 했던 것 같다.

엄마가 우는 걸 보니까 내쫓을 수가 없었다. 그냥 이 모든 게 너무 서러워져서 나도 눈물이 났다. 엄마를 노려보면서 씩씩거리며 울었던 것 같다. 엄마는 그제야 나를 안아줬다. 혼자서 얼마나 힘들었냐고, 내가 그토록 듣고 싶었지만 해주지 않았던 말을 했다.

그렇게 엄마와 이야기를 했다. 무슨 말을 했는지 잘 기억이 안 난다. 난 뭔가를 설명하려고 했던 것 같다. 엄마는 나를 잃을 뻔했기 때문인지 그냥 듣기만 했다. 엄마의 이야기 중에 기억이 나는 건, 가족들이 내게 했던 행동들에 대해 "어떻게 처음 이런 일을 겪는 사람들이 잘 대응하기만 하겠노?"라고 했던 말이다. 엄마는 그날 밤 늦게 이야기를 마치고는 수원에 있는 이모 집으로 자러 갔다. 내 방에서 자고 가도 된다고 했는데 그러지 않겠다고 했다.

"죽은 듯이 살게"

　　　　　그 후 엄마 아빠와는 다시 대화를 하게 됐다. 하지만 여전히 누나에게는 화가 나 있었다. 나를 죄인 취급하던 행동과 말투, 서른 살이 되면 다 돌아온다는 거짓 정보를 가족에게 알린 것, 내게 고문 받는 것 같은 기분을 느끼게 한 것. 나는 이제 엄마 아빠는 내 편이라고 생각했기 때문에, 아빠에게 문자를 보내서 큰누나가 나에게 사과하면 좋겠다고, 사과하지 않으면 그동안의 일을 블로그에 다 쓰겠다고 했다. 아빠는 큰누나가 임신 중이니 지금 그러는 건 좋지 않은 것 같다고 했다. 나는 너무 화가 났다. 잘못은 그들이 했는데, 사과를 바라는 내가 가해자의 상황을 배려해야 한다니. 본인이 잘못한 일에 대해 미안하다고 하는 게 그렇게 힘든 일인가. 내 상처는 아무것도 아닌가. 딱 한마디를 문자로 보냈다. "그걸 내가 왜 신경 써야 하는데요?"

　그때부턴 큰누나가 답장을 보냈다. 다 기억은 나지 않지만 그 문자에는 이런 말들이 들어 있었다. "블로그에 다 써봐라, 씨발 새끼야. 흥신소에 연락해서 니 블로그 다 털어줄게", "우리 가족 다 행복하게 있었는데 니가 다 망쳐놨다", "내 뱃속에 있는 애 죽이려고 하는 이 악마 같은 새끼야", "인권 같은 소리 하네. 정신병자 변태 새끼야", "아빠 심장 안 좋은 거 알고도 그러나? 이기적인 새끼야", "우리 엄마 병원비 해야 된다", "아빠가 오냐오냐해 주니까 착각하나 본데", "야동이나 보면서 딸이나 치고 찜방에서 에이즈나 걸려서 뒈져

라. 이 마귀 같은 새끼야" 등등.

그 문자를 보면서 이 사람들은 더 이상 가족이 아니라는 생각이 들었다. 더 연락할 가치도 없고, 그들에겐 가족 자격도 없다고 생각했다. 나는 더 이상 답장을 하지 않았다. 다음날까지도 큰누나는 계속 문자를 보냈는데, "니 같은 새끼 애초에 태어나지 말았으면 제일 좋았을 테지만 태어나 버렸으니, 엄마 아빠한테 염치가 있으면 연락 끊고 없는 사람인 것처럼 죽은 듯이 살아라"라고 했다. 그 문자에 나는 "알겠다. 죽은 듯이 살게"라고 답장을 보냈다. 그렇게 보낸 건 복수심 때문이었다. 내게 그런 욕들을 보냈으면, 자기가 한 말에 적어도 책임을 져야 한다는 생각이었다. 내가 연락을 끊으면 오히려 엄마 아빠가 지옥같이 살 것이다. 그렇게 하고 싶었다. 책임은 큰누나가 지게 될 테니까. 큰누나는 다시 답장을 보냈다. "니가 정신이 똑바로 박힌 새끼면 거기서 그렇게 대답하는 게 아니라 엄마 아빠한테 잘하고 살아야지." 그 '잘하고 산다'는 삶이 어떤 삶인지는 알고 싶지도 않았다. 나는 그 뒤론 답장을 보내지 않았다.

핸드폰을 포맷하면서 문자 메시지들은 없어져 버렸다. 간직해 둬서 좋을 게 없다고 생각했기 때문에 백업해 두지도 않았다. 그들과의 관계를 회복할 생각도 없었다. 난 아직도 학교에서 수업을 듣고 있을 때 울렸던 그 문자 메시지들의 진동을 기억하고 있다. 문자를 읽으면서 서서히 내려앉았던 가슴의 느낌도 잊혀지지가 않는다. 나는 그 이후로 전화를 잘 받지 못하게 되었다. 전화가 울릴 때마다 가슴이 내려앉았던 그때 그 느낌이 되살아났다.

슬픔과 증오로 가득 찬
날들

그 후로는 정말 '죽은 듯이' 살아주기로 했다. 전화가
와도 받지 않았다. 그 무렵 장학금을 받게 되어서, 엄마가 보내는 돈
도 받지 않았다. 엄마가 오백만 원을 보냈는데(엄마는 뒤늦게 나한테 잘
해 줘야겠다고 생각했던 것 같다) 모두 돌려보냈다. 이체한도 때문에 하
루에 백만 원씩 나눠서 보냈는데, 300만 원 보냈을 때 엄마가 문자 메
시지로 나머진 보내지 말라고 했다. 그래도 다 보냈고, 앞으로는 나한
테 돈을 보내지 말라고 했다. 그전에는 엄마한테 용돈을 받아서 살았
는데, 그때부터 과외를 뛰기 시작했다. 월세와 생활비를 다 벌어야 했
는데, 과외를 세 개씩 뛰어도 모자라서 월세를 못 내기 시작했다. 그
때 월세 못 내는 게 엄청 스트레스였던 기억이 난다. 집주인 전화가
걸려올 때마다 죄 지은 기분이 들어서 가슴이 쿵 하고 내려앉았다.
아빠는 밤마다 소주를 마시고는 취한 채로 감정적인 문자를 보냈
다. 하루가 멀다 하고 밤마다 술 취한 사람의 문자를 받는 건 정말 끔
찍한 일이었다. 한번은 자살을 암시하는 문자를 보낸 적도 있었다.
그 문자는 정말 잔인하고 폭력적인 것이었는데, 어떤 선택을 하더라
도 나는 상처를 받게 되어 있었다. 문자를 무시하면 나는 아버지가

죽는데도 방관한 사람이 되고, 연락을 하면 아무 사과도 받지 못하고 그들이 원하는 대로 되는 것이다. 내가 원한 건 그저 사과를 받는 것일 뿐인데, 사과할 생각은 전혀 하지 않고 죽겠다고 협박을 한 것이다. 결국 나는 그 문자를 무시하는 걸 택했다.

아웃팅을 당한 뒤 일 년 동안 내 정신은 점점 피폐해져 갔다. 안 나던 여드름이 갑자기 엄청 많이 났고, 원형 탈모도 생겼다. 그 시간 동안의 난 증오와 슬픔으로 가득 차 있었다. 매일 밤 학교에서 집으로 돌아오는 길에서도, 잠들려고 누운 침대에서도 어떻게 그들에게 벌을 줄 수 있을지만 생각했다. 뭐라고 말해야 가장 고통스럽게 할 수 있을지, 어떻게 그들이 자신들의 잘못에 괴로워하게 할지 고민했고, 어떻게 뺨을 때릴지, 내 집에 찾아왔을 때 어떻게 발로 차서 내쫓을지 상상하곤 했다. 입 속에선 온갖 욕이 맴돌았다. 그러다 그런 내 자신의 모습에 놀랐던 적도 많았다. 정말이지 나는 그 시간 동안 하루도 행복하지 않았다.

의지할 곳

그렇게 일 년이 흘러갔다. 2012년 2월에 대학을 졸업하게 되었는데, 아빠에게 문자가 왔다. 외할머니와 엄마와 함께 졸업식에 오겠다는 것이었다. 오지 말라고 답장을 보냈더니 "벌써 기차표 예약해 놨다"는 답장이 왔다. 난 "그럼 취소하면 되겠네요"라고 보냈다. 그래도 계속 오겠다고 하기에 "이건 내 졸업식이고, 나는 내 졸업식에 당신들이 오는 게 너무 싫으니 남의 졸업식 망칠 생각이 아니면 이기적으로 굴지 말고 오지 말라"는 내용의 문자를 보냈다. 그들은 오지 않았다.

그때까지도 난 퀴어 커뮤니티에 나가지 않았다. 그러다 이제 대학을 졸업하기도 했고, 더 이상 커뮤니티에 나가는 걸 미룰 수 없다는 생각이 들어서 행동하는성소수자인권연대(행성인)에 처음 나가게 됐다. 그 당시엔 그렇게 생각하지 않았지만 지금 생각해 보면 의지할 곳이 필요했던 것 같기도 하다. 아무튼 행성인에 나간 후로 마음이 많이 편해졌다. 무엇보다 내 상황을 설명해 줄 언어를 알게 된 것이 좋았다.

얼마 있다가 가장 친한 이성애자 친구에게 커밍아웃도 했다. 그 친구는 대학 동기였는데, 친구가 된 지 4년이 지나서야 말할 수 있었다. 커밍아웃을 할 때 가족들의 행태가 나에게 얼마나 큰 상처를 줬는지 아주 긴 시간을 들여 설명했는데, 그래서 그런지는 몰라도 그 친구는 제법 잘 받아들여줬다. 친구에게 행성인 후원가입서를 내밀었더니 행성인 후원회원도 되어 주었다.(나중에 그 친구는 스스로 청소년성소수자위기지원센터 '띵동'에도 후원을 하기 시작했다.) 그 친구에 대한 글을 행성인 웹진에 썼는데, 얼마 지나지 않아 아빠가 행성인에 후원가입을 했다. '모리 팬'이라는 이름으로.

얼마 후 아빠에게 만나지 않겠냐는 문자가 왔다. 오랜 시간이 지나기도 했고, 행성인에서 마음이 많이 편해진 나는 그러겠다고 했다. 아빠가 행성인 후원을 시작했기에 마음이 더 열렸던 것 같다. 내가 사는 동네 카페에서 엄마와 아빠를 만났는데, 이야기를 하다 보니 또 화가 났다. 타이르듯 말하는 아빠의 이야기에는 변한 게 별로 없었다. 좋은 말들은 여전히 아빠 편이었다. 화가 났지만 어찌어찌하다가 내 방으로 가서 더 이야기했다. 다시 화해를 했다. 엄마는 거의 아무 말도 하지 않고 듣기만 했다. 밤늦게까지 이야기를 하다가 엄마 아빠는 돌아갔다. 내 방에서 자고 가도 된다고 했는데 가겠다고 했다. 택시 잡기도 힘든 늦은 밤, 비가 억수같이 퍼붓는 날이었다.

견디는 시간 동안
잃은 것들

그 후 행성인에서 성소수자부모모임 활동을 했다. 미국 성소수자가족모임(PFLAG)의 가이드도 찾아보고 관련 연구도 읽게 됐다. 그리고 무엇보다 정기모임에서 부모님들과 성소수자 당사자들의 이야기를 들으며 나와 비슷한 경험을 한 사람들의 이야기도 듣게 됐다.

내가 잘못 알고 있었던 것들이 많았다. 그동안 성소수자 당사자의 이야기만 들어왔기에 부모님의 입장으로 생각해 볼 기회는 거의 없었다. 성소수자들이 자기 정체성을 받아들이기까지 수년의 시간이 걸렸듯이 부모와 가족에게도 그만큼의 시간이 필요하다는 것, 성소수자들처럼 성소수자의 가족들에게도 자기 고민을 털어놓을 지지자가 필요하다는 것, 부모도 상처받는 존재이고 완전하지 않다는 것. 이런 걸 생각하게 되니 가족들을 이해하기가 좀 쉬워졌다.

성소수자의 가족들이 이야기하는 공통적인 경험들을 토대로 아빠를 인터뷰해서 행성인 웹진에 싣기도 했다. 엄마 아빠는 성소수자부모모임에도 나왔고, 퀴어문화축제에서 같이 행진하기도 했다. 내 트위터를 발견한 뒤 2년 동안 서로 연락하지 않았던 작은누나와도 화해했다. 그리고 1년 전엔 아웃팅 6주년을 맞아 큰누나에게도 연락해서 화해했다.

가족들과 연락을 끊고 사는 동안은 그게 나를 지키는 방법이라고 생각했다. 내 피와 살을 가족들이 원하는 대로 깎아내게 할 수는 없다고 생각했다. 길게는 1년 반씩 여러 번 연락을 끊고 살면서 나는 그래도 잘 견디고 있다고 생각했다. 그렇게 하지 않을 때 잃게 될 것이 너무 크다고 생각했다.

그런데 요즘에서야 느끼는 것이지만, 그렇게 버티는 동안 잃은 게 많았다. 엄마 아빠는 연락이 끊긴 동안 두 분 모두 건강이 나빠져서 쓰러진 적이 있다고 했다. 그걸 나중에야 들었다. 최종적으로 화해를 하고 집에 내려갔을 때 우연히 본 엄마의 다이어리 달력에는 나와 다시 만난 날에 "아들 1년 만에"라고 적혀 있었다. 큰누나는 그 사이 둘째를 낳았고, 조카들은 일곱 살과 다섯 살이 되어서야 삼촌인 나를 처음 만났다. 내 삶도 내가 모르는 사이에 점점 황량해져 갔던 것 같다. 가끔은 '꼭 이렇게 됐어야만 했던 걸까?' 하는 생각도 든다. 지금 성소수자부모모임에서 배울 수 있는 것들을 그때도 알았더라면 얼마나 좋았을까.

요즘은 잃었던 것들을 다시 회복하려고 노력 중이다. 며칠 전엔 엄마의 환갑을 맞아 집에 내려가서 조카들을 두 번째로 만났다. 아직은 친해지는 데 애를 먹고 있지만 시간이 해결해 줄 거라고 생각하고 있다. 엄마 아빠에게도 매주 전화하고, 자주 본가에 내려가려고 한다. 개인적으로는 내 속에서 부정하고 지워야 했던 '가족'이라는 가치를 다시 만들어내려고 노력하는 중이다. 그리고 언젠가 나도 가족을 만들 수 있게 된다면 좋겠다.

엄마처럼

살지
않는다는 것

일월

얼마 전, 엄마의 시댁 식구들 몇 명이 본인들끼리의 오해로 다투고 있었다. 명절날 엄마에게 일거리를 주는 것 말고는 별 친분이 없던 그들은 갑자기 엄마의 가장 친한 친구라도 된 듯 매일 밤 퇴근하고 돌아온 엄마의 핸드폰에 불이 나도록 자기 푸념을 해댔다. 신경을 안 쓰고 싶어도 계속해서 들리는 통화 소리에 신경이 곤두선 나는, 비로소 통화를 끝낸 엄마와 맥주캔을 기울이다 문득 짜증을 냈다. 원래 내가 어찌할 수 없는 상황에서 난 짜증은 가장 가까이에 있는, 가장 만만한 사람에게 향하는 법이니까.

"나는 그렇게 살 자신 없으니까, 결혼 같은 거 절대 안 할 거예요."

내 나름대로는 역설적인 위트가 섞인 멘트였다. 한국에서 동성애자로 사는 나에게 결혼은 애초에 선택지가 될 수 없으니 말이다. 하지만 아직 내가 동성애자임을 모르는 엄마에게 그 위트가 먹힐 리가 없었고, 엄마는 이렇게 받아쳤다.

"나는 이렇게 사는데 너는 왜 못 한다고 해?"

맥주 한 캔을 마시며 약간 올랐던 술기운이 다 달아나 버렸다. 뒤통수를 맞은 것 같았다. 그동안 엄마에게 "나는 결혼 안 한다", "나는 고양이랑 둘이 살 거다", "나는 남의 집 식구한테 밥 차려주고 다 먹은 거 치울 생각 없다"고 귀에 못이 박히도록 이야기해 왔다. 엄마는 항상 "네 마음대로 해"라고 답했고, 때론 "나도 다시 태어나면 결혼 안 하고 살겠다"고 말하기도 했다. 그런 모습이 익숙해서인지, "나는 이렇게 사는데 너는 왜 못 한다고 하냐"는 말은 나에게 너무나도 무겁게 다가왔다. 그 한마디가 엄마와 나 사이에 존재하는, 메울 수 없는 간극을 전부 표현하는 것 같았다.

엄마에 대하여

친구와 술을 마시다 엄마에 대한 이야기가 나온 적이 있었다. 그 친구는 내게, "난 엄마가 살아온 삶이 정말 대단하다고 생각하지만, 절대 엄마처럼 살고 싶지 않아. 하지만 엄마가 이런 말을 들으면 엄마 자신의 삶이 부정당한다고 느낄까 봐 무서워. 어떻게 하면 엄마를 사랑하고 존경하면서도 엄마처럼 살지 않을 수 있을까?"하고 푸념하듯 말했다. 솔직히 처음에는 '참 헤테로다운 고민이다'라고 생각했다. 동성애자인 나에게 '엄마처럼 살까, 엄마처럼 살지 말까?'는 애초에 할 수 있는 고민이 아니었다. 그러다가 우리 엄마를 떠올렸다. 여전히 내가 세상에서 제일 존경하는 사람인 우리 엄마. 난 과연 내가 '엄마처럼 살기'를 요구받더라도 엄마를 지금처럼 존경할 수 있을까?

엄마는 늘 내가 아는 가장 훌륭한 사람이었다. 물론 엄마에게 상처를 받은 적이 없지는 않았지만, 그와 별개로 혹은 그를 감안하더라도 엄마의 삶은 존경할 만한 것이었다. 한국에서 제일 좋은 대학을 나와 한국에서 여자가 하기 제일 좋다는 직업을 가지고 있었고, 어릴 때부터 병원 드나들기를 밥 먹듯 했던 나의 병수발을 혼자 떠맡으면서도 일을 놓지 않고 경력을 쌓아 왔다. 사춘기 시절 한참 엇나가던 나에게 화를 낼 때에도 늘 이성적이었으며, 중고등학교 시절엔 내가 가정 문제에 신경 쓰지 않고 공부에 집중할 수 있는 완벽한 환경을 만들어 주었다. 엄마의 동료들, 엄마의 친구들은 모두 엄마를 좋아했으며 엄마 역시 특별히 누구에게 앙심이나 열등감 혹은 우월감 같은 것을 품지 않는 것처럼 보였다. 역설적이게도 이렇게 모든 면에서 완벽해 보이는 엄마가 늘 꿈꾸는 것은 단 하나, '평범한 삶'이었다. 그리고 엄마와 아빠는 어찌 되었든 밖에서 보기에 정말 '이상적인 평범한 삶'을 성취해 낸 것 같았다.

하지만 조금만 더 자세히 들여다보면 그 평범함이 어떻게 얻어진 것인지가 보였다. 엄마는 완벽한 직업인이다. 완벽한 엄마이고, 친정 부모님께는 완벽한 딸, 시부모님께는 완벽한 며느리이며, 남동생에 겐 완벽한 누나이다. 아빠에겐 완벽한 아내이고, 아빠의 가족들에게 도 완벽한 제수씨, 언니, 형님, 숙모이다. 사람들은 밤이든 새벽이든 엄마에게 전화를 걸어 고민 상담을 했고, 엄마는 졸린 눈을 비벼 가 며, 불평 한마디 없이 상대방이 하는 말을 끝까지 들어주었다. 나는 엄마가 가족 친지 모두에게 완벽한 사람이 되어야만 비로소 '평범' 할 수 있는 결혼생활을 하는 것을, 꽤 오랫동안 남의 일처럼 지켜보 았다. 나에겐 일어나려야 일어날 수가 없는 일이 아닌가.

나는 내가 어찌할 수 없는 일들은 대개 웃어넘긴다. 내가 어쩔 수 없는 일들 때문에 슬퍼하기 시작하면 끝이 없으니 최대한 가볍게, 감 정적이지 않은 방식으로 문제를 소화한다. 소수자로서 어쩔 수 없이 가지게 되는 피해의식을 남들에게 투명하게 전시하지 않으려는 나 름의 방법이기도 하다. 이 경우도 마찬가지로 대응하고 싶었다. 하지 만 가족과 함께 살다 보면, 가족들에게 내 정체성이나 가치관이 부정 당하는 경험을 일상적으로 하다 보면, 너무 많은 감정에 휘둘려 더 이상 그런 일들에 거리두기를 하고 웃어넘길 수가 없다.

나는 가족들을 사랑하지만, 솔직히 나 자신이 더 중요했다. 우리 가족 네 명이 각 개인으로 사회에 뚝 떨어진다면, 성소수자인 데다 어릴 때부터 신병이 있는 내가 가장 약자가 아닌가. 나는 가족들로부터도 나 자신을 지킬 필요가 있었다. 그래서 엄마의 부당하고 평범한 삶을 못 본 척하려고 노력했다. 죄책감을 느끼기도 했지만, '사회에 나가면 내가 엄마보다 더 약자이다'라는 생각으로 자기위안을 했던 것 같다.

엄마를
사랑하는 방법

　　　　　그래서인지 엄마와 나는 애초에 사적인 이야기를 많이 나누는 편이 아니었다. 사적인 이야기를 꺼내면 서로의 가치관이 직접 부딪혀 갈등이 생기는 경우가 많았고, 그건 나에게 감정이 너무 소모되는 일이었다. 내 정체성, 나라는 사람이 엄마의 입을 통해 직접 부정당하는 것은 나에게는 악몽 같은 일이었다. 그래서 서로의 가치관을 '공적인' 어휘로 포장해 감정 소모 없이 전달할 수 있는 방법으로 함께 읽은 책이나 영화를 대화 소재로 삼는 것을 택했다.

　그런 식으로 어렵게 알게 된 엄마의 가치관은 참 보수적이고 평범했다. 내가 쭉 알고 있던 삶을 살고 싶고, 내가 알던 방식으로 행복하고 싶은 것. 사실 나는 엄마의 가치관을 아주 많이 물려받았다. 남들이 들으면 비웃겠지만, 나는 상당히 보수적인 편이다. 이미 존재하는 절차와 기준을 따르는 것을 좋아하고, 변화를 별로 좋아하지 않는다. 사춘기 때는 한국 공교육 시스템이 억압적이고 불합리하다고 툴툴

대면서도 나름 공부 잘하는 학생으로 살았고, 부모님이 어디 가서 자랑하실 수 있는 대학에 진학했다. 친한 친구들은 나의 성향을 '사상은 급진적인데 성향은 보수적'이라고 정의하기도 했다. 그래서 나는 엄마가 왜 그리도 보수적인지, 엄마가 말하는 행복이 어떤 행복인지 이해하고 있다고 생각한다.

나는 스스로가 일구어 낸 평범함 속에서 행복해 보이는 엄마에게, 엄마의 삶에 '동성애자' 같은 이상한 것(?)이 들어앉아 있음을 굳이 알리고 싶지 않았다. 엄마가 그놈의 '평범한 행복'을 위해 온 삶을 바쳤는데, 거기에 아무 도움도 주지 못한——자꾸 아프기나 해서 방해를 했으면 모를까——내가 엄마에게 커밍아웃하는 것은 마치 엄마가 살아온 삶을 부정하는 것 같았다.

앞서 이야기한 친구와 나의 차이가 여기서 가장 극명하게 드러나는 것 같다. 우리는 둘 다 엄마가 가꿔온 삶을 부정하는 것이 두려웠지만, 그 친구에게 '엄마의 삶을 부정하는 것'은 앞으로 다가올 일, 미래에 놓여 있는 일이었고, 내게는 과거와 현재와 미래를 아우르는 일이라는 것. 어쩌면 나의 존재 자체가 엄마의 삶과 가치관을 부정하는 것이라면, 나는 어떤 방식으로 엄마를 사랑하며 살아야 할까? 나는 엄마를 사랑하지만, 엄마를 '존경한다'는 말보다 '사랑한다'는 말이 어렵다. 어쩌면 아직 그 방법을 찾지 못해서인지도 모른다.

엄마는 좋은 사람이고, 좋은 엄마이다. 하지만 엄마가 '나에게 좋은 엄마'라는 이유만으로 엄마를 사랑하는 것은 기만적으로 느껴진다. '나에게 매일 밥을 차려주는 엄마', '나에게 돌봄을 제공해 주는 엄마', '늘 나를 사랑해 주는 엄마'를 사랑하고 싶지 않았다. 나는 엄마의 삶, 나의 엄마로서가 아닌 엄마 개인의 삶을 더 이해하고, 그렇게 엄마를 사랑하고 싶다. 어떻게 하면 그것이 가능할까? 내 삶의 너무나도 큰 부분을 엄마에게 모두 숨기고 있는 상태에서 엄마의 삶을 이해하는 것이 가능하기나 할까? 내 정체성이 엄마의 행복을 부정한다면 엄마의 삶을 어떻게 사랑할 수 있을까? 그 방법, 엄마의 삶에 너무나도 큰 걸림돌이 될지 모르는 내가 엄마와 함께 살고 엄마를 사랑할 수 있는 방법을 찾다가 부모모임에서 활동하게 된 것 같다.

성소수자부모모임에서
활동하기까지

　　　나는 사주팔자 같은 것을 믿지 않는데, 성소수자부모모임을 생각하면, 정말 사람 팔자라는 게 있기는 있구나 싶은 생각이 든다. 2015년 여름 부모모임 정기모임에 처음 참석했을 때, 나는 부모님들의 말씀에 감동받아 우는 당사자들 사이에서 최대한 거리 두기를 하며 객관적인 태도를 유지하려고 애썼다. "나는 가족주의를 기반으로 한 감성팔이에 휘말리지 않아" 운운하며, 함께 참석한 비성소수자 친구에게 "저기서 우는 사람들은 되게 사연이 많은 사람들인가 봐" 같은 괜한 소리를 하기도 했다.

그날 동행한 친구는 당시 나와 함께 학내 자치언론에서 활동했는데, 정기모임에서 크게 감동을 받았는지 우리 책의 다음 호에 성소수자부모모임의 인터뷰를 싣자고 했다. 나는 반대했다. 너무 뻔한 이야기가 될 거라는 이유에서였다. 지금 생각해 보면, 내 정체성과 관계없이 활동하는 곳에서 내 정체성을 너무 깊이 건드리는 일을 하고 싶지 않았던 것 같다. 그리고 왜인지 부모모임에서 활동하는 분들을 만나기가 두려웠다.

하지만 나를 제외한 편집위원들 모두 부모모임 인터뷰가 '대박 아이템'이 될 것이라고 생각했고, 나는 투덜거리면서도 인터뷰 자리에 나갔다. 지인 님을 비롯해 당시 활동하던 부모님과 가족 세 분을 만나 인터뷰를 했고, 인터뷰가 끝난 후 부모님들은 우리에게 저녁을 사주셨다. 부모님과 취업 등의 문제로 갈등을 빚고 있던 친구들은 자기 이야기를 털어놓으며 상담을 받기도 했지만, 나는 그날 커밍아웃조차 제대로 하지 못했다. 그럼에도 그 자리를 떠나고 싶지 않아 자꾸 일어나기를 미루다가 그날 저녁 데이트에 늦어 여자친구와 크게 싸웠던 기억도 난다.

함께 인터뷰를 했던 친구들은 모임이 너무 좋다며 나에게 부모모임에서 활동해 보기를 권했지만 나는 거절했다. 활동하는 부모님들을 자주 보다 보면, 나의 상황과 비교되어 너무 큰 박탈감을 느낄 것 같았다. 이후 나는 여성주의 쪽에서 활동했는데, 여성의 날, 퀴어문화축제 등 행사에 나갈 때마다 부모모임을 마주쳤다. 마주칠 때마다 부모모임에 눈이 갔고, 부모모임 깃발을 보면 익숙한 지인 님의 얼굴을 찾기도 했지만, '부모모임에서 활동하고 싶다'는 생각은 애써 피했다.

그러다 2017년 5월 행동하는성소수자인권연대에 가입했다. 사실 가입 몇 달 전 사귀던 여자친구와 헤어져 마음이 허해서 어디에라도 시간을 쓰고자 가입한 것이었다. 가입한 지 얼마 되지 않아 부모모임에서 실무팀을 모집한다는 메일을 받았다. 지원서를 쓰고 나서도 한참 방치해 두다가 마감일을 넘겨서야 메일을 보냈다. 사람이 부족하고 손이 모자란 인권단체가 다 그렇듯 부모모임 실무팀에서는 나를 받아 주었고, 나는 2017년 6월부터 활동을 시작했다.

내 문제로부터
도망칠 수 있는 곳은 없다

나름 열심히 활동했다고 생각한다. 퀴어문화축제, 성소수자 부모 네트워킹 캠프 '손에 손잡고' 등에 참여했고, 활동한 지 5개월쯤 되었을 때부터 정기모임 진행도 맡게 되었다. 운영위원 부모님들이나 모임에 참여한 분들로부터 격려도 많이 받고, 고맙다는 말도 많이 들었다. 걱정했던 것처럼 정기모임에 참석하거나 부모모임 실무를 하면서 늘 내 가족을 떠올리게 되지는 않았다. 오히려 '가족'에 대한 이야기를 매일 하면서도, '내 가족'에 대한 이야기는 덜

하게 되었다. 하지만 나 자신과 남들을 속이고 있다는 느낌이 들기도 했다. 자녀의 정체성을 알게 되어 모임에 나온 가족들, 부모님께 대한 커밍아웃을 고민하느라 모임에 온 당사자들에게 책으로 배운 조언이나 위로, 격려 따위를 하면서도 '내가 이런 소리를 할 자격이 있나' 하는 생각이 떠나지 않았다. 남들이 진심으로 하는 이야기를 들으면서 나는 진심이 아닌 말로 대답하고 있다는 생각이 들었다.

사춘기 시절부터 지겹게 계속했던 자기 연민을 그만두고 남들의 이야기를 '잘' 들을 수 있게 된 것 자체는 나쁘지 않았다. '불쌍하고 불행한 나 자신'이라는 서사에 갇혀 남 얘기를 들을 생각도 없던 때보다 많이 발전했다는 생각도 들었다. 내 상처를 건드리는 이야기를 아무렇지도 않게 웃으며 들을 수 있었으니 말이다. 하지만 한편으로는, 내가 또 상처받기 싫어서 거리두기를 하나, 싶은 생각도 들었다. 사실 이건 어쩔 수 없는 일이었다. 구체적이고 개별적인 서사와 상황을 가진 내가 모든 타인들의 구체적이고 개별적인 서사에 완전히 공감한다는 것은 과욕이다. 여기에 내가 찾던 답이 있었다. 남들의 이야기, 모범 사례와 비모범 사례를 각기 백 개씩 모집한다고 해도 나의 사례에 적용할 완벽한 모델을 만드는 것은 불가능하다. 심지어 그일이 '가족'처럼 복잡하고 어려운 일이라면 더더욱.

결국 내가 알게 된 것은 한 가지인 것 같다. 내 문제로부터 도망칠수 있는 곳은 없다. 부모모임에서 백 년(?)을 활동한다고 해도, 나와엄마의 관계를 정면으로 마주하지 않으면 나의 개별적인 문제는 해결되지 않는다. 이걸 알게 되기까지 5년 정도가 걸렸다. 앞으로의 5년은 우선 나부터 엄마와의 관계를 제대로 바라보고, 그것을 어떻게 더 좋은 방향으로 이끌고 갈 수 있을지를 고민해야겠다. 꼭 커밍아웃이 아니라도 좋다. 나는 나를 이해하고, 엄마를 이해하고, 우리의 관계를 이해하고 엄마를 사랑할 수 있는 방법을 찾을 것이다.

행복하기
위한

결심

오소리

당시 스무 살, 대학에 갓 입학하고 처음으로 집을 떠나 기숙사에서 생활하고 있을 때였다. 저녁을 먹고 여느 때처럼 기숙사 침대에서 뒹굴고 있을 때, 누나에게 전화가 왔다.

"엄마랑 아빠 이혼한대……."

큰 반응을 보이지 않았다. 묵묵히 듣고는 알았다고 하고 전화를 끊었다. 어슴푸레 짐작을 하고 있었기 때문이리라. 내가 중고등학생 시절부터 부모님은 끊임없이 싸워 왔고, 직장이 집과 멀었기 때문이지만 장기간 별거 중이셨다. 나중에 엄마에게 듣게 된 건, 내가 대학에 들어가고 조금 클 때까지 참았던 것이라 한다.

짐작한 일이건만, 전화를 끊은 뒤 침대에 엎드린 채 베개에 얼굴을 파묻고 소리 내어 하염없이 울었다. 같은 방을 쓰던 형들이 깜짝 놀라 달려왔고, 위로주를 함께했다. 형들과 대화를 나누면서도 내 눈물의 의미를 알 수 없었다.

몇 년이 흐르고 군대에 가야 할 시기가 됐다. 신체검사 결과 사회복무요원으로 복무하게 됐고, 집에서 출퇴근을 하게 됐다. 부모님의 이혼 전에도 아빠보다는 엄마와 가까웠기에, 출퇴근도 당연히 엄마 집에서 했다. 누나는 일찌감치 출가했기에 집에서 홀로 지내던 엄마와 단둘이 서로의 외로움을 달래주며 그렇게 다시 2년이 지났다.

그 2년이 지날 무렵, 이성애자라 생각하며 살아오던 내 삶에 큰 변화가 찾아왔다. 한 남자를 만났고, 나는 양성애자로 성정체성을 확립하게 됐다. 그리고 내 삶의 변화를 이끌어 낸 그 남자는 5년이 지난 지금까지도 동거하며 함께 미래를 그려 가는 애인이 되었다.

복학을 하고 다시 출가 생활이 시작됐다. 그동안 남자친구와는 더욱 많은 추억이 쌓여 갔고, 나는 성소수자 인권활동에 발을 들였다. 수많은 인권활동의 현장을 누비며 사회의 성소수자 혐오와 차별을 몸소 느꼈다. 그 경험들은 전업 인권활동가의 길을 선택하게 만들었다. 하지만 내 삶의 큰 부분을 차지하는 파트너, 그리고 생업에 대한 이야기를 가족과 나눌 수는 없었다. 여전히 엄마와 나, 둘의 사이는 가까웠다. 하루에 한 번꼴로 통화를 하며 통화 말미에는 "사랑해요"를 붙이곤 한다. 그럼에도 성정체성이란 벽이 우리 사이를 가로막고 있었다. 거짓말을 하는 듯한 죄책감이 들었고, 나에 대해 온전히 털어놓고 싶지만 그러지 못하는 현실이 답답했다.

희망

그러던 중 우연한 기회에 미국에 있는 성소수자 단체들을 방문하게 되었고, 그중에는 성소수자가족모임인 피플래그 (PFLAG) 뉴올리언스 지부도 있었다. 낮에는 단체 활동가와 간담회를 진행하며 어떤 활동을 하는지 공유하는 시간을 가졌다. 그날 저녁에는 마침 한 달에 한 번 있는 뉴올리언스 지부의 정기모임이 있었다. 감사하게도 나를 포함해 한국에서 온 활동가들이 정기모임에 초대됐다.

정기모임에는 20여 명의 사람들이 참석했다. 엄마, 동생과 함께 온 열일곱 살 FTM 소년, 몇십 년 동안 뉴올리언스 지부를 지켜온 활동가, 게이 당사자, 게이 아들을 둔 어머니, 성정체성을 고민하는 손주가 있는 할머니, 손주가 넷이나 있고 쉰 살이 넘어 트랜지션을 한 MTF 할머니, 8년간 연애하고 있는 게이 커플, 오늘 피플래그에 처음 온 사람, 결혼한 지 20여 년 된 아내에게 커밍아웃한 게이 등.

각자의 사연을 들으며 한바탕 웃기도 하고 마음 아파하며 울기도 했다. 공통된 건, 가족을 사랑하는 마음이었다. 가족에 대한 사랑으로 사람들이 모였을 때 만들어지는 강력한 무언가를 느낄 수 있었다.

그곳에서 어떤 희망을 보았다.

당시만 해도 한국의 성소수자부모모임은 정기모임 인원이 열 명 가량 되는 작은 규모였다. 그런 부모모임을 피플래그와 같이 크게 성장시키고 싶다는 꿈이 생겼다. 그리고 그곳에 엄마를 모셔 오고 싶다는 강한 열망이 생겼다.

한국으로 돌아오자마자 한국의 성소수자부모모임을 찾아갔다. 함께 활동하고 싶다는 강한 의지를 나타냈고, 그 후로 지금까지 3년 남짓 성소수자부모모임 활동을 이어오고 있다. 모임에 처음 참여했을 때 열 명가량이던 참여자 수가 지금은 50여 명을 넘어섰다. 수많은 사람들을 만나고 다양한 이야기를 들었다. 우리들의 이야기는 대중의 이목을 사로잡았고 언론에서 인터뷰 요청이 쇄도했다. 각종 행사에 초대되어 우리들의 이야기를 세상에 알렸다. 3년 전 미국에서 느꼈던 감동과 희망을, 지금 한국에서 느끼고 있다. 보람되고 벅찬 순간의 나날이다. 하지만 여전히 나는 커밍아웃을 하지 못했다.

욕심

남자친구와의 연애 생활은 숨기기 급급한 일들의 연속이었다. 어느 날 서울에 올 일이 생긴 엄마는 내 자취방에서 하루 묵고 가겠다고 했다. 밤도 늦었고 서울에 아들 집이 있는데 다른 데서 주무시라고 할 수도 없었기에 그러시라고 했다가 문득 집에 붙여

둔 남자친구와 함께 찍은 사진들이 떠올랐다. 일을 마치고 급하게 집으로 가 벽에 붙여 놓은 수많은 사진들을 모조리 떼어냈다. 사진을 떼면서 눈물이 났다. 사진조차 숨겨야 하는 현실이 싫었고 남자친구에게 미안했다. 지금은 남자친구와 동거를 하고 있는데, 엄마는 월세를 아끼기 위해 친구와 같이 사는 정도로 알고 계시다.

명절을 맞이해 외갓집에 내려간 때였다. 남자친구와 맞춘 커플링을 발견한 엄마와 친지들은 어떤 반지냐고, 여자친구가 있냐고 물었다. 커플링이라고 얘기한다면 누구냐며 사진은 있냐며 꼬치꼬치 캐물어볼 게 훤히 보였기에, 지금 생각해도 웃긴 변명이지만 "은반지가 몸에 좋다기에……"라는 얼토당토않은 평계를 대며 상황을 넘겼다. 다행히도 반지에 대해 더 이상 물어오지는 않았다.

하지만 평소에도 여자친구와 결혼 얘기는 단골 화젯거리다. 그때마다 그냥 생각이 없다며 화제를 돌리기 급급하지만, 한편으로는 커밍아웃하고 싶은 마음이 더욱 간절해진다.

내 남자친구는 가족, 친지를 포함한 모든 주변 사람에게 커밍아웃한 상태이다. 부모님께도 나를 소개해주었고, 이제는 남자친구의 부모님과 서로 안부도 묻는 사이가 됐다. 부러웠다. 나도 엄마한테 당당하게 내 남자친구를 소개해 드리고 싶었다. 데이트한 얘기도 하고, 같이 여행한 얘기도 하고, 자랑도 하고, 남자친구와 엄마가 안부를 주고받는 사이가 되고……. 그러고 싶었다. 하지만 할 수 없었다.

그러던 어느 날 누나에게 전화가 왔다.

"너 성소수자단체 가입해 있어? 성소수자 그거 동성애 맞지? 너 남자 좋아하니?"

놀랐다. 하지만 왠지 거짓말하거나 둘러대고 싶지는 않았다. 그렇다고 했다.

"너 끼고 있던 반지도 남자랑 맞춘 거니? 그래서 얘기 안 했던 거야? 그래서 결혼도 안 하겠다고 한 거고?"

누나의 머릿속에서 퍼즐이 맞춰지는 게 그려졌다. 누나는 "동성애에 편견을 갖고 있지 않다. 네가 누구를 만나든 상관없다"고 얘기했고, 만나는 사람이랑 한번 집으로 오라고 했다. 이전부터 누나에게는 커밍아웃이 성공적일 거라 예상했었다. 누나는 젊은 세대이고 평소에도 열린 마음을 내비쳤기 때문이다. 그럼에도 뭔지 모를 불안감에 커밍아웃을 미루고 있던 찰나 누나에게 먼저 연락이 온 것이다.

이후 남자친구와 함께 누나를 만났고, 이런저런 이야기를 나누었다. 그리고 지금까지 누나는 우리 커플에게 맛있는 것도 사주고 술도 사주고, 둘이 여행을 간다고 하면 용돈도 주고 차도 빌려주고, 이것저것 챙겨주고 있다. 같이 놀러 가서 찍은 사진을 누나에게 보여주기도 하고, 누나네 커플과 우리 커플이 함께 술자리를 갖기도 한다.

너무 좋았다. 남자친구에게 느끼던 부러움을 누나를 통해 풀 수 있었다. 단순히 친구에게 커밍아웃하고 이야기를 하는 수준과는 다른 해방감이었다. 인간의 욕심은 끝이 없다고 했던가. 누나에게의 성공적인 커밍아웃은 엄마에게 커밍아웃하고 싶은 마음에 불을 지폈다. 하지만, SNS를 통해 공개적으로 커밍아웃을 해도 별로 걱정하지 않던 누나조차도 엄마에게의 커밍아웃만은 극구 반대했다.

기대

시간을 거슬러 올라가, 집에서 출퇴근하며 군 복무를 할 때였다. 퇴근 후 엄마와 같이 TV를 보고 있었다. TV에서는 연예인이 아닌 일반인들이 출연해 자신의 고민을 이야기하는 형식의 프로그램이 방영 중이었다. 그날 출연자는 '파란 눈의 모녀'로 소개됐다. 모녀가 선천적으로 파란 눈을 가지고 태어났는데, 남과 다른 외모 때문에 손가락질을 받고 기피 대상이 된다는 사연이었다. 관객들은 안타까움을 드러냈고, MC들은 '파란 눈의 모녀'의 잘못이 아니라 차이를 차별로 대하는 사회가 부조리하다고 말했다. 프로그램을 보던 엄마도 마찬가지의 반응이었다. 옆에서 지켜보던 나는 넌지시 물었다. "내가 만약 저런 사람이랑 결혼하면 어떨 것 같아?" "그건 싫어. 나는 아들이 그냥 평범한 사람 만나서 평범하게 살았으면 좋겠어." 나는 나에 대해 말할 수 없었다.

복학을 하고 독립해서 생활하던 무렵, 먼 친척의 결혼식에 참석하게 됐다. 당연히 엄마도 왔고, 결혼식이 끝난 후 모처럼 엄마와 단둘만의 시간을 갖게 됐다. 엄마는 할 말이 있다며 조심스레 말문을 열었다.

"엄마가 어떤 아저씨를 만나서 같이 살게 됐어."

어떻게 만났는지, 어떤 사람인지, 엄마에겐 잘 대해 주는지 여러 가지를 물었다. 너무 좋았다. 혼자 생활하는 엄마가 너무 외로워 보였고, 나조차도 엄마 곁에 있어 주지 못한다는 게 죄송스러웠다. 엄마에게 들으니 좋은 분 같았고(실제로도 엄마한테 매우 잘해 주고 계셔서 감사하다) 그런 아저씨를 만나 새 삶을 시작한다니 마음 한편에 있던 짐을 덜어낸 기분이었다. 너무 잘됐다고 기뻐하는 나에게 엄마는 말했다.

"나만 행복해서 아들한테 미안해."

요즘은 조금 잦아들었지만, 그 후로도 엄마는 재차 얘기했다. 정말 괜찮냐고, 미안하다고. 그럴 때마다 정말 괜찮다고, 미안할 것 없다고, 엄마가 행복하면 됐다고 얘기하지만 잘 먹히지는 않았다.

여기서부턴 나의 추측이다. 하지만 아마 사실일 것이다.

엄마는, 내가 어렸을 때부터 내게 아빠와 싸우는 모습을 보여준 것을 미안해 하신다. 집안 형편이 좋지 못해 흔하디흔한 학원 하나 보내주지 못한 것도 미안해 하신다. 하다못해 메이커 옷 하나 사서 입히지 못한 것도 늘 미안해 하신다. 그 미안함은 이혼 후 더 커졌을 것이다. 반면, 그만큼 나에 대한 기대도 품고 있다. 당신의 힘든 삶을 답습하지 않기를, 좋은 사람을 만나고 좋은 직장을 얻어서 부족함 없는 삶을 살기를 바라는 것 같다. 자식의 성공한 삶을 통해 당신이 보답받기를 원하는 것이 아닌, 오롯이 자식이 '행복'하기를 바라는 마음. '기대'라는 감정과는 얼핏 모순되어 보이지만, 나의 행복한 삶을 통해 당신의 죄책감을 덜길 바라는 마음은 기대를 불러일으켰을 것이다. 하지만 그 내면에 가장 크게 자리 잡은 것은 나에 대한 사랑이라는 것에 의심의 여지는 없다.

어렸을 때부터 엄마의 미안함과 기대를 눈치채고 있었던 것 같다. 단지 내성적이고 꼼꼼했을 뿐인 성격은 상위권의 학교 성적과 맞물려 성실하고 모범적인 아들의 이미지를 만들어 냈고, 이는 엄마의 기대를 증폭시켰다. 친척들을 만나거나 이웃들을 만날 때면 아들에 대한 칭찬 일색이었고, 그런 엄마의 기대를 눈치채지 않을 수 없었다. 사실 기대는 저버리려고 한다면 저버릴 수도 있었다. 하지만 미안함과 맞물린 기대는, 기대를 충족시키는 방향으로 나를 이끌었다. 공부에 매진했다. 학원에 못 가는 만큼 뒤떨어지지 않도록 학교 수업을 충실히 따라갔고, 집 안팎에서 성실한 모습을 보이려 노력했다. 못입고 못 먹고 못 갖는 것에 대해 초등학생 때부터 생떼 한번 부리지 않았고 불평불만을 얘기하지 않았다. 그렇게 욕망을 눌러가며 서울 소재 4년제 대학에 입학하고, 지금까지도 가족 친지 안에서는 성실하고 착한 아들로 살아가고 있다.

앞서 이야기한 부모님의 이혼 소식을 듣고 내가 눈물을 흘린 까닭을 당시에는 몰랐지만, 지금은 미루어 짐작할 수 있다. 이혼 소식을 듣기 이전부터도 마음에 맞지 않는 사람과 억지로 살아가는 삶은 좋지 않을 거라 생각했고, 그럴 거면 차라리 이혼하는 게 낫다는 생각이 강했다. 실제로도 부모님이 자주 싸우는 모습을 보며, 차라리 이혼해서 다른 사람 만나 행복하게 사는 게 낫지 않을까 하는 생각을 어렸을 때부터 했다. 바라던 일이라고 할 수는 없지만 최선의 선택이고, 짐작했던 일이 실제로 일어난 것뿐이었거늘, 나는 왜 눈물을 흘렸을까. 물론 엄마에 대한 안쓰러움도 있었겠지만, 다른 이유는 이혼 후 엄마가 나에게 갖는 미안함이 더욱 커질 것이고, 그 미안함은 더 큰 기대로 돌아올 것이라는 걸 무의식 중에 알았기 때문이 아닐까 싶다. 그렇게 돌아올 더 큰 기대는 당시 나에게 큰 부담으로 다가왔을 것이다. 기대를 저버릴 수 없었기에.

그렇게 20년 넘게 기대를 저버리지 않는 아들로 살아왔다. 단순히 기대를 충족시키기 위함이 아니라, 엄마가 나를 사랑하는 만큼 나도 엄마를 사랑했기에, 엄마의 마음에 상처를 주고 싶지 않았다. 그러다 한 번, 큰 기대를 저버린 일이 있었다.

때는 졸업을 앞둔 시기, 진로를 고민하던 즈음 성소수자 인권활동에 매료됐고 전업 인권활동가로서 살아가기로 마음을 먹게 되었다. 엄마에게 전화로 말씀드리자, 엄마는 당연하게도 부정적인 반응을 보였다. 서울 소재 4년제 대학에 나름 취업도 잘 되는 학교였고 전공도 그랬다. 전공을 살려 취업하면 안정적인 고수익을 보장받을 수 있었다. 나조차도 그렇게 살아갈 것이라 생각했는데, 엄마는 오죽했으랴. 통화로 언쟁을 벌였다. 나를 이해해 주지 못하는 엄마가 답답했다. 처음으로 단순한 짜증 정도가 아닌 큰 화를 내며 일방적으로 먼저 전화를 끊어버렸다. 나중에 아저씨에게 들으니 전화를 끊고 엄마는 그날 밤새 울며 잠을 설쳤다고 한다. 그 후로 지난한 설득 과정을 거쳤다. 내가 하고 싶은 일이 무엇인지(물론 아직 커밍아웃하지 못했기에 '성소수자 인권활동'이 아닌 그냥 '인권활동'이라고 말씀드렸다), 무엇을 할 때 내가 행복한지 끊임없이 말했고, 지금도 가끔은 못내 아쉬워하시지만 이제는 어느 정도 받아들이셨다.

폭풍이 휩쓸고 지나간 듯한 그 시간 동안 마음이 아팠다. 직접 보진 못했지만, 나 때문에 눈물 흘리며 슬퍼하는 엄마를 생각하는 것만으로 가슴이 미어졌다. 20년이 넘는 삶 동안 느끼지 못한 감정이었기에 더욱 크게 다가왔다. 엄마의 고통도, 나의 고통도 반복되기를 원치 않는다. "좋은 직장을 얻어서"라는 엄마의 기대가 깨졌다. "좋은 사람을 만나서"라는 기대마저 깨버리게 만드는 커밍아웃은 더욱 힘들어졌다.

물론 엄마가 갖는 그런 기대와 미안함이라는 감정을 사라지게 할 수 있다면 더할 나위 없이 좋을 것이다. 엄마에게는 물론 나에게도 가장 좋은 방향이다. 하지만 쉽사리 변하지 않을 것이다. 반백년의 세월을 그렇게 살아오셨다. 변할 수 있다 하더라도, 역설적이게도 그런 감정들이 고된 삶을 살아갈 수 있게 하는 원동력이자 버팀목이 되고 있기에, 그런 변화를 원하지 않는다.

결심

　　성소수자부모모임에서 3년째 활동하며 많은 커밍아웃 스토리를 전해 들을 수 있었다. 정말 다양한 가족 상황이 있고, 정말 다양한 커밍아웃 방법이 있다. 『성소수자 자녀를 둔 부모 가이드북』을 만들고 성소수자의 부모들을 직접 인터뷰하며, 어떤 상황에서는 어떤 커밍아웃 방법이 효과적일지 알게 됐고, 커밍아웃을 받는 가족의 입장은 어떤지도 알게 됐다. 이미 머릿속엔 어떤 방식으로 커밍아웃할지 가장 효과적인 방법을 그려보기도 했다. 하지만 잘 알기에 오히려 커밍아웃하기가 더 어렵기도 하다.

　커밍아웃을 받은 부모는 대개 여섯 단계의 과정을 거치게 된다고 한다. 충격, 부정(거부), 죄책감, 감정 표출, 결단, 참된 용인. 개인의 성향에 따라 단계를 다르게 경험하거나 혼재되어 경험하기도 하고, 그 과정에서 느끼는 감정의 정도도 다를 것이다. 어느 단계는 건너뛰기도 하고 '참된 용인'까지는 도달하지 못하는 경우도 있지만, 큰 틀에서는 벗어나지 않는다. 엄마도 이 큰 틀에서 벗어나지 않을 것이고, 나에 대한 사랑을 믿기에, 언젠가 나를 진정으로 받아들여 주실 것이라고 생각한다. 그게 내가 행복한 길이니까 말이다.

　문제는, 개인에 따라 각각의 과정을 거치는 시간이 매우 짧기도 하고 매우 길기도 하다는 것인데, 내가 아는 우리 엄마는 선행 단계를 거치는 기간이 매우 길 것 같고 그 과정 동안 느끼는 감정의 정도도 매우 클 것 같다. 해보지도 않고 어떻게 아느냐고 하지만 나는 알 수 있다. 20여 년의 경험을 토대로 한 판단이다. 섣부른 판단이 아니다. 그리고 그 시간이 나에게도 말로 표현할 수 없을 정도의 고통으로 다가올 것이다.

그럼에도 언젠가는 커밍아웃을 할 것이다. 그 고통을 감내할 정도로 커밍아웃에 대한 욕구는 크다. 아직은 용기가 부족하지만 때는 올 것이다. 다가오는 때에 그 고통의 크기를 줄이기 위해 사회를 변화시켜 나갈 것이다. 변화된 사회 속에서는 성소수자로서의 삶이 '성공한 삶'에 조금이라도 더 가깝게 보일 수 있도록 말이다.

트랜스젠더

생존기

마틴

걱정이 만든 잘못된 결심

우리 가족은, 적어도 내 생각엔 평범한 가족이었다. 어릴 적 이야기라 나는 기억나지 않는 일이지만, 아빠에겐 남자 형제밖에 없기 때문에 할아버지는 막내 손녀로 태어난 나를 귀한 딸로 여기셨다고 한다. 나는 중학생 무렵부터 머리를 짧게 자르고 교복 말고는 치마를 입지 않았다. 그냥 그게 더 좋아서였는데도 스스로 좀 더 '여자다워질' 필요가 있다고 생각한 나는 일부러 집 근처 여고에 지원했다. 여자애들만 있는 환경에서 지내면 여자로 사는 것에 익숙해질 거라고 생각했기 때문이다. 그 무렵 이전에도 조금 다른 취향 때문에 소외감을 느낀 적은 있었지만 별건 아니었다. 고등학교 1학년 때 내 정체성을 깨닫고 나서 겪은 변화에 비해서는.

나와 같은 사람들, TV에서나 나오던 성소수자가 아닌, 나와 비슷한 삶을 살아가는 청소년 성소수자를 처음 만난 건 인터넷 익명 커뮤니티에서였다. 나만 느끼는 줄 알았던 이질감, 그래서 아무에게도 말하지 못했던 경험을 익명의 사람들과 서로 털어놓는 것만으로 가슴이 벅차올랐다. 하지만 처음으로 혼자가 아니라는 사실을 깨달아서 사라진 외로움만큼 두려움이 다시 생겨났다. 내가 다르다는 걸 인정했으면 남들에게 숨기거나 드러내거나 둘 중 하나를 선택해야 했으니까. 나는 숨기기로 마음먹었다.

내가 커밍아웃하지 않겠다고 다짐한 까닭은 평화를 깨고 싶지 않아서였다. 가족들에게 나는 딸이었고 손녀였으며 여동생이었다. 십수 년 동안 가족은 물론 나도 믿어 의심치 않았다. 하지만 그걸 부정해 버리면 지금까지 쌓아왔던 관계가 무너져 내리고 가족들이 날 낯설어할까 봐 두려웠다. 그러니까 나만 말하지 않으면 지금의 평화를 유지할 수 있다고 생각했다.

하지만 아니었다. 내 정체성을 알게 된 순간 나는 이미 달라져 버렸다. 오히려 그걸 숨기려고 애쓰는 모습을 가족들은 더 낯설어했다. 그저 평소 같은 하루하루를 보내면서도, 예전에는 깨닫지 못했던 여자라는 틀, 그 안에 내가 갇혀 있다는 걸 매 순간 느꼈다. 나는 사소한 일에 날카롭게 반응하는 것처럼 보였다. 가장 중요한 비밀을 들키지 않기 위해 매사에 신경을 곤두세워야 했다.

숨쉬기도 힘들 정도로 꽉 조이는 압박브라를 한여름에도 입었고, 우울증은 점점 심해져 거의 일 년 동안 아무것도 하지 못하며 보냈다. 가족들과 멀어질까 봐 커밍아웃하지 않겠다고 했던 다짐 때문에 오히려 가족들은 내가 힘들어하는 이유조차 알지 못하고 떨어져서 지켜볼 수밖에 없었다. 더욱이 가족들이 나를 의식하는 게 느껴질수록 마음엔 부담이 늘어갔다. 악순환은 그렇게 계속되었다.

끊임없이 계속되는
진정성에 대한 의심

커밍아웃을 준비하다 보면 마치 심문장에 끌려가는 죄인이라도 된 것처럼 끊임없이 스스로에게 질문을 던지게 된다. 커밍아웃하려는 상대방이 어떤 반응을 보일지는 말하기 전까진 모르니 언제나 최악의 상황을 각오하고 온갖 질문과 대답을 상상해 본다. 그중의 대부분은 자기 자신의 존재를 의심하는 질문이다.

사실 나는 문전박대 당할지도 모른다는 걱정은 하지 않았다. 내가 성소수자라는 사실을 알기도 전부터 부모님은 퀴어퍼레이드에 가본 적이 있으셨고, 커밍아웃하자마자 들은 말도 "네가 성소수자라고 쫓겨나기라도 할 거라 생각했냐"는 농담조의 반문이었다. 하지만 상대가 누구든 커밍아웃을 쉽게 할 수는 없다. 가장 가까운 사람에게조차 어렵다. 아니, 오히려 오래 알고 지냈을수록 어려울지도 모른다. 게다가 부모님이라면, "태어나서부터 지금까지, 너는 기억도 안 날 정도로 어렸을 때부터 평생을 딸로 키웠는데 이제 와서 여자가 아니라고?" 하며 내 말을 믿지 않을지도 모른다는 게 가장 큰 걱정이었다.

더군다나 나는 스스로도 트랜스젠더라는 확신을 갖기까지 오래 걸렸다. 나조차 내가 성소수자라는 사실을 믿기 어려웠기 때문이다. 통상적인 트랜스젠더의 고정관념과 나는 많이 달랐다. FTM 트랜스젠더, 즉 트랜스남성이라고 하면 어려서부터 원피스를 싫어하고 남자애들과 어울려 놀았다는 경험담이 너도나도 나오는데 나는 아니었다. 분홍색을 싫어하지도 않았고 여아 취향의 만화는 좋아하기까지 했다. 운동은 잘 못하고, 거친 놀이는 무서워서 남자보다는 여자와 어울리는 것이 더 편하고 말도 잘 통했다. 중학교 동창인 친구에게 커밍아웃하고선 "네가 내 친구들 중에서 제일 여성스럽다고 생각했다"는 말까지 들었다.

한때는 이런 내 성향과 정체성의 괴리에 혼란을 느껴서, 남자다운 취미를 갖지 않으면 트랜스젠더라고 할 수 없다고 생각한 적도 있었다. 지금의 나는 여자로 착각하고 살아왔기 때문에 이런 취향을 주입당한 거라고. 그래서 내가 상상하는 '트랜스남성'의 모습, 있는 그대로의 내 모습을 버리고 그 이상으로 마초같이 보이려고 노력했다. 하지만 그것도 상당한 스트레스였다. 벽장 속에 있는 성소수자가 성소수자처럼 보이지 않으려고 애쓰는 것만큼, 대놓고 성소수자처럼 보이려고 애쓰는 것도 힘들긴 마찬가지였다.

세상이 생각하는
'이상 속의 트랜스젠더'란

　　　　하지만 한번 생각해 보면 조용하고 내성적인 남자는 존재하지 않는가 하면 그것도 아니다. 다소 드물긴 하겠지만 여자친구가 더 많고 취미도 '여자 같은' 남자도 물론 있다. 바로 내가 그렇듯이. 나는 지금 가슴도 자궁도 없이, 남성호르몬을 맞고 남성화된 몸과 목소리로 잘만 살고 있다. 여전히 여성스럽다는 말을 간혹 듣고, 남자라고 소개한 자리에서 '예쁘게', 혹은 '딸아이처럼' 생겼다는 칭찬인지 모를 말을 들으면서 말이다. 하지만 고작 그런 것으로 남성이라는 사실을 부정할 수 있는가? 만약 트랜스남성이 아닌 처음부터 남성의 몸으로 태어난 사람이라 해도? 보통의 남자를 부정할 수 없는 말이라면 트랜스남성에게도 마찬가지여야 한다.

　사실 누구보다도 사회가 트랜스젠더에게 전통적인 남성성/여성성을 강요한다. 트랜지션, 즉 성전환을 시작하기 위해선 정신과에서 검사를 통해 받을 수 있는 '성주체성 장애' 진단서가 필요하다.(한국표준질병분류 F64.0. 다시 말해 우리나라에서 젠더퀴어는 '장애'로 분류되고 있는 것이 현실이다.) 검사는 질문지로 하는 검사와 전문상담사와

하는 면담으로 이루어지는데, 나중에 받아볼 수 있는 결과지에는 면담 당시의 외모가 어땠는지도 포함되어 있다. 그뿐만이 아니다. 원하는 성으로 사회생활을 하기 위해 가장 중요한 절차, 법적 성별정정 과정에는 지방법원 판사와의 면담을 거쳐야 한다. 물론 무작위로 배정된 판사가 성소수자에 대해 어떤 관점을 갖고 있을지는 운에 맡겨야 한다. 단 몇 분의 면담 시간 동안 판사 눈에 만족스러운 '남자' 혹은 '여자'의 모습으로 보이지 않는다면 결과는 기대하기 어려울 것이다.

게다가 성소수자에게는 윤리적인 완벽함도 요구되는 경우가 있다. 어떤 사람들은 자신에게 해롭지 않은, '좋은 성소수자'만 존재를 인정한다. 얼핏 보기에는 성소수자를 받아들여주는 것처럼 보인다. 이런 사람들이 생각하는 좋은 성소수자란 자신의 눈에 보이지 않는 성소수자만을 의미하는 것이나 마찬가지다. 어떻게든 성소수자를 혐오하는 명분을 만들려는 사람은 성소수자 개인의 잘못을 성소수자 모두의 단점으로 취급한다. 만약 같은 논리대로라면, 세상의 수많은 비성소수자는 문란하고 이성을 성추행하는 데다 성병을 옮기고 청소년을 나쁜 길로 빠져들게 하는 집단으로 불려 마땅할 것이다. 현실의 성소수자들이 이런 말을 듣고 있는 것처럼.

이는 가족에게 커밍아웃을 해야 할 때도 비슷하다. 언젠가 성소수자부모모임에 보수적인 부모님에게 어떻게 커밍아웃을 해야 이해해줄지 고민하는 당사자가 온 적이 있다. 그때 모임에 있던 사람들은 평소에 부모님에게 좋은 모습을 보여서 신뢰를 얻으라는 조언을 했다. 도움이 아주 안 될 만한 조언은 아니지만, 나오는 대답이 대부분 그런 것뿐이라는 게 마음에 들지 않았다. 아무리 좋은 자식이 되려 한들 어떻게 완벽해질 수 있겠는가?

성소수자가 아닌 사람도 모두의 호감을 얻을 순 없는데 성소수자라고 다를 수 있을까? 동성결혼이 합법이고 2차 성징이 오기 전부터 성전환이 가능한 국가에도 여전히 성소수자 혐오가 존재하는데. 성소수자의 좋은 모습을 보고 받아들여주는 게 아니라, 그냥 같은 사람이기 때문에 당연히 받아들여야 하는 것이다. 하지만 지금 세상에서 성소수자는 똑같은 권리를 누리기 위해 비성소수자보다 갖춰야 하는 것이 더 많다.

인정받기 위해서
나에게
가혹해지지 말자

모두의 기대에 나를 맞출 수는 없다. 이 책을 읽는 성소수자들이 남의 마음에 들기 위해 너무 힘들어하지 않았으면 좋겠다. 앞서 말했다시피 성소수자, 특히 트랜스젠더는 살다 보면 어쩔 수 없이 편견을 이용해야 할 때가 생길지도 모른다. 정신과에서나 법원에서나. 그리고 그게 자신에게 모욕적으로 느껴질 수도 있다. 세상은 분명 바뀌고는 있지만, 아주 천천히 바뀔 테니까.

하지만 사람 개개인을 냉정하게 들여다보면, 죽어도 안 바뀌는 사람은 어쩔 수 없다. 학교에서 반을 배정받을 때를 생각해 보자. 다른 환경에서 다르게 자란 사람들이 한 교실에 무작위로 수십 명씩 나눠진다. 한 반에 모인 사람은 모두 다 제각각이다. 그중 몇 명과는 마음이 잘 맞아서 평생 친구가 될지도 모르고, 몇 명과는 평생 잊지 못할 원수가 될지도 모른다. 가족과의 궁합도 다를 바 없다고 생각한다.

한 부모에게서 태어난 자식이 부모와 같은 시스젠더 이성애자일지, 성소수자일지는 오직 우연이다. 같은 집에서 사는 사람들이라 해도 집 밖에서 보고 듣고 생각하는 것은 저마다 다르다. 가족에게 커밍아웃을 해도 누군가는 대수롭지 않게 반응할 수 있고, 누군가는 결코 받아들이지 못할 수도 있다. 시간을 들이고 설득을 거쳐야 이해하는 사람이 있는가 하면, 그러지 않는 사람도 있을 것이다. 오랜 노력 끝에 가족 모두에게 커밍아웃이 받아들여진다면 그보다 더 좋은 일이 없겠지만, 그렇지 못한 경우도 있다. 하지만 그렇다 해도 본인의 실패라고 생각하진 않았으면 좋겠다. 살다 보면 학교나 직장에서 도무지 마음이 맞지 않는 사람을 만날 때도 있듯이, 그런 사람이 내 가족, 혹은 친척일 수도 있는 것이다. 사람은 누구나 살면서 한 번씩은 운이 나쁘니까.

사람들이 생각하는 보편적인 가족의 이미지가 있다. 엄마 하나에 아빠 하나, 거기에 형제자매나 할머니 할아버지 등이 한둘 더해진 화목한 가족. 하지만 성소수자와 성소수자를 지지하는 사람들이 추구하는 것은 그런 보편적인 가족상을 부수는 일이다. 우리는 엄마만 둘이거나 아빠만 둘인 가족이 가능한 나라, 그리고 다들 그것을 이상하게 보지 않는 세상을 기대한다. 거기에는 물론 부모가 하나거나 부모혹은 자녀가 없는 가족도 포함한다.

오늘날에는 이미 많은 사람들이 그렇지만, 특히 성소수자들은 커밍아웃 또는 아웃팅을 계기로 불가피하게 가족과 떨어져 사는 사람들이 많다. 트랜스젠더의 경우엔 성전환 이후 달라진 모습 때문에 친구와 인연을 끊는 일도 흔하다. 누구나 커밍아웃을 하려고 마음먹기 전에는, 자신을 숨긴 채로 지내는 불편함과, 관계를 영영 잃어버릴지도 모른다는 불안함, 두 가지를 항상 저울질하게 되니까.

만약에 커밍아웃을 결심하고 이후의 가능성에 대해서도 마음의 준비를 했다면, 트랜스젠더라면 수술이나 법적 절차를 어떻게 할지 결정을 내렸다면, 과정과 결과가 어떻든 '내가 성소수자인 탓'이라고 생각하는 일만큼은 없었으면 좋겠다. 나를 가장 힘들게 했던 생각이 바로 그 생각인 까닭이다. 다쳐서 병원에 가야 하는 사람이 자기 탓을 하며 가지 않겠다고 하는 것이나 마찬가지다.(가슴 수술을 하지 않겠다던 내게 엄마가 하셨던 말씀이다.) 내가 나 자신으로 살기 위해 한 결정이라면 그건 생존을 위한 결정이다. 그리고 또 한편으로는, 가족에게 반드시 커밍아웃을 해야만 한다고 생각하지도 않는다. 마찬가지로, 살기 위해서라면 당장 커밍아웃하지 않는 것도 회피하거나 부정하는 것이 아닌 자신을 위한 선택이다. 무엇보다 가장 중요한 것은 살아남는 것이기에 자기 자신만의 생존 방법을 찾아내면 될 일이다.

살아남은 자신에게
격려를

많은 성소수자가 우울증을 갖고 있다. 성소수자인 사람 중에 죽고 싶다는 생각을 해보지 않은 사람이 더 드물지 않을까? 나 또한 마찬가지이고, 지금도 약 처방을 받고 있다. 여전히 우울감이 심해질 때도 있고 언제쯤 치료가 완전히 끝을 보일지는 모른다. 어쩌면 여태까지 걸린 시간보다 더 오랜 시간이 지나야 할지도 모른다. 하지만 이제는 가끔 마치 지금을 위해서 살아남았다는 생각에 벅차오르는 순간이 있다. 글을 읽고 있는 당신이 성소수자라면, 단어 그대로 '살아남은' 것이다. 친구, 가족이 성소수자라면 겉으로 드러나지는 않을지언정 그 사람 또한 생존해서 버티고 있는 것이다.(성소수자의 자살 시도율은 일반인의 10배에 가까우며, 청소년 성소수자의 약 절반이 자살과 자해 시도 경험이 있다.) 그만큼 세상에서, 특히 우리나라에서 성소수자로 사는 것은 존재부터가 몹시 힘이 드는 일이다. 엄청난 노력을 해온 스스로를 격려해 주자.

내가 우울증의 밑바닥에 가라앉아서 오랫동안 절망만 하고 있을 때, 하루하루가 괴롭기만 해서 내일이 오는 것이 두려워 잠을 이루지 못할 때, 그 순간의 나를 만날 수 있다면 해주고 싶은 말이다. 여태까지 잘 버텼다고, 언젠가 살아 있길 잘했다는 생각을 다시 하는 날이 또 오니까 조금만 더 견뎌 달라고.

희망을
위한

이별

신재원

스무 살이 되기 전부터 입버릇처럼 주변 사람들에게 하던 이야기가 있다. "커밍아웃은 부모님에게서 경제적으로 독립해도 전혀 지장이 없을 때에 해야 한다"는 것이다. 그래서 난 내가 20대 후반쯤 되어서야 커밍아웃을 할 것이라고 항상 생각해 왔다. 심지어, 평생을 함께할 동성 파트너와 해외에서 결혼하기 직전에 "난 남성 동성애자이고 결혼하고 싶은 남자가 생겼다"며 쿨하게, 어쩌면 조금 폭력적인 방식으로 부모님께 통보하듯이 커밍아웃을 던지려는 판타지 같은 생각도 하고 있었다. 하지만 성인이 되고 나서 맞은 첫 여름에 내가 그린 그림들은 모두 깨져 버렸다. 그해 여름, 부모님께 내 정체성을 아웃팅 당했기 때문이다.

깨져 버린 그림

       2014년도 여름은 나에겐 치열했던, 그리고 스트레스가 가득했던 때였다. 고3 때 치른 수능 결과가 기대 이하로 나왔고 어쩔 수 없이 재수를 택해 무더운 날씨에도 한창 공부에 매진하고 있었다. 집안 사정으로 7월이 돼서야 재수학원 주말반에 겨우 들어갔고, 돈을 더 들인 만큼 좋은 결과가 나오길 바라는 부모님의 기대를 충족시켜야 한다는 부담감을 안고 지냈다. 내가 숨통을 틔울 유일한 방법은 나와 비슷한 정체성을 가진 사람들과 만나고 소통하는 것이었다. 내 경험에 공감하고 날 지지해 주는 사람들이 하나 둘 늘어났다.

  부모님은 내가 오로지 공부에만 집중하길 바랐다. 공부 이외의 모든 것들을 '쓰레기', '똥'이라고 표현하시고는 했다. 전자기기 사용도 모두 금지했기 때문에 나는 인터넷이 연결되는 기기들을 친구들에게 몰래 빌려 음악도 듣고 소셜미디어를 통해 친구들과 연락을 주고받았다. 전자기기 사용을 들키지 않으려고 항상 조심했는데 그날은 그러지 못했다. 아침에 날 깨우던 아버지가 내 머리맡에 있는 전자기기를 발견했고 그 자리에서 압수해 바로 어머니에게도 보여주셨다. 사실 전자기기 압수를 한두 번 당해 본 것이 아니었지만 다른 때와 달랐던 것은 비밀번호로 잠금을 해 놓지 않았다는 것이다. 부모님은 내 동의 없이 전자기기 안을 들여다보았고, 메신저 앱을 통해 나눈 대화들부터 당시 내가 운영하고 있던 블로그까지 모조리 다 훑어보셨다.

내가 할 수 있는 것은 아무것도 없었다. 아직 공개할 생각이 없던 나의 사생활이 내 의지와는 상관없이 다 파헤쳐졌다. 참 많이 아팠다, 내가 이런 상황에 놓여야 한다는 것이. 학원에 있는 동안 내내 난 이제 앞으로 어떻게 해야 할까 고민했고, 안타깝게도 나에게는 커밍아웃 이외의 선택지가 없었다. 그 자리에서 부인하기에는 너무 눈에 보이는 증거들이 많았다. 내가 부모님께 보여드리고 싶지 않았던 그런 정보들 말이다.

집에 돌아와 부모님 앞에서 눈물 어린 커밍아웃을 했다. 내가 어떤 말을 하면서 커밍아웃을 했는지 정확히 기억나지는 않는다. 하지만 부모님의 반응은 선명하게 기억난다. "널 어떻게 키웠는데 이럴 수 있냐?"부터 시작해서 "고등학생 때부터 말을 안 듣기 시작하니까 네 인생이 이렇게 하나 둘 망가지고 있다", "다 지나가는 과정이다", "엄마 아빠 힘든 건 안 보이냐? 어쩌면 그렇게 이기적이냐? 정신 차려라", "이상한 친구들만 만나고 다니니까 그런 거다. 그 친구들 모두 고소하겠다" 등등. 내 정체성은 그 자리에서 너무 쉽게 부정당했다. 그러나 부모님은 입시 걱정뿐이었다. 공부에나 집중하라며. 그렇게 내 인생 첫 커밍아웃은 허망하게 끝났다. 내 이야기를 온전히 할 수 없는 분위기였고, 더군다나 타의로 하게 되어 전혀 준비가 되어 있지 않았다. 지금 다시 생각해도 끔찍한 순간이다.

부모님의 기대

　　　　　　난 부모님의 첫아이였다. 그래서 난 부모님의 모든 기대를 안고 평생을 살아왔다. 그만큼 지원을 받은 것도 사실이다. 하지만 어린 나이부터 통제를 받으며 자랐다. 또래들과 아무 걱정 없이 놀았던 기억이 거의 없다. 대여섯 살 때부터 어딘가에서 항상 수업을 듣고 있었고, 숙제를 하고 있었고, 부모님께 무언가 때문에 항상 꾸지람을 들었다. 과제나 시험을 잘 수행하는 것은 나에게도 부모님에게도 당연한 것이었다. 그만큼 돈과 시간을 들였기 때문이다. 하지만 기대 이하로 결과가 나왔을 때는 모든 것이 다 내 잘못이었다. 내 노력이 부족했고 내가 집중하지 못했기 때문이었다.

　난 어디에서든 모범생 역할을 다해야만 했다. 남들이 보기에는 공부도 잘하고 예의도 바른, 다른 모범생들과 별 다를 것 없는 그런 모습이었지만, 사실은 시험 전날 밤까지 손바닥을 맞아가며 시험 내용을 외우고 항상 규율을 지켜야 했던 불행한 어린아이였다. 부모님께 애착도 많이 느끼지 못했다. 꽤 어렸을 때에는 부모님 두 분 모두 직장생활을 하셨고, 나와 아홉 살 차이 나는 셋째가 태어난 후부터는 학교, 학원, 집을 오가는 생활을 반복했다. 그때는 내가 불행하다고 느끼지 못했다. 부모님이 만들어준 틀에 나를 맞추고 사는 것이 옳고 당연한 것이라고 여겼다.

시간이 지나면서 급격히 가세가 기울었지만 교육에 대한 부모님의 욕심은 여전했다. 부모님은 집안이 어렵지만 빚을 내서 나를 교육시키고 있는 거니 똑바로 잘하라고 늘 말씀하셨다. 난 항상 알겠다고 대답했고 그렇게 행동하려고 노력을 참 많이 했다. 그래서 겉으로는 부모님과 나 사이에 아무 문제가 없었다. 난 그게 사랑인 줄로만 알았다.

불온한 존재

하지만 조금씩 나이가 들고 내 주장이 생기면서 부모님과 마찰이 생기기 시작했다. 부모님의 기대에 부응하는 것이 점점 벅차게 느껴졌고, 더 어렸을 때부터 놀림 받던 내 '여성성'이 이유 없이 튀어나온 것이 아니라는 것을 느끼기 시작했다. 그때부터였을까. 내가 영위하던 모든 것들이 답답해졌다. 내가 만나던 친구들, 부모님, 학교생활, 수년 동안 반복되는 공부 등. 그럴수록 부모님과의 사이는 멀어졌다. 부모님 사이의 갈등도 고조되었고 나와의 갈등도 고조되었다. 그렇게 얽히고설킨 갈등은 나의 커밍아웃쯤 정점을 찍었다. 내가 감당할 수 없는 정도의 스트레스였다. 돌파구가 보이지 않았고 그저 참담하고 무기력했다.

커밍아웃 이후의 생활은 더 숨이 막혔다. 부모님에게 더 심한 통제를 받았고 그만큼 입시에 집중하기가 어려워졌다. 입시 결과는 또다시 기대 이하였다. 불 보듯 뻔한 결과였다. 만족스럽지 못한 두 번의 입시는 나와 부모님 사이를 더 멀게 만들었다. 수능 직후 아르바이트를 두 개나 구해서 내 용돈 벌이를 시작했다. 어차피 집안 사정이 나에게 용돈을 줄 만한 정도도 아니었을뿐더러, 이렇게 하면 부모님의 간섭에서 조금이라도 벗어날 수 있을 것이라고 생각했다. 하지만 간섭의 정도는 점점 심해졌고 성인의 나이가 되었음에도 자유로운 생활이 어려웠다. 부모님은 날 불온한 존재로 여겼던 것 같다. 이상한 사람들과 이상한 행동을 하는 그런 존재로. 그런 시선에서 너무 간절히 벗어나고 싶었다. 그래서 난 그들과의 이별을 택했다.

아무도
나를 비난하지 않는 곳

　　　　　그런 결심을 할 때쯤 성소수자부모모임을 처음 접했다. 그해 초, 오프라인 커뮤니티 활동에 목말랐던 나는 행동하는성소수자인권연대에 가입했고 그때 처음 부모모임의 존재를 알게 되었다. 정말 그 모임이 궁금했다. 그 당시 내가 받던 고통의 많은 지분은 부모님에게 있었기에, 내 부모님과 반대의 위치에 서 있는 다른 부모들이 궁금했다. 그리고 그들에게 폭로하고 싶었다, 내 부모님에 대해. 나와 내 부모는 이런 관계이고, 이런 행동들을 수년에 걸쳐 나에게 해왔다고. 마치 부당행위에 대한 내부 고발마냥.

나는 정말 부모모임 구성원들을 만나자마자 이야기 봇물이 터져 버렸다. 그리고 아무도 나를 비난하지 않았다. 정말 신기한 경험이었다. 내 부모님과 비슷한 경험을 갖고 있는, 나이대도 비슷한 분들에게 성소수자 당사자인 내가 평생의 설움을 토로하는 데에 전혀 이질감이 느껴지지 않았다. 그렇게 성소수자부모모임에서의 첫 경험은 이상하리만큼 따뜻했다. 그뿐만이 아니라, 정기모임에 두 번 정도밖에 참가하지 않은 나에게 성소수자부모모임에서 활동해 보지 않겠냐는 제의를 해왔을 때 별 고민 없이 수락을 했다. 사실은 당시 실무를 맡고 있던 활동가가 일손이 모자라 그저 잠깐 도와달라는 부탁이었고, 부모모임이 여러 면에서 궁금했던 나는 그렇게 함께하게 되었다.

성소수자부모모임 활동을 시작하면서 나에게 많은 내적 · 외적 변화들이 있었지만 가장 큰 변화는 성소수자 부모의 입장을 헤아려 보는 능력이 생긴 것이다. 모임 내에서 어엿한 활동가로 성장한 것뿐만 아니라, 성소수자 당사자와 그 부모 사이의 역학 관계에 있어서 새로운 시각을 얻은 것이 나에게는 가장 큰 수확이었다.

일손을 보태려 가볍게 시작했지만 얼마 지나지 않아 실무진, 운영위원, 정기모임 사회자, 그리고 팀장까지 여러 역할을 맡게 되었다. 덕분에 다양한 사람들을 만나 풍성한 이야기들을 2년이 넘는 시간 동안 들을 수 있었고 나를 돌아볼 수 있는 기회가 굉장히 많았다.

그리고 '탈 가정'까지 맞물려 여러 활동에서 느낀 바를 바탕으로 나와 부모님 사이의 관계를 객관화해 볼 수 있었다. 그렇게 나도 모르는 사이에 인생의 전환점을 맞게 되었다.

'안전 이별'

그동안 많은 성소수자 당사자들을 만났다. 부모에게 커밍아웃하고 싶어하는 성소수자들 대부분은 "내 부모님만큼은 날 있는 그대로 받아들여야 한다"고 생각하고, 그게 이뤄지지 않았을 경우 다른 사람들에게서 받는 실망보다 더 큰 실망을 받는 경우가 많았다. 인정받고 싶은 욕구가 너무 큰 나머지, 부모의 용인이 당연하다고 생각하는 것이다.

하지만 대다수의 부모들은 완벽하지 않다. 오히려 내가 생각하는 것보다 결점이 더 많고, 내 이야기를 들을 준비가 전혀 되어 있지 않을 수 있다. 그리고 커밍아웃에 대한 부모들의 반응 또한 완벽할 수 없다. 최악의 경우에는 시간도 해결해 주지 못할 수 있다. 부모에게 물리적·정신적 폭력을 계속해서 당할 수도 있고, 앞으로의 개선 가능성이 보이지 않을 수도 있다.

그런 다양한 경우들에서 성소수자 당사자가 본인의 안위를 위해 선택할 수 있는 일은 한정적이지만, 선택지에 꼭 들어가야 한다고 생각하는 것이 있다. 바로 '안전 이별'이다. 당사자들이 굳이 자신을 괴롭히면서까지 부모와 직접적으로 맞서지 않아도 된다. 갈등과 감정 모두 고조된 상태에서는 돌파구가 보이지 않을 수 있고, 그럴 때에는 물리적인 거리를 두는 것이 최선의 선택일 수 있다. 나 또한 어느 정도 혼돈과 갈등에서 벗어난 뒤 돌아보니, 나의 '탈 가정'도 결국에는 부모님과의 안전 이별이었다.

부모와 자식이 연인 관계는 아니지만 그들 사이에도 안전 이별이 필요할 수 있다. 부모가 일방적으로 폭력을 가할 수도 있고, 아니면 서로가 상처가 되는 언행을 계속할 수 있다. 그런 관계의 지속은 모두에게 해로울 뿐이다. 여기서 필요한 것이 '안전 이별' 카드이다. 안전 이별을 통해 물리적인 거리를 의도적으로 두고 서로만의 시간을 가지는 방법이, 갈등이 최고조로 달하고 해결책이 눈에 보이지 않을 때에는 최선이라고 생각한다. 누군가는 단지 상황을 회피하는 임기응변식 대응이라고 할 수 있다. 하지만 내 방식의 안전 이별은 뺑소니 치고 도망가는 그런 식의 회피가 아니라, 잠시 소용돌이 안에서 벗어나 차분히 생각할 시간과 공간을 마련하고 그런 뒤 관계 개선에 힘쓰는 것이다.

탈 가정 이전의 나는 그저 내 부모가 나쁜 부모라고 생각했다. 나를 이해해 주지 못해서 나쁘고, 내 정체성에 대한 존중이 부족해서 나쁘고, 서로의 선線을 지킬 줄 몰라 나빴다. 난 비운의 주인공이었고 그들은 악역이었다. 적어도 그렇게 생각하는 것이 나에게 간편했다. 그래야 내가 그 관계 안에서 살아남을 수 있었으니까 말이다. 하지만 착한 부모와 나쁜 부모, 이렇게 딱지 붙이듯 간단히 나눌 수 있는 문제가 아니라는 걸 나중에서야 깨닫게 되었다.

대부분의 부모들은 평생 이성애 중심적인 사회에서 이성애 중심적인 사고를 해왔다. 그런 사고는 각자의 신앙과 신념으로 더 굳어졌을 것이다. 그러니 자녀의 커밍아웃이 부모들에게는 어쩌면 굉장히 소화하기 벅차고 어려운 이야기일 것이다.

돌아보면, 나의 커밍아웃은 그 이야기의 무게에 비해 설명이 부족했고 불친절했다. 성소수자가 도대체 무엇이고, 남성 동성애자라는 정체성이 뭔지, 그리고 어떤 정보가 옳고 틀린지에 대한 안내를 부모님에게 전혀 하지 못했다. 그 순간에는 정신이 없었다고 해도 이후에 충분히 정보를 제공할 수 있었을 텐데, 서로의 감정에 매몰되어 그러지 못했다. 그리고 부모님의 감정 변화에 대해서도 주의 깊게 생각하지 못했던 것이 사실이다. 단지 '부정'으로 시작해서 '부정'으로 끝나는 일차원적인 감정이 아니라, 죄책감을 가지기도 하고 분노의 순간도 찾아오고 괜찮아졌다가도 다시 모른 척하거나 현실을 부정할 수도 있는 것이다. 내 부모님도 분명 비슷한 단계를 거쳤겠지만 서로 헐뜯고 싸우느라 눈치채지 못했다. 어쩌면 내가 집을 나온 이후에도 계속 이 단계의 반복이었을 수 있다. 하지만 내가 집을 나오지 않았더라면 이 모든 성찰과 반성이 가능했을까?

새로 그리는
그림

　　　어느덧 나는 스물넷에 가까운 나이가 되었고 아직도 부모님과 떨어져 살고 있다. 2년 반 사이에 정말 많은 일들이 있었다. 인생 첫 연애도 해봤으며, 실패의 아픔도 뼈아프게 느꼈고, 다시 새로운 사랑을 찾기도 했다. 새로운 친구들도 많이 사귀고 좋은 사람들도 많이 만났다. 집을 나와서 많은 자유를 만끽했다. 하지만 자유를 누리는 만큼 지불해야 했던 대가도 컸다. 학교를 다니는 내내 주중 주말 할 것 없이 아르바이트로 생활비를 마련해야 했고, 육체적·정신적으로 소진돼서 결국 학교를 1년 쉬면서 안정적인 수입이 보장된 직장에서 일하며 인권활동을 병행하게 되었다.

　집을 나왔다고 해서 인생의 고민이 없어진 것도 아니었다. 하지만 이건 단언할 수 있다. 과거보다 삶의 질은 훨씬 나아졌다. 내 주변에 있는 그 어떤 사람들도 날 '불온한 존재'로 여기지 않았다. 드디어 그 불편한 시선에서 벗어난 것이다. 그만큼 내 자신이 편해졌다. 처음으로 부모님을 제외한 사람들에게 커밍아웃을 하기 시작했고, 공개된 소셜미디어 계정에 정치적인 목적으로 내 정체성에 대해 솔직히 털어놓기도 했다.

　안전 이별 후 부모님과 나의 관계는 드디어 울퉁불퉁한 비포장도로에서 벗어나게 되었다. 물리적으로 거의 마주치지 않다 보니 말싸움이 일어날 일이 없었으며, 한두 달에 한 번씩 서로의 근황을 확인하러 본가를 방문하면 예전에는 없던 애틋한 마음까지 생기고는 했다. 그리고 그런 소강 상태에서 나는 다시 한 번 부모님께 정식으로 커밍 아웃을 했다. 처음보다 훨씬 더 준비되고 차분한 상태에서 할 수 있었다. 안타깝게도 그것 또한 완전히 성공적이지는 않았지만 적어도 서로 얼굴을 붉히거나 소리를 지르는 감정적인 상태로 흘러가지 않았다는 것에 나는 어느 정도 만족했다. 그리고 앞으로도 나의 정체성을 잊을 만할 때쯤이면 부모님께 계속 상기시켜 드릴 작정이다.

이전에는 나와 부모님의 관계에서 미래가 전혀 그려지지 않았지만 안전 이별 이후에는 새로운 도화지에 조금씩 천천히 희망적인 그림을 그리고 있는 듯한 기분이 든다. 안전 이별은 부모와 갈등 상태에 놓여 있을 때 그것을 해결하기 위한 가장 쉬운 방법이면서도 가장 어려운 방법이다. 마음먹기는 쉽지만 막상 실천하기는 어렵다. 집을 나가는 순간 물리적인 충돌이 없어져 마음은 편해도 앞으로의 수년을 내다봐야 하기 때문이다. 그럼에도 예전보다 미래에 대한 걱정이 가벼워졌고, 그런 변화가 이뤄질 수 있었던 것은 부모님을 향한 인정 욕구가 많이 줄었기 때문이기도 하다. 부모님과 떨어져 보니 완벽히는 아니지만 만족스러울 만큼 내 인생을 내가 통제할 수 있었고, 만의 하나 앞으로 부모님이 나의 정체성을 받아들여 주지 않는다고 해도 나의 세계가 무너지지 않을 것이라는 확신이 생겼다. 이것 또한 안전 이별의 과정 중 하나인 것이다.

삶의 어느 순간부터 부모들과 자식들은 각자의 인생을 살아가게 된다. 스물하나의 나이에 부모님과의 안전 이별을 택한 나는 조금 더 일찍 그 단계에 진입했다고 생각한다. 부모님과 살아온 집은 성소수자들에게 때로는 억압적인 공간이 된다. 온전히 나 자신으로서 살 수 있는 공간이 되기 어렵기 때문이다. 그래서 "얼른 집에서 나오고 싶다"는 말을 입에 달고 사는 성소수자들이 많다. 나도 그중 하나였다. 분노로 가득 찼던 옛 모습에 비해 지금의 나는 성숙해지고 현명해졌으며 새로운 마음가짐으로 힘차게 살아가고 있다. 굴곡은 많았지만 후회는 없다. 시행착오로 가득했던 이런 나의 경험이 지금 어려움을 겪고 있을 당사자들에게 마음속의 울림이 되었으면 한다.

그리고 마지막으로 과거의 나에게 해주고 싶은 말이 있다. 미안하고 사랑한다고. 앞으로 펼쳐질 나날들은 훨씬 더 밝고 희망적일 테니 지금부터라도 나 자신을 아끼고 사랑하겠다고 말이다.

가족의

의미

강동희

나는 성소수자이다. 나는 '젠더퀴어 에이젠더'이며 성적지향은 아직 고민 중이다. 이렇게 설명하기 복잡한 성별정체성과 성적지향을 갖고 있는 나에게 가족은 특히 어렵다. 커밍아웃을 한다고 해도 어려움은 끝나지 않는다. 게이나 레즈비언 같은 성적지향도 정확히 모르는 경우가 많은 부모 세대에게 나를 설명하는 것은 더 어려울 수밖에 없다. 더구나 가족의 의미는 가족 구성, 그동안의 관계, 지나온 삶에 따라 사람마다 다르다. 가족과 맺어온 여러 결의 관계 속에서 가족에 대한 나의 고민, 내가 경험하고 느껴온 가족의 의미, 가족에게 커밍아웃한 나의 이야기, 그리고 내가 성소수자부모모임에서 활동하는 의미까지 솔직하게 써보려고 한다.

폭력을 겪으며

나는 내가 성소수자임을 열세 살 때쯤 알게 되었던 것 같다. 내가 성소수자라는 사실을 '인지'하는 것과 내가 당사자임을 '수용'하는 것 사이의 간극은 나를 너무 힘들게 했다. 공교육에서 성소수자에 대한 개념을 접해 보지 못한 나는 스스로가 무언가 남들과는 다른 듯한데 내가 남들과 다른 점을 수용하기엔 아는 것이 없었다. 만약 아는 것이 있고, 그 앎을 바탕으로 나를 긍정할 수 있었다면, 내 삶은 달라졌을 것이다. 혐오나 폭력, 따돌림을 좀 더 강하게 버틸 수 있었을 것이다. 하지만 나는 와르르 무너질 수밖에 없었다. 청소년기의 나는 아는 것이 전혀 없었고, 도움 받을 곳도 하나 없었기 때문이다.

나는 여성스러웠다. 여자아이들과 노는 것이 편했다. 교실 뒤편에서 공기놀이를 했고, 축구보다는 피구가 좋은, 수다스러운 '남자아이'였다. 싸움을 해도 머리채를 잡고 싸우는 그런 아이였다. 그런 나는 자연스럽게 따돌림을 당했다. 너무나도 유치하게 말이다. 지금 돌이켜보면, 다양성, 다름, 차이를 어떻게 존중해야 하는지, 나와 다른 이들과 어떻게 공존해야 하는지 배운 적 없는 우리가 스스로 상처를 받고 누군가에게 상처를 주는 것은 당연한 일이었는지도 모른다.

나는 청소년기, 정확하게는 중학교 2학년 무렵부터 고등학교 1학년 때까지 따돌림을 당했다. 따돌림의 이유는 '여성스럽다', '게이다'라는 것, 그것뿐이었다. 동성애혐오성, 퀴어혐오성 괴롭힘이었다. 이때의 일들은 지금의 나를 만든 결정적인 경험이 되었다. 학교폭력을 당했고, 당시 만난 청소년 인권활동가를 통해 페미니즘을 공부하게 되었고, 다른 성소수자들도 만날 수 있었다. 그러면서 나의 정체성을 점차 깨닫게 되었다. 하지만 많은 것들을 공부할수록, 내 정체성을 인식할수록 학교생활은 더욱 불편해졌다. 교사들의 이성애 중심적인 이야기들, 남성적이지 않다고 가하는 폭력들, 게이를 비롯한 성소수자들을 희화화하는 말들이 더욱 아프게 다가왔고 나는 너무 숨이 막혔다.

나는 당시 믿고 지내던 교회 친구에게 나의 성적지향과 학교에서 느끼는 숨막힘을 토로했다. 그러나 그 친구 역시 내 감정과 고민을 잘 이해하지 못했다. 성소수자에 대해 배운 적도 없고 교회에서는 동성애를 죄라고 말하고 있었으니까.(다니던 교회에서 직접 언급하지는 않았지만, 종교의 이름으로 동성애를 죄라고 말하는 언론에 노출된 그에게 이런 반응은 당연했다.) 친구도 나를 챙겨주고 싶었을 것이라고는 생각한다. 내 이야기를 듣고는 어떻게 나를 대해야 할지 몰라 고민했을 것이다. 아끼고 우애 깊던 사람이 동성애자라 밝히며 그동안의 세계관을 파괴하는 충격을 이겨내기엔 지식도 경험도 부족했을 것이다.

그래서일까? 그는 자신의 부모에게 내가 동성애자임을 알렸다. 독실한 기독교인이었던 그 친구의 부모는 이 사실을 교회에 알렸다. 당연히 교회는 뒤집어지고 난리가 났다. 새삼스러울 것도 없었다. 나는 교회 중고등부 임원을 할 수 없게 되었고, 나와 내 부모는 결국 교회를 옮겨야 했다.

교회를 옮긴 것은 큰 문제가 아니었다. 본격적인 문제는 그 후부터 시작되었다. 우리 부모도 독실한 기독교인이라는 것을 내가 잊고 있었던 것이다. 부모는 내게 폭력을 가했다. 동성애 하지 말라고, 왜 부모 망신을 시키느냐고 하면서 때렸다. 성적지향에 대한 내 고민과 경험은 단순히 청소년기의 철없음으로 여겨졌다. 청소년이라는 위치가 그렇듯, 내 모든 경험은 과도기적인 것으로 치환되고 지워져 버렸다.

폭력을 겪으면서 수없이 많은 감정을 마주했다. 부모라는 사람에게 내 성적지향 하나만으로 이렇게 잔인한 말들을 들어야 한다는 것이 서러웠다. '내가 성소수자가 아니었더라면 부모가 힘들 일은 없었을까?' 하는 생각에 자책감이 들고 자존감이 심하게 낮아졌다. 수없는 자살 충동에 시달렸다. 이 경험이 트라우마로 남았는지, 내가 성소수자라는 이유로 혐오의 대상이 될 때면 그때의 기억이 떠오르면서 나의 자존감이 또다시 무너진다.

나에게 가정폭력은 정말 중요한 사건이었지만 이후 대학 입시를 앞둔 고등학생이 되니 자연스럽게 모든 것이 잊혀져 갔고, 마치 그런 일이 일어나지 않았던 것처럼 지냈다. 서로가 버티기 위해 모든 것을 잊어버린 것처럼 말이다.

　청소년기의 억압과 그로 인한 불만도 있었지만, 내가 겪은 학교폭력과 가정폭력은 현재 나의 삶과 지향을 만드는 데 있어 결정적인 사건이었다. 폭력을 겪으면서 너무나 당연히 가족과 멀어졌다. 대학 입시를 두 번이나 치른 뒤 나는 가족을 떠나기로 했고, 5년가량 자취를 하다 재정이 다 떨어져 지금은 다시 가족과 지내고 있다.

부정과 혐오를 당하는 마음

　　　　폭력을 가한 후로 가족들은 나에게 동성애나 성소수자에 대한 이야기, 가정폭력에 대한 이야기는 하지 않았다. 그냥 "아이가 착해서 세상에 관심이 많고, 사회적 약자/소수자 인권활동을 한다"며 착한 아들로 나를 보고 있었다. 부모에게 내가 확실하게 커밍아웃한 것도 아닌 데다, 부모도 잊고 싶은 기억이니 그렇게 생각하는 것이 편할 것이다. 하지만 답답했다. 내가 성소수자인 걸 말하지 못하고 왜 이성애자인 척, '착한 인권활동가'인 척하며 가족들의 비위를 맞춰야 하는 걸까. 하지만 가족과의 관계가 다시 폭력과 혐오로 바뀔까 두려워 아무런 이야기도 하지 못한 채 답답한 마음은 곪아 갔다.

　나는 마음의 준비를 할 수 있는 충분한 시간을 부모에게 주었다고 생각했다. 하지만 이 역시 나의 오만이었다. 나는 자취를 하면서도 부모에 대한 최소한의 예의를 지키기 위해 주요 명절에는 부모를 방문했다. 그때마다 굳이 아버지는 성소수자 인권을 비롯한 인권 담론을 입에 올렸다.

2016년 추석, 친인척이 모두 모인 자리에서 아버지는 총선이 꽤 지났음에도 총선, 촛불 등을 이야기하셨고, 그 가운데 어쩌다 기독자유당 이야기가 나왔다. 기독자유당의 주된 슬로건이 '반동성애'라서 이야기가 그 방향으로 흘러갔다. 나는 너무 화가 났다. 내 어린 시절을 기억하지 못하는 것일까. 내가 당사자인 것을 이렇게 쉽게 잊어버리고, 당사자를 앞에 두고 상처를 주는 행동을 하시는 건가. 짜증과 억울함, 답답함이 뒤범벅되었다. 그러다 순간 결심을 했다. 나름 인권활동가라는 정체성을 갖고 지내온 내가 무엇이 두려운가. 그동안 나는 당사자로서 스스로를 수용하고, 나를 지지해 주는 많은 이들을 만났다. 언제까지 당사자로서 인권활동을 하는 사람이 아닌, '착한 이성애자', '인권을 위해 애쓰는 이성애자'로 인식되어야 하는가. 나를 이렇게 배려해 주지 않는다면 관계를 완전히 끊어도 좋다는 생각이 들었고, 즉흥적인 분노로 그 자리에서 커밍아웃을 해버렸다.

하지만 결국 망했다. 나의 복잡한 정체성을 제대로 설명할 수 없었고 나도 준비가 안 된 터라 나를 그냥 '게이'라고 말해 버렸다. 그것도 모든 친인척이 있는 밥상에서 말이다. 나의 즉흥적 커밍아웃은 정적을 만들어냈다. 그 정적은 나에게 공포였다. 5분 정도의 짧은 시간이었음에도, 나에게 그 시간은 그들이 내 존재를 부정할 말을 준비하는 시간, 혐오 발언을 준비하는 시간, 나를 또 무너뜨릴 말을 준비하는 시간인 듯 느껴졌다. 나는 그 자리를 뛰쳐나왔다. 그리고 집에 가면서 두 번이나 토하고 말았다.

2017년 조기대선을 지나면서도 아버지는 '동성애'를 비롯한 성소수자 이야기를 꺼냈다. 아버지와 나 사이에는 문재인 후보의 '나중에' 사건이 화두가 되었다. 나는 소수자 집단에게 공당의 대선 후보의 발언이 갖는 의미, 그 사회적 파급력에 대해 설파하며 더불어민주당이 아닌 정당에 투표하였다고 이야기했고, 아버지는 성소수자 인권보다 중요한 게 얼마나 많은데 성소수자 이야기냐며 나를 꾸짖었다. 적폐청산, 박근혜 지우기가 시대정신이라고 하면서 말이다. 그러면서 당신은 동성애가 싫다고, 반대한다고 이야기했다.

지난 추석에 커밍아웃한 뒤 내가 느낀 무서움은 역시나 과잉된 감정이 아니었나 보다. 이렇게 또 혐오 발언을 마주하게 되니 말이다. "동성애를 반대한다"는 말을 당사자인 나를 앞에 두고 하다니……. 우리는 설전을 하느라 세 시간이 넘는 동안 맥주 한 병과 양꼬치 세 개밖에 먹지 못했고, 나는 화가 나서 아버지와 헤어지자마자 집으로 왔다.

가족에 대한 기대

　　이런 최악의 상황을 거듭 겪었음에도 힘들거나 경제적으로 어려워질 때 가장 먼저 생각나는 사람이 가족이었다. 나는 이 사실을 끝까지 부정하고 싶었지만 결국 인정했다. 인정하게 되기까지 끊임없이 부정했다. 이 사실을 인정한다는 것은 나에게 폭력을 가했던 부모를 용서해 버리는 것 같았고, 그 폭력에 잠식당하는 느낌이었고, 당시 끝내 저항하지 못했던 나를 더욱 초라하게 만드는 것 같았다. 이렇게 나와 가족은 서로를 향한 감정의 갈피를 못 잡고 증오의 대상도, 사랑의 대상도 아닌 그냥 그런 관계가 되어 갔다. 가족은, 많은 이들에게도 그렇겠지만 나에겐 정말이지 더욱 애증의 대상이었다.

　성소수자에 대한 혐오가 넘쳐 흐르는 대한민국 사회에서, 대학이라는 공간도, 교회라는 공간도, 어느 하나 내게 편한 공간이 없었다. 그런 상황에서 가족마저도 포기하고 싶지 않았던 것 같다. 한국 사회에서 가족이라고 얼마나 다르겠냐만, 나에게 남은 마지막 아군이랄까, 세상에서 환대받지 못하는 나의 존재를 그나마 인정받을 가능성이 있는 집단이랄까. 그래서 가족한테 끊임없이 뭔가를 기대하게 되었던 것 같다.

　성소수자부모모임의 실무진 활동도 이런 일말의 기대감으로 시작했다. 부모와의 화해 가능성을 찾기 위한 행동이었다고 말할 수 있을까. 나는 도대체 무엇을 얻기 위해 실무진 활동을 시작했을까. 아직도 미스테리다. 부모모임은 이름에서 알 수 있듯이 가족주의적인 면모를 일면 가지고 있다. 부모와의 화해, 낭만, 가족이 함께 인권운동을 하는 것 등…….

처음에는 부모모임에 호기심으로 방문했다. 나에게는 이토록 끔찍한 부모인데, 왜 이런 모임이 있을까 궁금했다. 이 궁금증은 여전하다. 아니, 내 안에 뭔가 답이 있는데 계속 부정하고 있다. 나는 정기모임에 참석하는 당사자들의 이야기를 들을 때마다 그들의 생각이 나와 같을 것이라고 생각한다. 부모에 대한 애증에도 불구하고, 가장 가까운 사람, 나의 역사를 아는 사람이 지지자가 되어 주었으면 하는 마음이 아닐까 하고 말이다.

양보와 변화

부모모임에 나오는 부모들을 보면서 나의 부모도 바뀔 수 있다는 희망을 갖게 되었다. 이전까지는 부모가 나에게 가한 폭력들만 기억에 남아 부모의 변화 가능성을 부정했다. 실제로 어머니는 조금씩 바뀌고 있는 것 같다. 그 미세한 변화, 엄마의 50년 삶을 깨어가는 변화가 보이기 시작했다. 언제부터인지 내가 하는 성소수자 인권활동을 옹호해 주고, '무지개 행사'라는 귀여운 이름으로 부르면서 내 활동에 관심을 가져 주셨다. 여자친구 있느냐는 등의 이야기를 삼가고, 동성애 관련 공부도 하시는 것 같다. 우리는 이렇게 서로 양보하고 서로 변화하고 있다.

때로는 그런 말을 듣는다. 자녀로서의 나와 성소수자로서의 나를 구분해야 한다고, 그리고 성소수자와 비성소수자라는 구도가 아니라, 자녀와 부모라는 구도에서 부모들을 조금 기다리고 이해해 줄 필요가 있다고. 그렇지만 자녀이자 성소수자라는 정체성이 구분될 수 있을까. 혐오가 판치는 이 사회에서 가족한테라도 기대고 싶은, 가족한테 기댈 수밖에 없는 사람에게 그런 구분이 잘 이뤄질 수 있을까.

성소수자 자녀로서 나에게 가족이란 이러한 의미이다. 나의 존재를 부정하고 폭력을 가했었음에도 불구하고 다시금 인정을 바라고 매달리게 되는 사람들. 그리고 그 인정 투쟁에서 다시금 고통을 지불하게끔 하는 사람들. 뿌옇게 떠 있는 애증들로 가득 차서 선명히 보이지 않는 관계.

나의 고민도 변화했다. "과연 내가 부모에게 요구할 수 있는 것은 어디까지일까"라는 질문으로 말이다. 자녀니까, 당사자니까, 서로를 사랑하니까, 잘 알지 못하는 부모를 위해 다정하게 말하고 잘 설명하고 기다리라는 요청을 때론 받는다. 하지만 그 사랑의 방향이 언제까지 나에게서 부모로 향해야만 하는 것일까. 부모는 커밍아웃 과정에서 자녀를 위해 능동적으로 무엇을 해줄 수 있는 것일까. 이런 질문들을 갖고 앞으로 부모님과 더 많은 이야기를 해보고자 한다. 언젠가는 성소수자부모모임에서 함께 활동도 해보고 싶다.

그리고 지금이라도 나에게 말을 건네준 어머니가 고맙다. 혐오 세력이 만든 왜곡된 정보가 아니라, 그때그때 드는 감정이나 궁금증을, 나에 대한 호기심을 나에 대해 가장 잘 알고 있는 나에게 물어봐주시니 말이다. 나에 대해서는 내가 말하는 게 그나마 정확하니까. 이런 감사한 마음으로 지금은 엄마 집에서 한 달 정도 같이 지내고 있다. 우리에게 더 많은 대화가 필요하다는 생각에서 말이다. 언제가는 내 부모에게 "이 사람이 내 애인이다"라고 말하며 함께 명절을 보낼 그날을 생각해 본다.

나의

커밍아웃

조나단

2017년 여름, 부모님께 커밍아웃을
했다. 커밍아웃하는 것이 좋겠다는 생각을 2015년에 했으니 2년 동
안 준비한 셈이다. 이 글은 왜 커밍아웃을 해야겠다고 생각했는지,
그리고 2년 동안 어떤 준비를 해왔는지에 대한 이야기다.

커밍아웃을 하지 않으려 한 이유

나는 30대 중반의 시스젠더 레즈비언이다. 너무나 운
좋게도 경제적 · 정서적 여유가 있고, 자신을 신뢰할 수 있는 안정감 있는 시기를 살고 있다. 직장에 다니며, 레즈비언 커뮤니티 사람들과 취미 모임을 하고, 성소수자 인권단체(행동하는성소수자인권연대)에서 활동하고 있다. 같은 성적지향을 가졌거나 나를 지지해 주는 친구들과 든든한 관계를 맺고 있고, 부모님의 큰 도움으로 마련한 내 집에서 독립해서 살고 있다. 안정적으로 노후 준비를 할 수 있고, 좋은 관계의 사람들에게 정서적 지지를 받으며, 운동적인 신념도 실천할 수 있는 마음과 시간적 여유가 있다. 이런 좋은 시기에 있기에, 내 삶과 성적지향에 대해 부모님께 자신감 있게 드러낼 수 있었던 것 같다.

20대 때의 나는 부모님께 절대로 커밍아웃을 하지 않겠다는 생각을 했다. 거기에는 크게 세 가지 이유가 있었다. 첫째는, 부모님께 커밍아웃을 하지 않아도 나는 이미 밖에서 잘 지내고 있으니, 굳이 관계가 깨질 위험을 감수하고 싶지 않다는 것이었다. 그때는 부모님과 함께 살고 있었는데, "일찍 다녀라", "밖에서 뭐 하고 다니는 거니?", "집에는 잠만 자러 들어오니?" 같은 잔소리로 시작되는 싸움이 종종 있었다. 이미 나는 레즈비언으로 '밖'에서 잘 지내고 있는데, '집 안'으로 그 이야기를 끌어들여 부모님께 또 다른 잔소리를 듣거나 싸움을 할 여지를 스스로 만들고 싶지 않았다. 사랑하고 사랑받는 친밀한 사이였지만, 그와 별개로 감정 소모를 감수하며 커밍아웃할 만큼 부모님을 내 삶의 아주 중요한 일부로는 생각하지 않았던 것도 같다. 내 인생은 내 인생이고 부모님 인생은 부모님 인생이니까.

둘째는, 하나뿐인 남동생도 시스젠더 게이라는 정체성을 갖고 있기 때문이었다. 우리 둘은 서로의 정체성을 알고 지지하고 있었기에, 둘만 놓고 보면 너무나 좋았다. 하지만 자식 하나만 성소수자여도 속상할 텐데, 둘 다 그렇다는 것을 부모님이 어떻게 받아들일지 걱정되었다. 자신들이 자식을 잘못 키워서 둘 다 그렇게 되었다고 생각하신다면 끔찍하게 슬플 것 같았다. 그래서 동생과 농담 반 진담 반으로 "너는 도저히 안 되겠냐. 너라도 결혼해라"라는 이야기를 주고받곤 했다.

마지막으로, 부모님은 아마도 받아들이지 못할 것이고 아시게 되면 불행해질 거라는 생각 때문이었다. 20대 초에 레즈비언으로 정체화를 한 뒤, 커밍아웃은 아니어도 결혼하지 않고 '비혼'으로 살겠다는 이야기를 꾸준히 해왔다. 그런데 크게 존중받는 느낌은 아니었다. 부모님은 늘 생각이 변할 수도 있다며 결혼에 대한 기대, 아이에 대한 기대를 보이셨다. 비혼도 받아들이지 못하는데, 커밍아웃은 무리라고 생각했다. 차라리 비혼으로 알고 살다가 돌아가시는 삶이 부모님께 더 행복하고 나은 삶일 것 같았다.

하지만, 이 모든 이유는 점점 사라졌다. 나이를 먹으며 환경과 상황이 바뀌면서 부모님도 변하고 나도 변했기 때문이다. 이 이유가 모두 사라진 시기가 바로 2년 전인 2015년, 이제 정말 커밍아웃을 해야겠다고 생각한 때였다.

부모님의 존재

20대 후반, 부모님은 아버지의 오랜 꿈이었던 전원주택에서의 삶을 택했다. 용인으로 이사했기에 서울과 아주 멀지는 않았지만, 그 덕분에 나는 독립을 할 수 있게 되었다. 독립하면 마음껏 자유를 누리는 삶이 시작될 줄 알았다. 물론 모든 것이 익숙한 지금에는 마음껏 자유를 누리고 있지만, 처음에는 내 삶을 책임감 있게 돌보기 위해 그렇게 집안일에 많은 시간과 에너지를 투자해야 할 줄 몰랐다. 청소, 빨래와 요리 등 일상을 안온하게 유지하기 위해 해야 하는 일들은 왜 그리도 많은지……. 우리집의 경우 대부분 어머니가 그 일을 해오셨기에 어머니가 대단하게 느껴졌다.

그리고 모든 게 돈이었다. 살아가는 데 필요한 모든 것에는 돈이 들어갔다. 사회 초년생의 월급으로는 현재를 살기도 빠듯했는데 나중을 위해 저축과 연금, 적금, 주택청약 등을 붓느라 허리가 휘었다. 이 모든 것을 위해 직장생활을 성실히 해 나간다는 것도 정말 쉽지 않았다. 그동안 돈 문제를 크게 생각하지 않아도 되도록 도맡아온 아버지에 대해서도 경외감이 들었다. 회사 안에서 '나이든 어른'으로 통 쳐서 생각해 왔던 사람들의 삶을 더 가까이에서 접하게 되고, 이성애자 친구들이 결혼 후 육아에 힘들어하는 모습을 보며, 부모님에 대한 생각은 존경과 연민이 더해져 완전히 바뀌게 되었다. 무엇보다 자주 보지 않게 되니 애틋함이 커졌다.

그러나 친밀감과 소중함이 커질수록 이것이 언제든 깨질 수 있는 것임을 느끼게 되는 일이 많아졌다. 어머니는 1기이긴 했지만, 위암 선고를 받아 위 절제 수술을 받으셨고, 아버지 칠순을 치렀다. 주변 친구들의 부모님이 돌아가시는 경우도 점점 늘었다. 부모님의 부재에 대해 진지하게 생각해 볼 기회가 늘어날수록 그분들의 존재와 서로 맺고 있는 관계의 의미가 커졌다. 독립을 해버렸기에 집 안과 밖의 경계도 달라졌다. 어느새 나는 부모님을 내 삶의 아주 중요한 일부로 생각하고 있었다. 그렇게 첫 번째 이유가 사라졌다.

동생의 커밍아웃

　　2013년 겨울, 동생은 군대에서 휴가를 나왔을 무렵 부모님께 편지를 썼다. 1년 후 제대할 때 부모님께 드릴 이야기가 있는데 자신의 삶에서 굉장히 중요한 이야기니까 진지하게 들어주셨으면 좋겠으며, 그 무게를 증명하기 위해 이러이러한 약속을 지켜나가는 모습을 보이겠다는 내용의 편지였다. 동생이 한다던 그 이야기는 커밍아웃이었다. 편지를 썼다는 이야기를 듣고 그 1년 동안 나도 잘 준비하면 함께 부모님께 커밍아웃할 수도 있겠다고 처음으로 생각했다.

　　그런데 예상치 못한 상황이 벌어졌다. 편지를 읽은 아버지께서 곧바로 동생에게 "너 혹시 게이냐?" 하고 물으신 것이다. 동생은 침묵했고 그렇게 동생의 성정체성을 부모님이 알게 되었다. 나는 그 이야기를 어머니께 전화로 들었다. 어찌나 당황스럽던지, 머리가 멍했다. 조심스럽게 동생에게는 뭐라고 말했냐고 묻자 "네가 행복한 거라면 어쩔 수 없지"라고 답했다고 하셨다. 나도 레즈비언이라고 지금 말하는 게 나을까? 커밍아웃은 한 번 해도 십 년 동안 계속 다시 해야 하는 거라는 말이 있던데, 옆에서 부모님의 반응을 보며 차근차근 성소수자에 대한 정보를 드리고 동생의 지원군 노릇을 할까? 여러 생각이 오갔다. 결국, 나는 그때 말씀드리지 못했다.

부모님과 동생의 관계는 그 후에도 이전과 같았다. 친밀하고 웃음이 오갔다. 하지만 동생의 성정체성에 대한 언급은 없는 친밀함이었다. 아버지 직업은 의사인데, 의학적으로 동성애나 트랜스젠더와 관련된 정보를 접했기에 정신병이라는 오해는 없었다. 하지만 바이섹슈얼일 가능성도 있고 그럴 경우 이성과 결혼하는 삶을 사는 경우도 있다는 정보도 알고 계셨다. 부모님은 동생이 계속 게이로 정체화한다면 어쩔 수 없지만, 이성과 결혼하는 삶을 살기를 조용히 바랄 뿐이라고 하셨다. 부모님이 동생의 커밍아웃을 받아들인 것인지 아닌지, 이런 상황은 좋은 상황인지 나쁜 상황인지 잘 구분되지 않았다. 분명한 것 하나는 우리 부모님은 동생이 게이라는 것 때문에 동생과 곧바로 관계를 끊거나 절망에 빠지는 분들은 아니라는 것이었다. 자녀가 둘 다 성소수자라는 사실의 무게는 분명 다를 것이나 그래도 희망적이었다. 그렇게 두 번째 이유가 사라졌다.

부모님도 행복할까

2014년 봄, 행성인(행동하는성소수자인권연대) 소모임으로 성소수자부모모임이 생겼다. 커밍아웃한 당사자들의 이야기만 들어 오다가 부모들의 이야기를 들을 수 있는 통로가 생긴 셈이었다. 부모모임에 나오는 부모들의 대화록에 나타난 모습이나 2015년에 성소수자 인권 포럼에서 만난 부모님들은 참 단단하고 멋져 보였다. 성소수자의 부모라는 데에서 생기는 유대감과 그렇기에 서로에게 힘을 줄 수 있는 모습을 보며 우리 부모님도 부모모임에 나오면 좋겠다는 생각을 했다. 이왕 오시게 된다면 내가 커밍아웃한 뒤에 오시면 좋겠다는 생각을 하면서도, 왜인지 커밍아웃을 해야겠다는 결심이 쉽게 서지 않았다.

그 이유를 부모모임과 성소수자 대학생들의 간담회를 통해 알았다. 2015년 행성인 웹진에 실으려고 참석한 간담회였는데, 한 학생이 이런 질문을 던졌다.

"부모님들이 성소수자 자녀의 행복이라는 측면에서 커밍아웃을 많이 말씀하셨는데, 저는 부모님들께 자녀가 성소수자라는 것을 알고 나서 행복하신지 묻고 싶습니다. 다른 사람들은 다 알아도 부모님은 몰라야 한다는 말을 하는 사람들도 있거든요. 평생 자녀를 독신주의자로 알고 사는 게 더 나을지, 괴롭더라도 자녀가 퀴어라는 사실을 아는 게 나은지 궁금합니다."

커밍아웃을 망설인 까닭이 나 역시 내가 비혼인 줄 알고 사시는 것이 부모님께 더 나은 삶이라고 생각했기 때문이라는 것을 깨달았다. 부모님들은 그 질문에 대해 "부모님이 걱정할까 봐 혼자 그 무게를 감당하겠다는 결심이 오히려 불효"라고 말했다. "만약 자식이 그렇게 홀로 차별받으며 살아간다는 것을 부모로서 모른다면, 그것이 더 미안하고 슬플 것"이라고 말이다. "물론 행복한 것만은 아니지만, 그것은 자식이 성소수자라서가 아니라, 성소수자를 차별하고 혐오하는 세상 때문에 내 자식이 상처받고 힘들까 봐 행복하지 않은 것"이라고 답했다. 그 이야기를 들으며, 커밍아웃을 망설였던 마지막 이유가 사라졌다. 간담회를 마치고 나오며 이제는 정말 커밍아웃을 해야겠다는 결심을 했다.

동생에게 나도 부모님께 커밍아웃할 거라는 이야기를 했다. 그 당시 동생은 전역 후 석사 논문을 쓰고 있을 때라서 이왕이면 논문을 마치고 취직한 뒤에 자신과 같이 했으면 좋겠다고 했다. 나도 커밍아웃한다면 잘 준비된 상태에서 하고 싶었기 때문에 그렇게 시점을 유예하는 데 동의했다.

커밍아웃을 위한
준비

어떻게 하는 커밍아웃이 잘하는 커밍아웃일까? 우리 가족에게 가장 적합한 방법을 찾기 위해 먼저 커밍아웃한 여러 사람들에게 조언을 구했다. 특히 관계가 안 좋아진 경우의 이야기를 참고해서 그런 상황을 어떻게 피할 수 있을지 고민했다. "대화가 많았던 가정의 경우 대부분 빠르게 관계를 회복하더라", "싸우다가 커밍아웃하는 것이 최악이다", "자식이 잘 살지 못하고 있는 것처럼 보이면 갈등이 커지더라" 같은 이야기를 들었고, 할 수 있는 범위의 것들은 되도록 실천했다.

원래도 대화가 없던 집은 아니었지만, 부모님과 함께 여행을 자주 다니며 더 많은 이야기를 나누었다. 소소한 일상의 이야기부터 내가 어떻게 잘 살아가려 하는지, 노후 준비는 어떻게 하고 있는지도 자주 소통했다. 부모모임에서 나온 『성소수자 자녀를 둔 부모 가이드북』과 『나는 성소수자의 부모입니다』 같은 책자도 참고했다. 성소수자 부모모임에서 진행한 커밍아웃 워크숍에 참가해, 커밍아웃하는 상황의 역할극에서 어머니 역을 맡아 내가 가장 듣기 두려운 말을 내 입으로 말하며 "부모님께서 그렇게 말씀하셔도 괜찮다. 관계가 나빠진다면 회복하는 데 아주 오랜 시간이 걸려도 괜찮다"는 다짐을 하기도 했다. "말씀드리며 절대 울지 말아야겠다. 감정적으로 격앙되지 말고 일정한 톤으로 차분하게 말씀드려야지. 부모님이 하실 법한 생각과 걱정은 미리 고민해서 내가 먼저 말씀드리고 해결책이 될 만한 것들을 내놓아야겠다" 같은 원칙들을 세우며 마인드 컨트롤을 했다. 그 사이 동생은 석사를 마치고 취직을 했다.

"너무나 자랑스러운 딸"

2017년 여름, 휴가 기간을 커밍아웃할 시기로 잡았다. 평일 저녁에 집에 내려가서 커밍아웃하면 혹시나 좋지 않은 결과가 있더라도 며칠은 마음을 다독일 시간을 갖고 회사에 출근할 수 있으니 적합할 것 같았다. 더군다나 그 주 주말에는 부모모임이 있었다. 만약 잘하게 된다면 부모님이 부모모임에 참석할 수도 있으니 더할 나위 없이 좋을 것 같았다. 그러고도 겁이 나서 "여태껏 미뤄온 것 좀 더 미룰까?"하는 마음이 들 때면, 친구들에게 "나, 이날 정말 커밍아웃할 거야" 하는 다짐을 반복했고, 친구들의 응원을 받으며 용기를 냈다.

결심한 그날이 왔다. 저녁식사 시간에 말씀드리면 체하실까 봐, 식사 후 과일을 먹을 때 "할 이야기가 있다"고 운을 뗐다. "오랫동안 하고 싶은 말이었는데 쉽게 용기가 나지 않았다. 동생이 게이이기에 더 어려웠던 말이다. 그렇지만 이제는 이야기하는 것이 모두에게 더 좋겠다는 생각이 들어서 용기를 냈다. 나도 동생처럼 동성을 좋아하는 사람이다" 하고 말씀드렸다. 그러면서 『성소수자 자녀를 둔 부모 가이드북』과 『나는 성소수자의 부모입니다』 책자를 드렸다.

"자식 둘 다 게이이고 레즈비언이니 잘못 키운 것이 아닐까 하는 생각을 하실까 봐 그게 제일 걱정되었다. 이 가이드북은 커밍아웃을 받은 부모님들이 궁금해 하는 정보를 미국의 성소수자가족모임에서 정리한 것을 번역한 책자인데, 여기에는 커밍아웃을 받은 가족들이 느끼는 감정들의 단계가 나와 있다. 대부분의 부모가 충격·슬픔·자책·분노를 느낀다고 하니 엄마 아빠도 그렇게 느낄 때 괜찮다고 생각하면 좋겠다. 엄마 아빠의 탓이 아니다. 이 책에 있는 다른 부모들의 자식이 성소수자인 게 그 부모의 탓이 아닌 것처럼, 나나 내 동생의 성정체성에 엄마 아빠의 잘못은 없다. 너무 잘 키워주셨고 덕분에 나는 잘 살고 있다. 앞으로도 그럴 것이다" 하고 담담히 말씀드렸다.

부모님은 많이 놀라셨다. 외롭게 살면 어쩌나, 그동안 말 못 하고 살아와서 괴로웠던 것은 아닐까 걱정하셨다. 부모님이 이름을 알고 있던 다른 성소수자 친구들 이야기를 꺼냈다. 보통의 취미 모임으로 알고 있던 모임의 친구들이 레즈비언 커뮤니티에서 만난 친구들임을, 그리고 차마 말하지 못했던 행동하는성소수자인권연대 활동 이야기도 말씀드렸다. 그 사람들과 좋은 유대관계를 맺으며 재미나게 살아가고 있음을 알려드렸다.

어머니는 꽤 빠르게 모든 상황을 받아들이셨다. "사실 변한 것은 내가 모르고 있다가 안 것뿐이잖아"라고 말씀하실 정도로, 객관화시켜 상황을 받아들이셨다. 미리 주말에 엄마와 서울에서 데이트하자고 약속했었는데, 그 장소가 사실은 성소수자부모모임이라고 말씀드리자 부담스러워하는 눈치였지만 거절하지도 않으셨다. 그리고 부모모임에 참석하셨다. 부모모임에서 "너무나 자랑스러운 딸"임을 힘주어 이야기하셨다. 그 믿음에 부끄럽지 않게 살아가고 싶다고 생각했다.

 아버지는 강인해 보이지만 사실은 너무나 여린 성품 때문인지 더 많이 속상해 하셨다. 아버지 손을 쓰다듬으며 "나는 즐겁게 잘 살고 있어. 앞으로도 잘 살 거야. 아빠랑도 함께 행복하게 잘 살 거야" 하고 계속 말씀드렸다. 아버지는 괜찮다고 말하며 TV로 고개를 돌렸는데 하염없이 채널을 넘기고 계셨다. 그 모습이 계속 눈에 밟혀, 독립한 내 집에 돌아와서도 어머니에게 자주 아버지 안부를 여쭤보았다. 많이 속상해 하는데 그래도 매일 조금씩 나아지고 계신 것 같다고 했다. 후에 "그래서 네가 활동한다는 그 성소수자 단체는 어떤 단체니? 정부의 지원은 받니? 왜 안 받니?" 하는 아버지의 관심 섞인 질문을 받았다. 그 물음이 마치 내 삶에 대한 애정 어린 관심이자 인정으로 느껴져서 많이 찡했다.

 부모님께 커밍아웃하고 나면 무언가 엄청나게 달라져 있을 것 같았는데, 사실 관계가 변한 것은 크게 없었다. 전화 통화나 대화를 할 때 말을 고르고, 일정이나 애인을 숨기고, 숨기느라 둘러댄 말들을 들키지 않기 위해 잘 기억해야 하는 노력을 안 해도 되는 정도인 것 같다. 하지만 그 작은 변화가 내 삶 전체를 더 편안하게 긍정하도록 만들어주었다.

 커밍아웃은 십 년이 걸린다고 한다. 지금은 괜찮았다가 어느 때는 또 괜찮지 않아질 수 있는 것이 사람 마음이니 당연할 것이다. 우리 부모님도 당연히 그러실 수 있음을 알고 있다. 그래도 괜찮다고, 다시 관계를 회복할 수 있도록 노력할 거라는 마음가짐을 품고 있다. 그렇게 행동할 나를 믿음으로써 부모님과 앞으로 맺게 될 관계도 믿게 된다. 앞으로도 계속될 정성스러운 커밍아웃 기간이 부모님에 대한 내 사랑인 것 같다.

내
다른 이름을

외워 준 어머니

이한결

끊임없이 내 정체성을 설명하는 일

나는 여성과 남성, 두 가지 젠더를 느끼는 바이젠더이다. 성별에 상관없이 사람을 사랑하고 로맨틱한 끌림을 느낄 수 있는 팬로맨틱이고, 성별에 상관없이 누구에게도 성적 끌림을 느끼지 않는 에이섹슈얼이다. 이 세 가지 정체성을 깨닫고 그 정체성을 담은 언어를 찾아가는 과정은 오랜 시간이 걸렸고, 너무나 복잡했다. 그러나 이것을 어머니에게 이해시키는 과정에 비할 바는 아니었다.

"어차피 연애는 여자로 보이는 사람들과 해왔고, 앞으로도 할 텐데, 그냥 레즈비언이라고 하면 안 돼?"

어머니의 말씀은 솔깃한 구석이 있었다. 그렇게 그냥 넘어갈까, 고민한 적이 수십 번이었고 수백 번이었다. 내 커밍아웃을 받는 사람이 나를 받아들여 줄지도 불투명한데, 이해하기도 어려운 개념으로 나를 설명한다는 것은 시작하기 전부터 지치는 일이었고, 반복하다 보면 의문과 자괴감만 늘어가는 일이었다. 나는 왜 이렇게 번거로운 커밍아웃을 해야 하는 사람이란 말인가! 내가 하는 이 고민을 두고 "그래도 어머니가 성소수자인 것 자체는 인정해 주니 배부른 고민"이라는 말을 하는 사람도 있었다. 어느 정도는 인정하지만 완벽하게 동의할 수는 없었다. 내 정체성을 다른 것으로 돌려서 이해하고 설명한다면, 그것은 내 정체성을 받아들여 주는 것이 아니라는 생각이 들었다. 특히나 우리 어머니처럼 내가 여자를 좋아하는 것은 신경 쓰지 않지만 내가 여자가 아닐지도 모른다는 것에는 미약하게나마 거부 반응을 보이는 경우라면 더더욱.

나는 어린이집에 다닐 무렵인 6~7세 때부터 내가 여자가 아니라는 것과, 유별나게 여자를 좋아한다는 것을 깨달았다. 그 후 내 세상에 성소수자란 (미디어의 영향으로 그나마 알고 있었던) 동성애자와 트랜스젠더가 전부였다. 성별에 상관없이 사람을 사랑한다거나, 내가 남자와 여자 둘 다라는 건 생각하기도 어려웠다. 간혹 내가 여성인가 싶은 순간도 있었지만 대부분의 시간 동안 나는 나를 남성으로 여겼다. 물론, 입 밖에 내지는 않았다. 이상한 사람 취급을 받거나, 혼나

거나, 혹은 나를 키워주고 계신 외할머니께 맞을 수도 있다는 생각이 들었기 때문이다. 그렇지만 어머니께는 말씀드렸다. 사실 그때쯤부터 생각했던 것 같다. 어머니와의 사이에 비밀은 만들고 싶지 않다고. 적어도 나 혼자만이라도 그렇게 생각했던 것 같다.

그러나 어머니가 내가 성소수자라는 걸 받아들이는 과정이 완전히 순탄하지는 못했다. 어머니는 크게 신경 쓰지 않는다고 말씀하셨지만, 내가 가슴절제 수술을 원할 때나 여성과 연애하는 걸 밝혔을 때 보인 반응은 부정, 혹은 무시였다. 어머니는 분명 껄끄러움을 내비쳤고, 무시당하고 부정당한 나에게는 상처가 되었다.

그렇지만 포기할 수 없었다. 포기하고 싶지 않았다. 종종, 자주, 물어뜯고 죽일 듯이 싸우더라도 결국은 영원한 내 편이고 내가 영원히 편이 되어 줄 사람이었다. 그런 사람인 어머니가 나를 잘못 알고 있는 것은 두고 볼 수 없었다. 욕심일지도 모른다는 생각이 들었지만 욕심을 부리고 싶었다. 불성실했던 수업 태도도, 까칠한 성격도, 고등학교 자퇴도 받아들여 준 어머니가, 나의 가장 중요한 부분이고 다른 것과 달리 내가 잘못을 저지른 것도 아닌 요소를 받아들여 주지 않는다면 너무 서러울 것 같았다. 내가 세상에 홀로 떨어지는 기분을 느낀다면 아마 이 일 때문일 것이라는 생각이 들었다. 그래서 결심했다. 기왕 효자(혹은 효녀)가 못 될 것이라면, 내 욕심이라도 제대로 채우는 불효 자식이 되자.

이기적으로 굴자는 선택을 하고 첫 번째로 결정한 것은 어머니에게 끊임없이 내 정체성을 설명하는 일이었다. 틈이 날 때마다 성별정체성과 성적 끌림, 로맨틱 끌림, 세상의 수많은 젠더에 대해 내가 아는 선에서나마 설명을 이어갔다. 어머니는 번거로워했고, 피곤해 했고, 간혹 짜증을 내기도 하고, 가끔은 질문을 하기도 했다. 가끔 등장하는 질문이 그렇게 반가울 수가 없었다. 내게, 내가 속한 세상에 관심을 가져준다는 생각이 들었다. 중간 중간 실수도 있었다. 엄마가 부모모임과 관련하여 쓴 글에서 나의 정체성을 양성애자라고 소개한 적도 있었다. 팬로맨틱을 범성애자로, 범성애자를 양성애자로 혼동했을 것이라는 내 추측과 달리, 스스로 두 가지 성별을 느끼는 것을 양성애자로 잘못 기억하는 해프닝이 일어난 것이다. 그런 것쯤은 웃어넘길 수 있을 만큼, 이제 내가 관심을 받고 있다는 확신이 들었고, 그 확신에 부응하듯 어머니도 열심히 공부를 이어 나갔다.

그리고 어느 날, 어머니가 내 정체성을 소개할 일이 있었다.

"저희 아이는 바이젠더 팬로맨틱 에이섹슈얼이에요."

그 순간, 괜히 마음이 울컥했다. 온전히 이해되지 않는다고 해도, 텍스트로나마 나를 외워 주었다. 그만큼의 시간과 노력을 내게 들이고, 그 단어들이 들어갈 만큼 마음을 열어 주었다. 아직 세상과 싸울 일이 한창이었지만, 그리고 내 성소수자성과 별개로 우리에게는 걱정할 일이 한아름이었지만, 무엇이든 할 수 있을 것이라는 자신감이 생겼다. 그리고 지금도 그 자신감은 여전하다.

"고마워, 엄마"

얼마 전, 나는 중학교 시절에 꺼냈다가 거절당했던 이야기를 다시 꺼냈다. 가슴절제 수술과 자궁적출 수술에 관한 이야기였다. 그때와 지금, 어머니의 반응은 달랐다. 어머니는 비용을 물어보고는 "필요하다면 해야지"라고 대답하셨다. 다 나중에 갚으라는 웃음기 어린 농담(이라고 해 줬으면 좋겠다)과 함께. 어머니는 내가 여성이 아니라는 것을, 여성만은 아니라는 것을 알게 되었고, 어째서 그 수술이 필요한지도 조금은 알게 되었다. 인정하기 부끄럽지만, 어머니의 말씀대로 우리 사이에서는 내 생각보다 더 많은 대화가 필요했던 것이다.

지금은 가슴절제 수술을 받고 회복 중이다. 얼마 전, 수술 부위를 감고 있는 압박붕대를 푼 모습을 어머니가 처음 보셨다. 어머니가 물어보셨다.

"만족하냐?"

"응."

대화는 간결했다. 나는 이 간결한 대화에서 눈치도 없이 울음이 나올 것 같았다. 나는 내가 원하는 몸에 가까워지고 있었고, 왜 그 몸을 원하는지 어머니가 알고 있었고 또한 받아들여 주었다. 어머니가 내 정체성을 인정해 주고 나면 울 일이 없을 것이라 생각했는데, 매일 틈만 나면, 생각만 나면 울음이 난다.

수술을 받은 당일에도 그랬다. 마취가 덜 풀려서 제대로 움직이지도 않는 입으로, 나는 발음을 쥐어 짜내듯 말했다. "고마워, 엄마." 딱히 그 순간만의 마음은 아니다. 예전부터 늘 고마울 수밖에 없던 사람이, 나를 온전히 받아들여 준다는 건 내게 꿈같은 이야기였다. 그리고 그 꿈같은 이야기가 실현되었으니, 틈만 나면 눈물이 나고, 말하기 부끄러울 만큼 고마울 수밖에.

나도 내가 뭐 그렇게 쑥스럽고 뭐가 그렇게 부끄러운지 가끔 의문이 들기도 한다. 뭐가 그렇게 신경 쓰여서 고맙다는 말도 울 때나 간신히 하는 걸까 싶지만, 이런 데서 솔직하지 못하니 '불효 자식' 타이틀을 떼지 못하나 보다. 그래도 고맙고, 또 고맙다. 나를 받아들여 주고, 길고 긴 내 다른 이름을 외워 준 어머니가 너무 고맙다.

얼마 전에는 대전에서 열린 '퀴어라이브' 행사에 다녀왔다. 그곳에서 어머니는 성소수자부모모임의 부모들 중 한 사람의 자격으로 사람들 앞에서 짧은 발언을 했다. 정체성이 복잡한 성소수자의 어머니로서 산다는 것에 대해. 어머니는 그날 대전으로 함께 가는 길에 내가 차 안에서 말했던 다양한 정체성의 언어를 기억하고 말씀해 주셨다. 젠더퀴어, 논모노, 에이섹슈얼, 폴리아모리 등, 성소수자들 안에서도 모르는 사람들이 있을 만큼 다양하고 낯선 개념을 가진 단어들을 열심히 기억해 주셨다. 어머니 당신의 말씀대로 혼나 가면서 공부하신 것이다.

우리에게 온 변화

　　　　어머니와 부모모임에 처음 나간 것이 2017년 5월의
일이었다. 글을 쓰고 있는 지금은 반 년이 조금 지난 12월 초이다. 반
년 사이에 많은 일이 있었다. 나에 대해 레즈비언이겠거니, 막연히
알고만 있던 어머니는 이제 내 정체성을 모두 외우셨다. 5월만 해도
왜 부모모임에 가야 하냐고 귀찮음을 내비치던 분이, 이제 매월 둘째
주 토요일은 일정을 비우고 서울로 향하는 사람이 되었다.

　나 또한 그렇다. 설득이 쉽지 않다는 이유로 어머니와의 대화를
반쯤 포기하던 내가 언젠가부터 어머니에게 새로운 이슈에 대해서
끊임없이 대화를 시도하게 되었다. 어떤 설득 방법이 적합한지, 같
은 퀴어 이슈 안에서도 어떤 주제에 어머니가 비교적 흥미를 보이는
지도 조금씩 깨닫게 되었다. 쉬지 않고 대화하는 것은 어렵고 피곤한
일이다. 분명 쉬어야 하는 시점이 있는 것도 맞다. 그러나 마냥 쉬고
만 있다면 달라질 것은 없다. 열심히 대화를 시도한 뒤 이해할 시간
을 줄 때 대화를 쉬는 것도 의미가 생기는 것이다. 나는 이것을 배우
고 이해하는 데에 오랜 시간이 걸렸다. 누군가에게 따로 배울 수 없
는 것이었고, 배운다고 해도 어머니에게 어떻게 적용해야 좋을지 알
수 없었을 것이다.

　어머니는 이제 성소수자부모모임에 소속감을 느끼는 듯 보인다.
나도 비슷하다. 계속 공부하고, 나를 위해 목소리를 내는 '어른'들이
있다는 것은 든든한 일이다. 쉴 곳이 생긴 기분이기도 하다. 더욱이

그 안에, 나와 가장 가까운 사람이 있다는 것은 비교할 수 없는 안도감을 준다.

〈PD수첩〉에 출연한 뒤로도 주변 상황이 눈에 띄게 바뀌었다. 5월에 〈PD수첩〉을 촬영하고 그것이 방송된 뒤, 나는 조금은 포기하고 조금은 자신감을 얻게 되었다. 조금 더 여러 곳에서 내 자신을 오픈하고 지낼 수 있게 되었다는 뜻이다. 그래서 조금은 용기가 났다. 많은 사람들, 정확히는 많은 성소수자들을 만나면서 트랜지션에 대한 욕심을 입 밖에 낼 수 있게 되었다.

용기가 필요한 일들

트랜지션을 결정했으니 언제까지나 친척들에게도 비밀로 할 수는 없었다. 모든 친척들을 좋아하는 것은 아니었지만, 잃고 싶지 않은 친척들도 있었다. 되도록 오래 보고 싶은 사람들이었다. 나는 한 번 더 용기를 내기로 결심했다. 어떻게 보면, 〈PD수첩〉에 출연할 때보다 더 큰 용기가 필요한 일이었다. 나를 20년 이상 봐 왔고 태어날 때부터 나를 알았던 사람들에게 내 정체성을 말하고, 수술을 결심했다고 알리는 것. 이런 나를 가족의 일원으로 그대로 인정해 달라고 하는 것.

어머니가 조금 억울하실 정도로 나는 간결한 방식의 커밍아웃을 택했다. '바이젠더 팬로맨틱 에이섹슈얼'이라고 정확한 정체성을 밝히는 대신, '트랜스남성 헤테로섹슈얼' 정도로 에둘러 설명했다. 이렇게라도 하지 않으면 상황이 더 꼬일 것 같아서이기도 했고, 어머니만큼의 기대치가 없었기 때문이기도 했다. 어쨌든 결과적으로는 성공이었다. 여자의 삶은 남자에게 사랑받는 것이 행복이라는 고리타분하고 혐오적인 말씀을 하는 외할머니를 제외하면, 모두가 나를 잘 받아들여 주었다. 그간 전전긍긍하던 내 고민이 쓸데없는 것이었나 싶을 만큼.

외할머니의 말씀을 들은 이모는, "얘가 남자로서 여자를 사랑하고 행복하게 해주면 되는 것 아니냐"고 했다. 의외였다. 나는 사실 독실한 개신교 신자인 이모에게 뺨이나 맞지 않으면 다행이라고 생각하고 있었다. 그런데 이모가 가장 나를 적극적으로 보호해 주었다.

조금은 얼떨떨하고 조금은 뭉클한 마음을 안고 친가에 갔다. 친가에는 기대가 컸기에 더 떨리는 마음이었다. 실망하고 싶지 않은 마음에 기대를 줄이려고 노력했지만 쉽지 않았다. 내가 큰 애착을 가지고 있는 집단이었다. 이곳에서 내침을 당하고 싶지 않았다. 밀려오는 걱정을 감당하기 어려웠던 나는 혼자 말할 용기가 없었다. 내 친가가 이제는 '구' 시댁이 되어 버린 어머니까지 모시고 갔다.

그러고도 한참을 말문을 떼지 못했다. 그간 어떻게 지냈는지 어머니와 고모, 큰아빠가 나누던 대화가 끝나고, 어머니는 내 대신 입을 여셨다.

"얘가 사실 남자야."

나는 잠깐이지만 고개를 들지 못했다. 그러다가 간신히 고개를 들고 고모를 봤다. 다 알고 있다는 미소였다.

〈PD수첩〉을 보셨다고 했다. 알고 있었다고, 미리 물어보지 못해서 미안하다고. 그렇지만 미리 물어봐도 예의가 아니었겠지, 말해 줘서 고맙다, 응원한다. 고모는 어디서 배우고 외워도 자연스럽게 말하기 어려울 문장을 진심으로 말씀해 주셨다. 내 편이 또 한 명 늘었다. 그것도 정말 소중한 사람이 확실한 내 편이 되어 주었다.

벽장을 나오기 전, 나는 퀴어문화축제에 다녀온 것을 사람들에게 자랑스레 알리는 어머니가 무서워 한참을 싸우고 울던 사람이었다. 그러던 내가 이제는 오픈리(openly)가 되어가고(아직 완전히는 아닌 것 같다) 친척들에게 나에 대해 조금씩 알리기 시작했다. 놀랍고, 어떻게 보면 이상한 일이다. 그렇게 어렵게만 보이던 일이 이제 아무렇지도 않은 일상이 되었다.

이 놀라운 변화의 중심에 어머니가 있다는 걸 나는 부정할 수 없다. 그리고 앞으로 일어날 변화들도 함께 만들어 나갈 것이라고 확신한다.

나를
찾아가는 길,

그리고 시작

이창현

나를 지키기 위해서

내 성정체성을 깨달은 것은 중학교 1학년 때였다. 나에게 학교는, 바다 위에 미역이 흐물흐물 떠도는 것처럼 혼자 다니고 혼자 밥을 먹는 곳에 불과했다. 하지만 정체성을 깨달은 후 이것을 누구에게 말할 수 있을까, 깊은 고민에 빠졌다.

친구? 초등학교 2학년 때 다른 동네로 이사를 온 후 나는 친구가 없었다. 아버지와의 사별에 따른 뒤늦은 충격으로 우울감에 빠져 있어 학교에도 적응을 못 했다. 선생님? 선생님께 이야기하긴 왠지 꺼림칙한 기분이 들었다. 교회? 교회는 무서웠다. TV에서 보았던 교회는 동성애자와 우울증 환자를 기도원으로 끌고 가 성령치료를 하는 곳이었다. 엄마? 엄마에게는 말하고 싶었다. 하지만 엄마도 독실한 신자인지라 교회에서 하는 것처럼 나를 치료하려 들까 봐 무서웠다. 그렇게 누구한테 말해야 할지 고민을 하다, 혼자서 그 고민을 숨기고 지냈다. 그때부터 흐르는 물에 댐을 올리듯 차근차근 마음에 댐을 쌓아 올렸다. 나를 지키기 위해서.

중학교 시절을 그렇게 아무 생각 없이 보냈다. 생각을 하면 고통스럽고, 생각을 하면 괴롭기 때문이었다. 고민을 이야기할 친구도 없고, 그때는 온라인으로 사람을 만나기도 어려웠다. 답답했다. 정신과를 다니며 시간을 보내기를 3년, 중학교 시절은 연기처럼 사라졌다.

나의 커밍아웃 준비는 고등학교 때부터 시작되었다. 미션스쿨이라 종교 시간이 있었고, 나는 종교부장을 하면서 신앙생활을 했다. 종교 시간에 교목 목사님은 소돔과 고모라 이야기, 동성애는 유황불의 심판을 받는다는 이야기를 하셨다. 나는 잘못한 것도 없고 죄 지은 것도 없는데 왜 유황불에 가야 하고 심판을 받아야 하는가? 내가 믿는 신은 과연 누구일까? 그런 생각을 할수록 자존감은 떨어지고 분노와 공포가 밀려왔다. 믿음 · 소망 · 사랑을 외치는 목사님도 천벌을 받을 것 같고, 불쌍하다는 생각도 들었다. 처음에는 인자해 보이기만 하던 목사님이 무서워 보이기 시작했다.

하지만 여기에서 생각이 멈추지는 않았다. 가만히 있으면 안 되겠다, 나도 나와 같은 사람을 찾아야겠다는 생각을 했다. 그러기 위한 준비로, 먼저 건강을 되찾자고 결심했다. 살도 많이 찌고 몸도 약했던 나는 병원도 잘 다니고 운동도 열심히 했다. 그리고 나와 같은 사람을 찾기 시작했다. 그 과정은 힘들었다. 어떻게 찾아야 하는지도 모르고 누가 있는지도 모르는 상태였다.

나와 같은 사람들

나는 당시 청소년자활센터에 다니고 있었다. 그곳에서 직업 상담을 받던 중 커밍아웃을 했다. "나는 남자를 좋아한다. 나의 인권을 찾을 수 있는 곳, 인권활동을 하는 직업을 알아보고 싶다"고 이야기했고, 한 인권단체를 소개받아 방문했다. 한국성적소수자문화인권센터였다. 처음 방문하는 길에는 엄청난 긴장을 했다. 나와 같은 사람들은 과연 어떠한 사람일까? 두려움 반 기대 반, 지하철을 타고 가는 40분이 네 시간 같았다. 활동가와 인사를 나눈 뒤 나는 궁금했던 것들과 답답했던 것들을 마구 쏟아냈다. 단단한 마음의 댐에서 벽돌이 하나하나 빠지는 느낌이었다. 그리고 성소수자 청소년이 많이 있는 '라틴'이란 온라인 카페를 안내받았다.

집으로 돌아오는 길이 참 행복했다. 내가 헛살지 않았구나. 함께 싸울 수 있는 사람들이 있구나. 소개받은 '라틴'에는 나와 똑같은 고민을 가진 친구들이 있었다. 그곳에서 정기모임이 있다는 공지를 보고 이틀 동안 고민했다. 궁금하고 만나고 싶은 생각이 있었지만 마음 한편에 두려움도 있었다. 어떤 사람들일까? 만나서 무엇을 할까? 이상한 곳은 아닐까? 고민을 하다가 결국 떨리는 마음으로 신청을 했다.

겨울날의 칼바람이 시원하게 느껴질 정도로, 긴장으로 온몸에 열이 오른 상태로 모임에 나갔다. 그곳에 나와 같은 사람들이 있었다. 신기했다. 나 혼자가 아니구나. 이렇게 많은 사람들이 있구나. 정기모임에서 알게 된 친구가 가까운 동네에 산다는 사실을 알았을 땐 그것도 신기하고 놀라웠다. 멀리 있지도 않고 가까이 있구나. 드디어 이야기할 수 있는 친구가 생겼구나. 즐거웠다. 사람들과 연락처를 주고받고, 사는 곳이 어딘지 서로 이야기하고, 정기모임에서 진행하는 프로그램에도 참여하며 자존감과 자긍심이 올라가는 것을 느꼈다. 그리고 내 커밍아웃 준비 역시 추진력을 얻었다.

어느 날, 가까운 친구에게 동성애자인권연대 청소년자긍심팀(현 행동하는성소수자인권연대 청소년인권팀)에서 하는 '놀토반'이라는 행사에 같이 가자는 연락을 받았다. 친구와 함께 간 그곳에서 나는 성소수자의 인권에 대해 배웠다. 커밍아웃을 하고 나로서 살고자 다짐하며 상상했던 것들이 눈앞이 그대로 펼쳐졌다. 나의 권리와 그에 대한 정보가 필요하다는 생각에 청소년자긍심팀에 가입했다. 나의 존재를 긍정하기 위해 활동을 시작한 그때가 열아홉 살, 고등학교 3학년 때였다. 활동을 하면서 여태 내가 몰랐던 세상을 알게 되었다. 나와 똑같은 상황을 겪은 친구도 있고, 나보다 더 심각한 일을 겪고 있는 친구도 있었다. 난 모든 청소년 성소수자가 나처럼 불행하고 우울할 줄 알았는데 그렇지 않았다. 그렇게 만난 학교 밖 사회는 학교와 비교할 수 없는 곳이었다.

하지만 엄마에게 커밍아웃하기 위해서는 나의 지지자, 동료가 더 필요했다. 그리고 사회가 조금이라도 더 바뀌도록 나도 사람들을 더 만나고, 그 과정에서 내가 무엇을 해야 할지 고민하며 활동을 계속했다. 나는 학창시절이 좋았느냐는 질문을 받으면, 항상 그 열아홉 살 때가 떠오른다. 그렇게 인권을 알아가고 나를 알아가는 활동을 하며 학창시절을 마무리했다. 학교를 졸업하니, 눈치 보지 않고 좀 더 많은 사람들을 만날 수 있어 행복했다. 지긋지긋한 학교를 떠나서 시원했고, 한편 아쉬웠다. "학창시절에 주변에 커밍아웃을 했다면 지금 내 삶이 얼마나 달라졌을까?" 하는 생각도 들었다.

희망과 두려움

본격적인 커밍아웃을 준비하면서 나의 신앙이었던 기독교를 떠났다. 불교로 개종했다. 아니, 개종이라기보다는 돌아갔다는 말이 맞을 것 같다. 원래 외가는 불교 집안이었다. 엄마가 나를 임신했을 때 외할머니와 다니던 절의 주지스님에게 내 이름을 받았다는 이야기도 들었다. 그 후 엄마는 교회를 다니기 시작했다.

나는 엄마에게 이야기했다. 난 교회를 못 다니겠다고, 예수님의 이름으로 사람을 이간질하는 사람이 많고 교회가 너무 물질적이기 때문에 떠난다고 했다. 엄마는 인정하고 존중해 주었다. 약간 놀랐다. 한 소리 들을 줄 알았는데, 엄마는 "종교로 집안에서 싸우면 집안이 망한다"고 하셨다. 그리고 "네 태몽도 관세음보살이었으니 진짜 네 종교를 찾은 것 같구나" 하셨다.

이 일로 첫 희망을 보았다. 엄마가 생각만큼 꽉 막힌 분이 아니구나. 나를 선택권이 있는 인격체로 존중해 주는구나. 나는 용기를 얻어 6월에 열린 퀴어문화축제에도 처음 참가하고, 축제 무대에서 공연도 해 보았다. 거리에서 나를 숨기지 않고 떳떳하고 당당하게 나의 존재를 드러낸다는 사실 자체가 정말 신기했다.

퀴어문화축제를 다녀온 후 어느 날, 축제에서 받은 유인물을 엄마에게 들켰다. 엄마는 이게 뭐냐고 물었다. 그 순간, 이걸 인정하며 밀어붙일까 망설였다. 하지만 한 번도 경험하지 못한 두려움에 우선 아니라고 했다. 다음날, 엄마는 한밤중에 엘리베이터 앞에 쪼그리고 앉아 울고 있었다. 엄마는 "아니지? 너 그런 거 아니지?"라고 물었고, 나는 아니라고 했다. 학교에서 사회복지를 배우니 다양한 사람을 만나 봐야 한다고 거짓말을 했다. 어쩌면 좋은 기회일 수도 있었는데, 그래도 무서웠다. 엄마에게마저 버림받을지 모른다는 두려움. 그렇게 나는 기회를 보내 버리고 어느 순간 일상으로 돌아갔다.

그런 일이 지나고 군 복무 중일 때 성소수자부모모임이 만들어졌다는 이야기를 들었다. 이런 모임이 만들어지는구나! 대단하다는 생

'

각이 들었다. 미뤄지고만 있는 내 커밍아웃도 생각났다. 그리고 부모모임에 참석하면서 내가 한 번도 부모의 입장에서 생각해 본 적이 없다는 것을 깨달았다.

그렇게 커밍아웃에 대해 다시 고민하고 있을 때 부모모임에서 활동해 보자는 제안을 받았다. 부모모임 활동을 하면 커밍아웃 준비에 도움이 될까? 내가 원하던 답을 찾을 수 있을까? 고민이 많은 내가 활동을 잘 할 수 있을까? 걱정 반, 기대 반으로 시작했다. 처음에는 괴리감도 들었다. 내가 과연 저렇게 커밍아웃을 준비할 수 있을까? 자녀의 커밍아웃 후 부모모임에 나오는 어머니, 아버지들을 보면 신기했다. 이 사람들도 커밍아웃 단계에서 싸우고 울고 하늘이 무너지는 경험을 겪고서 지금의 시간을 보내고 있는 거겠지? 그리고 나 자신을 돌아보게 되었다. 나는 엄마랑 얼마나 가까울까? 엄마와 이야기를 많이 하는가? 중학교 시절 이후 엄마와 이야기를 많이 해 본 적이 거의 없다는 걸 깨달았다. 엄마는 과연 나를 얼마나 알고 있을까?

내 커밍아웃을 위한
준비

엄마랑 대화를 조금씩 늘려가기 시작했다. 우선 엄마랑 장을 자주 보러 갔다. "오늘은 배추가 너무 비싸다." "비름나물 맛있겠다. 무쳐 먹자." 장을 보고 함께 걸으며 엄마와 소소한 이야기들을 나누었다. 볕 좋은 어느 날은 엄마와 창덕궁에도 갔다. 창덕궁을 둘러보며 엄마는 "여기 창덕궁은 어렸을 때 출입이 힘들었는데 이번에 들어와 보니 경복궁보다 구경할 만하네"라고 하셨다. 즐거운 시간이었다. 엄마와 인사동 찻집에도 가고, 같이 밥을 먹고 술을 마시는 등 작은 것부터 시작했다.

하지만 점점 가까워지는 듯하다가도 멀어지는 순간이 있었다. 엄마는 여전히 TV에서 성소수자에 대한 이야기가 나오면 달가워하지 않는다. 2017년 5월 30일, MBC 〈PD수첩〉에 방영된 '성소수자 인권, 나중은 없다' 편을 보며 말을 걸어 보았다. "엄마는 어떻게 생각해?" 엄마는 "나랑은 상관없다. 저들이 조용히 살면 된다"고 했다. 나는 나름 반박을 해 보았다. 사람이 죽어가는데 어떻게 조용히 지내냐고. 그러자 옆에서 듣고만 있던 동생까지 나섰다. "그럼 계속 손가락질 받고 살 거야? 욕 먹기 싫으면 조용히 지내야지!" 엄마와 동생은 뭐가 무서운 걸까? 마치 어린 시절 처음 먹어 보는 음식에 느끼는 두려움 같은 것일까?

언젠가 친구가 나에게 왜 굳이 커밍아웃을 하려고 하는지 물었다. 그냥 조용히 살면 너도 편안할 텐데 왜 굳이 커밍아웃을 하려 하느냐, 커밍아웃하면 인생이 파탄나지 않느냐, 이기는 삶을 살아야지 왜 그러느냐, 인생의 뜻이 꺾이면 어쩌느냐고. 나는 대답했다. 나는 가족을 사랑하고, 가족에게 인정받고 싶다고.

이제 더 늦기 전에 커밍아웃을 하고 싶다. 집에서도 숨어 산다는 생각이 너무 힘들다. 엄마와 같은 방을 써야 하는 조그만 아파트, 그 공간에서 나는 마음 편히 지낼 수가 없다. 퀴어문화축제에서 사온 물건들이나 성소수자 관련 책도 마음 놓고 둘 수 없다. 시간이 흐를수록 더 힘들어진다.

커밍아웃을 더 미루고 싶지 않은 것은 엄마의 건강 때문이기도 하다. 무쇠 같아 보였던 엄마도 이제 여기저기 편찮으시다. 최근에는 고지혈증이 있다고 하고, 담낭에 담석이 있어 수술도 했다. 커밍아웃한 분들의 이야기를 들어 보면, 커밍아웃 후 대부분의 부모님들이 많이 힘들어 한다. 엄마의 건강이 더 나빠지기 전에 커밍아웃을 해야겠다는 생각이 들면서, 엄마의 건강을 많이 신경 쓰고 있다. 영양제도 꾸준히 챙기고, 오미자차 등 건강에 좋은 음식도 챙긴다. 엄마가 건강하게, 너무 힘들지 않게 내 커밍아웃을 받아들일 날을 위해.

기다림이 끝나는 날

어느 날, 커밍아웃할 수 있는 기회가 다시 찾아왔다. 취업 이야기로 시작했다가 중학교 때 따돌림 받았던 이야기를 엄마에게 처음으로 하게 되었다. "중학교가 지옥 같았다. 학교 다니기 싫었다. 이런 이야기를 친구나 선생님에게도 전혀 못 했고, 일이 너무 바쁜 엄마에게도 하지 못했다. 내가 지금 살아 있는 건 기적 같은 일이다" 하고 말했다. 그리고 이어서 나의 성정체성까지 말해 버리려

했다. 그러나 순간, 그 첫마디가 목젖에 걸린 느낌이었다. 말이 나오지 않았다. 말이 막히고 거기에 따라오는 두려움……. 나는 아직 준비가 모자라구나. 그날, 엄마 앞에서 그렇게 눈물만 흘리고 아무 말도 하지 못했다.

커밍아웃 전에 세 번을 울고 나서 커밍아웃했다는 이야기를 들은 적이 있는데, 한 번 울고 나니 그 말이 이해되었다. 그러면 남은 두 번의 울음을 어떻게 극복하느냐에 따라 달라질까? 웃으면서? 화내면서? 나는 웃으면서 하고 싶다. 하지만 알 수 없는 일이다. 화를 내면서 커밍아웃한다면 나는 나 스스로를 책망할 것이다.

부모모임에서 만난 부모님들의 이야기 중에 "자신이 먼저 단단해져야 한다"는 말이 마음 깊이 남았다. 내가 몸이 아프거나 마음이 약하면 버틸 수 없다고. 자신이 먼저 강해져야 커밍아웃도 할 수 있고 힘들어하는 엄마를 이끌 수 있다고.

내가 강해지기를 기다릴 것이다. 기다리는 동안 엄마와 더 친해지도록 노력할 것이다. 내 노력이 무르익으면 커밍아웃도 성공할 수 있을 것이다. 그날까지 성소수자부모모임에서 즐겁게 활동하려 한다. 성소수자부모모임에 가면 언제나 모두 나를 반겨준다. 엄마가 부모모임에 나오는 날, 엄마와 내가 서로를 이해하고 함께 웃을 날, 그 기다림이 끝나는 날까지 부모모임과 함께하고 싶다.

대가 없는

포옹

문이채린

　　　　나는 아무런 대가 없이 누군가를 끊임없이 포옹해줄 수 있을까? 만약 이 질문을 우리 부모님께 던진다면 한 치의 의심도 없이 '그렇다'고 답하실 것이다. 부모님은 이미 나를 그렇게 키워주셨다. 그래서 나는 믿는다. 각자 방식은 다를지라도 이 세상 모든 부모님들은 자식을 아끼고 걱정하고 사랑하고, 자식이 행복하길 진심으로 바란다고.

　나에게 부모님의 존재는 어머니, 아버지라는 관계를 넘어서 존경하는 선생님이었고 진심을 나눌 수 있는 친구였다. 이 유대 관계는 내가 아주 어릴 적 어머니가 먼저 마음의 문을 열고 솔직하게 '자신이 살아온 이야기'를 해주면서부터 시작되었다. 누군가와의 진정한 관계는 그저 피를 나누었고 한 집에서 살아간다고 해서 만들어지는 것이 아니라 꾸준한 노력을 필요로 한다는 것을 그때 알게 되었다. 이는 전혀 모르는 사이였던 타인과 진정한 친구가 되는 과정과 비슷하다. 처음엔 낯설지만 조심스럽게 안부를 묻고 일상을 공유하며 친분을 쌓고 서서히 속마음을 털어놓을 수 있게 되면 그제야 비로소 서로의 감정까지 공유하는 가까운 사이로 발전할 수 있는 것처럼 말이다.

어려서부터 부모님과 서로 존중하고 소통하며 사랑한다는 믿음을 가지고 있었기에 내가 동성애자라는 것을 깨달았을 때 가장 두려웠던 것은 '부모님을 잃는 것'이었다.

"다른 친구들이 아무렇지도 않게 혐오 발언(레즈년, 더러워 등)을 내뱉고 멸시의 시선을 보냈던 것처럼, 혹시라도 부모님이 나를 그렇게 대하면 어떡하지. 내가 무언가 잘못되었다거나 치료를 받아야 한다고 하면 어떡하지. 나는 그저 남들과 '다른' 것일 뿐인데……."

열일곱 살. 여자 애인에게 썼던 러브레터를 들켜서 부모님께 레즈비언이라고 커밍아웃을 해야만 했던 당시, 부모님의 첫 반응은 놀랍게도 너그러웠다. 내가 잘못 생각한다며 다그치는 일도 없었고 불량한 친구가 나를 '전염'시켰다고 노발대발하지도 않았다. 그저 대수롭지 않게 넘어갔다. 나는 속으로 '역시 우리 부모님이야'라며 들떴고, 그동안 숨겨 왔던 속이야기와 거짓말로 얼버무렸던 나의 일상들을 공유하기 시작했다. 늘 했던 것처럼 말이다.

나는 남들과
다를 뿐

　그런데 내 이야기를 하면 할수록 미묘하게 느껴지는 괴리감은 떨쳐버릴 수가 없었다. '왜 그럴까?' 하고 고민하던 즈음 여동생에게 남자친구가 생겼고, 나는 그 이유를 알게 되었다. 어머니는 여동생의 남친 이야기가 재미있다며 맞장구도 치고 남친의 안부를 먼저 묻기도 하는 등 그가 동생의 애인이라는 것을 확실히 인정했지만, 내 애인은 '동성'이라는 이유로 불편해 하셨다. 이야기를 꺼내려고만 하면 은근슬쩍 화제를 돌리거나 못 들은 척하기 일쑤였다. 호칭을 부를 때도 내 애인은 그저 '친구'로밖에 불리지 못했다.

　그렇다. '나는 남들과 다른 것일 뿐이야'라고 스스로의 존재를 긍정하려고 하면 할수록 이는 '이성애자인 부모님과 내가 다르다'는 것을 의미했다. 그리고 이 사실은 지금까지 잘 쌓아온 부모님과의 관계를 무너뜨릴 수 있을 만큼 위협적으로 느껴졌다. '다르다'는 것은 '틀리다'는 것으로 인식되기 쉬웠고, 제대로 인식되더라도 '다르기' 때문에 배척당하기 쉬운 것이었다. 백번 양보해서 이해를 하더라도 '공감할 수는 없는 것'이라는 공포와 소외감이 나를 고립시켰다.

　나는 다시는 엄마, 아빠의 진심 어린 포옹을 받을 수 없을 것이라고 생각했다. 내가 느끼는 감정과 혼란은 사춘기의 흔한 방황 정도로 치부되었다. "아직 네가 어려서 그래." "나중에 크면 바뀌겠지." "여자꺼리의 우정을 착각하는 거야."

많은 한국 부모님들이 그러하듯 우리 부모님도 성소수자나 동성애자라는 것이 생소하고 낯설었을 것이다. 부정적인 생각을 강하게 나타내지는 않았지만 그렇다고 인정하고 싶지도 않았을 것이다. 그 시기에 나는 부모님에게 그런 존재로 느껴졌다.

진짜 나의 모습을 숨기고 거짓말로 포장했을 때만 살갑게 대화할 수 있는 사이처럼 느껴졌다. 그러다 보니 점점 더 나는 내 진심을 입 밖으로 꺼내기가 힘들어졌고, 학교에서 돌아오면 온갖 시시콜콜한 이야기를 나누느라 수다스러웠던 따뜻한 밥상은 형식적인 안부만 오가는 밥상으로 차가워졌다. "나를 상처 입히는 것은 적의 말이 아니라 친구의 침묵"이라는 마틴 루터 킹의 말이 뼈저리게 공감되었다.

아주 천천히 이루어진
변화

나는 억울했다. 지금까지 아주 가깝고 서로에게 든든한 존재였던 부모님과의 관계가 한순간에 이런 식으로 전락한 것이. 심지어 내 잘못이나 일탈로 신뢰가 깨진 것도 아니었기에 더 억울했다. 이 세상이 나와 부모님의 사이를 갈라놓으려고 음해하는 것처럼 느껴져 화가 났다. 나는 포기하는 대신 싸우는 것을 선택했다.

"초등학생들이 이성 교제하는 걸 보고서는 비웃지 않으면서 왜 동성애자들의 교제는 성인이어도 어리숙한 것이라고 치부해?"

"엄마가 나이 들면 동성을 좋아할 수 있을 거라고 믿어? 이성애자들이 나이가 든다고 동성을 사랑할 수 있냐고!"

"도대체 우정의 범위가 어디까지기에 내가 애인을 만지고 싶고 안고 싶고 키스하고 싶은 것도 다 우정이라는 거야?"

태어나서 한 번도 부모님에게 대들어본 적이 없었던 나는 언성을 높이면서도 당장 사랑받지 못하는 것보다 이대로 영영 부모님과의 관계를 잃게 될까 봐 그게 더 두려웠다. '사랑'의 반대말은 '싫음'이 아니라 '무관심'이라는 것을 너무도 잘 알고 있었기 때문에 우리의 침묵을 참을 수가 없었던 것이다. 누구의 잘못도 아닌데 내가 부모님을 잃게 되는 이 상황에 순응하면 나의 존재가 사라질 것만 같았다.

그렇게 얼마나 지냈을까. 성인이 된 나는 대학에서 새로운 경험도 하고 사람들을 만나며 마음을 넓히고 조급함을 내려놓는 법을 배우게 되었다. 그러고 나니 부모님의 마음을 조금은 이해할 수 있었다. 입장을 바꿔서 생각해 보니 부모님의 반응은 너무도 자연스러운 것이었다. 태어나서 한 번도 실제로 듣지도 보지도 못한 존재, 사람들에게 손가락질 받고 혐오의 대상이 되는 그런 존재가 자신들의 딸이라는 말을 듣고 순식간에 이를 받아들일수는 없는 노릇 아닌가.

부모님의 걱정과 무지는 사실 성소수자의 존재조차 가르치지 않은 학교의 책임이었고, 이들의 기본적인 권리조차 보호하지 않는 사회의 불온함 때문이었고, 잘못된 정보로 혐오를 조장하는 자들의 음모에서 비롯된 것이었다.

 나는 인내심을 가지고 나의 언어(레즈비언, 성소수자, 퀴어문화축제 등)로 끊임없이 부모님과 대화를 시도했다. 내 삶의 목표(작가로서 성소수자의 삶에 대한 작품을 쓰는 것)와 꿈에 대해 이야기를 하다 보니 어느덧 부모님도 성소수자인 나의 문제들이, 단어들이 익숙해진 듯했다. 그리고 내 이야기에 진지하게 귀를 기울이기 시작했다. 공격적인 대화는 조근조근 이어지는 토론이 되었고, 그렇게 변화는 아주 천천히 이루어졌다.

잊지 않았던 포옹

 그러던 어느 날 나는, 긴 시간 동안 싸우기도 하고 실망하기도 하고 서로 상처 입히기도 했지만 여전히 "우리 딸 사랑해" 하고 나를 껴안으시는 부모님을 보고는 문득 깨달았다. 엄마, 아빠와 나는 서로를 이해하지 못하고 있을 때조차도 항상 끌어안고 있었구나! 우리는 자신의 입장을 관철시키려 소리를 지를지언정 살결을 맞대는 포옹은 잊지 않았던 것이다. 가족은 이런 게 아닐까. 아무리 미워도 언제든 다시 껴안을 수 있는 사이. 서로를 모두 이해할 순 없어도 함께 웃을 수 있는 사이. 적어도 우리 가족은 그러했다.

 장장 7년이라는 시간 동안 서로의 진심이 엇갈리면서 수도 없이 상처받았지만 내가 포기하지 않을 수 있었던 비결은 이것이었던 것 같다. 어쩌면 습관처럼 했던 이 '포옹'이 부모님의 사랑을 잊지 않도록 나를 다독여주었던 것이다. '언젠가는 나의 본 모습을 있는 그대로 인정하고 나의 행보를 온전히 지지해 주실 것'이라고 믿을 수 있게 말이다. 그렇게 나와 부모님은 지난날의 서로를 용서하고 사과하고 수용하는 단계까지 발전했을 때에도 뜨거운 포옹을 잊지 않았다. 나는 이 모든 과정을 통해 많이 성장하였고 눈부시게 값진 '가족'이라는 관계를 되찾았다.

나의 성장담이 '부모님에게 성공적으로 커밍아웃하는 법'이 될 수는 없겠지만 누군가에게 '희망'은 되었으면 하는 바람으로 성소수자부모모임에서 엄마와 함께 인권활동을 시작했다. 아직도 회자되는, 2016년 퀴어문화축제 때 성소수자부모모임의 프리허그 영상에서 너도나도 엄마에게 안기는 모습을 보면 웃음이 지어진다.

우리는 갈 길이 멀다. 누군가의 가치관을 바꾸는 일은 하루아침에 이루어지지 않는다. 수없이 많은 나날들을 싸우고, 화해하고, 또 소통하기를 반복해야 할 수도 있다. 물론 그 과정에서 서로 상처받을 때도, 포기하고 싶을 때도 있겠지만 그럴 때는 하고 있던 모든 것을 잠시만 내려놓고 사랑하는 사람을 껴안아보자. "지금 당장 이해할 수는 없어도, 그래도 사랑합니다"라는 진심이 전해진다면 언젠가는 우리 모두 무지개 나라에서 행복하지 않을까.

모두가
평범하게

살 수 있는
세상

이지하
숭실대 사회복지학부 교수

저는 대학이라는 공간에서 가르치기
도 하고 배우기도 하고 또 연구하기도 하는 사람입니다. 제가 걸어온
짧지 않은 인생을 뒤돌아보면, 학생 시절 강의실에서 성소수자 교수
님께 강의를 들은 적도 있었고, 오늘날 강의실에서 성소수자인 학생
을 만나기도 하며, 지금 제 주변에는 성소수자인 동료나 친구들도 있
습니다. 제가 경험한 성소수자들의 이야기는 매우 다양합니다. 그 어
떤 인생도 같은 이야기를 담고 있지 않습니다. 이러한 제 인생의 다
양한 사람들이 모두 제 스승이고, 제자이고, 동료이고, 친구일 뿐입

니다.

하지만 오늘날 우리 사회는 이들을 성소수자인 스승, 성소수자인 제자, 성소수자인 동료, 성소수자인 친구로 '성소수자'라는 틀 안에 가두고 불편하게 바라봅니다. 이러한 불편한 시선 때문에 성소수자들은 두려워하고 좌절하고 고통받고 있습니다. 이러한 불편한 시선은 성소수자들을 더 움츠러들게 하고 작은 상처에도 큰 고통에 잠기게 합니다. 혐오의 시선이 아니라 해도 몰라서 무심코 하는 말과 행동으로 성소수자들에게 크고 작은 상처를 주는 경우도 많이 있습니다.

가족과 부모가 줄 수 있는
용기

여름방학을 마치고 새 학기가 시작하면서 대학원 학생들에게 방학 동안 가장 행복했던 경험과 가장 힘들었던 경험을 함께 나누어 보자고 한 적이 있습니다. 그때 한 학생의 이야기에 저는 크게 공감하였습니다. "가족과 많은 시간을 보낼 수 있어서 정말 행복했고, 가족과 많은 시간을 보내면서 진짜 힘들었어요." 가족이 나를 지탱해 주는 힘이기도 하지만 가족과 보내는 시간이 마냥 즐겁지만은 않은 것이 사실입니다. '가족'이나 '부모'의 의미가 사람마다 조금은 다르겠지만, 많은 사람들이 공감하는 이야기라고 생각합니다.

특히 성소수자에게 가족이란 더 각별한 것 같습니다. 가족이기 때문에 더 아파하고 가족이기 때문에 더 든든해 합니다. 제가 몸담고 있는 학교에서뿐만 아니라 여기저기서 적지 않은 젊은이들이 저에게 찾아와 커밍아웃을 하며 이야기를 하고 도움을 청하기도 합니다. 찾아온 젊은이들이 이런저런 이야기를 하다가 공통적으로 눈물을 보이는 대목은 대개 부모님과 가족에 대해 이야기할 때입니다.

눈물의 이야기들은 정말 다양하지만 몇 가지로 모아보면 다음과 같습니다. 첫째, 커밍아웃을 하지 못하고 어쩔 줄 몰라서 막막해 하며 흘리는 눈물입니다. 둘째, 커밍아웃을 했지만 무시당하거나 거부당하거나 폭력을 경험한 후 아프고 원망스러워서 흘리는 눈물입니다. 마지막으로, 커밍아웃을 따뜻하게 받아준 가족에게 고마워하며 미안해 하는 눈물입니다. 가족에게 받은 상처는 그 어떤 상처보다 더 깊고, 가족으로부터 받은 격려는 그 어떤 칭찬보다 성소수자를 바로 서게 하는 힘이 됩니다.

성소수자에게 부모와 가족은 세상으로 나가는 일차 관문입니다. 부모와 가족에게 한 커밍아웃에서 긍정적인 경험을 한다면 이를 바탕으로 용기를 내어 학교, 직장, 사회 등으로 한 걸음씩 나아갈 수 있는 힘이 생깁니다. 이 책에 실린 다양한 이야기들은 한바탕 혼란을 겪고 어느 정도 안정을 찾아가는 이야기가 많습니다. 하지만 세상에는 아직도 문 앞에서 고개를 숙이고 어쩔 줄 몰라 하는 성소수자들이 더 많이 있습니다.

성소수자부모모임의
소중한 역할

　　　　저를 찾아오는 많은 젊은이들에게 저는 성소수자부모모임을 소개하고 참여하기를 독려합니다. 저도 종종 성소수자부모모임에 참여합니다. 많은 젊은이들과 부모님들이 부모모임에서 상처를 치유받고, 용기를 얻고, 세상과 소통하고 있습니다. 최근 몇 년 동안 우리나라의 성소수자부모모임은 크게 성장했습니다. 성소수자의 인권을 위해서라면 동에 번쩍, 서에 번쩍 전국을 누비는 성소수자부모모임의 활동에 늘 감탄하고 있습니다.

　저는 성소수자부모모임이 하는 많은 일들을 크게 세 가지 측면에서 소개하고자 합니다. 첫째는 부모들 간의 지지, 교육, 정보 교환이며, 둘째는 부모들과 당사자들 사이의 교류와 지지이며, 셋째는 성소수자들과 세상과의 연결 통로입니다. 좀 더 자세한 이야기를 나누어 보면 다음과 같습니다.

　첫째, 성소수자부모모임은 성소수자 자녀를 둔 부모들 간의 지지, 교육, 정보 교환의 장이라고 할 수 있습니다. 부모모임은 어렵게 찾아온 성소수자 부모님들을 따뜻하게 맞아 함께 눈물 흘리고 경험을 나누며 위로하고 격려하는 장입니다. 성소수자에 대해 잘 모르거나 혼란스러워하는 분들의 온갖 궁금증에 정성껏 응답을 하고, 더 자세한 정보를 얻을 수 있는 자원을 소개하고 연결합니다. 부모님들이 갖고 있는 서로 다른 사회적 · 경제적 · 문화적 배경과 자원은 이렇게 부모모임의 동력이 되고 있습니다. 부모모임 활동을 하기 전까지는 각자 다른 세상에 살던 부모님들이 '성소수자'라는 깃발 아래 한마음이 됩니다. 물론 갈등이 없는 것은 아니겠지만, 무지개 깃발 아래에서 서로 배려하고 맡은 역할을 감당하는 모습은 순간순간이 감동입니다.

둘째, 성소수자부모모임은 부모들과 성소수자 당사자들이 서로 교류하고 지지하는 장을 제공합니다. 성소수자부모모임에 대해 처음 알았을 때 놀란 것은, 정기모임에 부모들만이 아니라 당사자들의 참여가 많다는 것이었습니다. 이들은 왜 오는 걸까 하는 의문이 들었지만, 단 한 번의 참가만으로도 명확한 답을 얻을 수 있었습니다. 매월 열리는 정기모임에서 부모와 당사자들 사이에 교류와 이해가 이루어지고 있었던 것입니다.

성공적인 커밍아웃을 준비하기 위해, 부모와 관계를 개선하기 위해 정기 모임에 찾아오는 당사자들. 심장이 멈추는 듯한 경험을 하고 찾아온 부모들. 그들은 이야기를 나누며 서로의 입장을 이해하고 마음을 나눕니다. 부모는 당사자들의 이야기를 들으며, 우리 아이가 이랬겠구나 하며 자녀와의 관계를 되돌아보고 서로에 대한 이해를 높이며 더 나은 관계를 만들겠다는 다짐을 하게 됩니다. 부모로부터 받은 상처를 부모모임에 와서 치유받는 당사자들도 많습니다. 퀴어문화축제 때 성소수자부모모임 부모님들이 하는 프리허그는 이러한 치유를 상징적으로 보여줍니다.

셋째, 성소수자부모모임은 험한 세상과 성소수자 사이의 통로라는 생각이 듭니다. 한국 사회는 아직도 성소수자들을 불편하게 바라보고 거부하는 시선이 많은 것이 현실이지만, 성소수자부모모임에 대해서는 격한 혐오나 공격이 상대적으로 적습니다. 최근 방영되었던 〈피디수첩〉에서는 성소수자부모모임의 이야기를 많이 담았는데, 세상의 시선도 성소수자 당사자 단체보다 부모모임에 대해서는 덜 불편해 한다고 조심스럽게 해석해 봅니다. 성소수자 문제에 관심을 가지고 접근할 때에도 성소수자 단체보다 부모모임에 먼저 연락하는 경우가 많습니다. 이제는 부모모임도 혐오세력에게 점점 노출이 되어 괴롭힘을 받기는 하지만, 그래도 성소수자 커뮤니티의 정문을 든든히 지키는 문지기이자 통로의 역할을 묵묵히 하고 있습니다.

평범한 행복을
소망하며

세상의 많은 부모들은 내 자식이 평범하고 무난하게, 소소한 기쁨을 누리며 살기를 소망합니다. 하지만 평범함조차 꿈꾸기 어려운 사람들도 많이 있습니다. 지금 우리가 살고 있는 한국 사회에서 성소수자로서 또 그 부모로서 삶을 살아낸다는 것은 그다지 평범한 길이라고 할 수 없습니다. 하지만, 저는 지금 어린이들이 부모가 될 무렵에는 성소수자 당사자도 그 부모도 평범하게 살 수 있는 그런 세상이 되기를 바랍니다.

  이 책에는 서로 미안해 하는 글들이 많습니다. 하지만, 이젠 서로
에게 미안한 마음은 털어버리고 우리에게 주어진 길을 열심히 걸어
가자는 말씀을 마지막으로 드리고 싶습니다. 그리고 이 책이 우리 사
회 구성원들이 성소수자들을 머리와 가슴으로 이해할 수 있는 계기
가 되기를, 그리고 우리 사회가 성소수자를 편안한 시선으로 바라보
는 소통의 도구가 되기를 바랍니다.

성소수자 부모와 당사자들이 나눈 이야기

2018년 2월 26일
부모: 하늘·지인·지미·위니
성소수자: 오소리·답청

오소리 • 오늘은 성소수자 부모와 당사자들이 커밍아웃에 대해 마음을 터놓고 이야기하는 자리를 마련했습니다. 부모의 입장에서 또는 자녀의 입장에서 궁금한 것도 서로 물어보고, 하고 싶은 이야기도 하고요. 우선 저는 부모님들께 여쭙고 싶어요. 자녀의 커밍아웃을 맨 처음 받았을 때 떠오른 생각은 무엇이었나요?

하늘 • 아들이 동성애자라는 이야기를 아들 친구에게 처음 들었을 때엔 그냥 멍했어요. "대체 이게 뭐지?" 하는 생각만 들고, 멍했죠.

머릿속이 하얘졌어요. 아무 생각이 안 들고, 그냥 그 순간, 멍해졌죠. "이게 뭐지?" 그러고 그 시간과 생각이 그대로 멈춰버리는 거예요. 앞으로 갈 수도 없고, 머리 회전도 안 되고. 그렇더라고요, 그 순간에.

오소리 • 그때 아드님에 대해서는 어떤 생각이 드셨어요?

하늘 • 그때 아들이 우울해 하던 시기였는데, 그래서 그랬구나! 그 이전에 있었던 일들과 가끔 이해가 안 되던 일들이 서로 연결되고 이해가 되더라고요.

지인 • 저 같은 경우는, 아이가 아직 열여섯 살이라 "얘가 어려서 아직 게이가 뭔지도 모르고 게이라고 생각하는구나" 하고 생각했어요. 내가 맞고 아이가 틀린 것처럼 그렇게 생각했어요.

오소리 • 만약 그때 아드님이 어떤 방식으로 커밍아웃했다면 그런 생각이 좀 덜 들었을 것 같으세요?

지인 • 저는 그때 "네가 스무 살이 넘어도 같은 생각이면 인정해줄게" 했어요. 성적지향은 누가 인정하고 말고 할 수 있는 문제가 아닌데 말이죠. 저는 아이가 열여섯 살이었으니 잘못 알고 있는 거라고 생각했어요. 나중에 성적지향을 스스로 알게 되는 평균 나이가 만

13세라는 것을 알게 되었어요.

만약 아이가 그동안 많이 힘들었던 이야기를 해주었다면 아이한테 상처 주는 말은 하지 않았을 텐데, "그동안 자신도 노력했는데 성적지향은 바뀌지 않더라, 자료를 많이 찾아봤는데 이건 어쩔 수 없더라"하는 정보를 많이 주었으면 좋았을 텐데 하는 아쉬움은 있습니다.

무슨 일이 있어도
너를 사랑한다는 말을 듣고 싶어요

위니 • 오소리 님은 아직 커밍아웃을 못 했다고 들었는데, 커밍아웃을 했을 때 부모님이 어떻게 반응해 주기를 바라세요?

오소리 • 저는 확답을 받고 싶을 것 같아요. 성소수자부모모임에서 하는 하늘 님께 들은 이야기가 가장 좋았거든요. "지구가 뒤집어져도 엄마는 네 편이다." 그렇게 "나는 무슨 일이 있어도, 그래도 너를 사랑해"라는 답을 가장 듣고 싶어요.

지미 • 저는 커밍아웃 받고 멍했다는 말씀이 정말 와 닿아요. 커밍아웃을 받았던 순간은 기억도 잘 안 납니다. 정기모임에서 들었던 얘기인데 "성소수자는 부모에게 용 같은 존재"라고, 들어는 봤지만 본 적이 없는.(웃음) 그리고 아까 하늘 님 이야기처럼 저랑 제 처도 "아,

그래서 얘가 그랬구나. 초등학교 때, 중학교, 고등학교 때 그래서 얘가 불행했구나" 그런 생각이 들었어요.

그런데 나중에 아들이랑 얘기해 봤는데, 그때 자기가 중고등학교 때 힘들었던 것과 성정체성과는 관계가 없었다고 합니다. 그냥 학교생활이 싫었던 거지, 그게 그렇게 연결된 건 아니었다고. 제 생각에 커밍아웃을 받았을 때 부모들은 지금까지 내가 이해하지 못한 아이의 모든 것을 성정체성에 끼워 맞추는 경향도 생기는 것 같아요.

오소리 • 자녀분들은 아마 부모님께 자신이 성소수자라는 사인을 꾸준히 던졌을 거예요. 부모님들은 왜 눈치를 못 채셨나요?

하늘 • 우리 애는 안 던진 것 같아요. 안 던졌어요.

지인 • 우리 애도…….

지미 • 저희 아들이 저보고 그랬거든요. 중학교 3학년 때, TV에 동성애 관련 뉴스가 나왔을 때 "아빠 동성애에 대해서 어떻게 생각해요?"라는 질문에 제가 "아빠 그들을 인정한다. 하지만 주변엔 없었으면 좋겠다"라고 대답했다는데 저는 기억이 전혀 안 나요. 아들이 준 사인을 눈치채지 못한 거죠.

오소리 • 저도 비슷한 경험이 있어요. 일반인들이 나와서 고민상담을 하는 TV 프로그램을 엄마랑 보고 있었어요. 푸른 눈의 모녀가 나왔는데, 선천적으로 엄마가 눈이 푸른색인데 딸도 그래서 엄청 놀림을 받는다는 거예요. 엄마가 그걸 보면서 "참 안타깝다. 사람들이 저러면 안 되는데" 그런 말씀을 하시길래 좀 떠봤죠. "내가 저런 사람이랑 결혼하게 되면 어떨 것 같아? 약간 평범하지 않은 사람이랑." 엄마가 그건 싫대요. 자기 일이 되는 건 싫다고 하시더라고요. 그러면서 "나는 우리 아들이 평범하게 살아갔으면 좋겠다"는 말씀을 하셨어요. 직접적으로 동성애 얘긴 안 했지만 그런 말을 들으니까 그 후 커밍아웃을 하기가 더 망설여지더라고요.

처음으로 '성소수자',
'LGBT'라는 말을 들었어요

위니 • 부모들은 그렇게 항변할 수밖에 없을 것 같아요. 사전에 지식이 있어야 눈치챌 가능성도 생기잖아요. 그런데 부모세대는 자라면서 거의 다 30대나 40대가 될 때까지 LGBT라는 말도, 성소수자라는 말도 몰랐고, 어디서 본 적도 입에 담은 적도 없기 때문에. 저도 2010년인가 어느 강연에서, 어렴풋이 알고 있던 LGBT뿐 아니라 AIQ도 있다는 말을 처음 들었어요.

지미 • 처음 성소수자부모모임에 나왔을 때 벽에 LGBT라고 써 있고 옆에 와이파이 비밀번호가 써 있어서 저는 그것도 와이파이 번호인 줄 알았어요. 그러다가 LGBT 얘기가 계속 나와서, "B는 뭐지? T는 트랜스젠더 같은데……" 하고 생각했어요.

지인 • 저도 '호모'가 나쁜 말인 줄도 몰랐고, 영화 보고 알았어요. 전혀 사람들한테 교육이 안 돼 있어요.

하늘 • 아이가 동성애자인 걸 알고 나서도 한 2년 뒤쯤 인권단체를 찾아갔거든요. 거기 가서 처음으로 '성소수자', 'LGBT'라는 말을 알게 되었어요. 커밍아웃을 받고서도 그 용어는 몇 년 뒤에야 안 거예요.

위니 • 오소리 님은 성소수자 관련 자료를 부모님이 우연히 보도록 집에 슬쩍 놓아 둔다든가 해보지 않으셨어요?

오소리 • 안 해봤어요. 저는 스무 살 때부터 독립해서 살았거든요. 한해에 엄마를 보는 횟수가 서너 번밖에 안 돼요. 신호를 보낼 수 있는 기회조차 별로 없었죠. 또, 저랑 엄마는 하루에 한 번씩 통화를 할 정도로 사이가 좋고, 전화 끊기 전엔 꼭 "사랑해요", "사랑해" 하면서 끊어요. 그래서 커밍아웃을 더 못 하겠어요. 어렸을 때부터 큰 기대감을 받아온 사람들, 부모의 기대를 많이 받고 자란 사람들이 더 커밍아웃하기 힘든 면도 있는 것 같아요. 실망시키기 싫어서. 어릴 때부터 모범생이었고, 엄마 말 잘 따르고, 실망시키지 않았고…… 쭉 이어지는 거죠. "앞으로도 엄마를 실망시키면 안 돼. 나는 엄마가 바라는 사람으로, 엄마가 해 준 만큼, 사랑해준 만큼 보답을 해야 돼. 근데 커밍아웃은 엄마를 슬프게 할 거야. 엄마를 힘들게 할 거야. 엄마에게 상처를 줄 거야" 이런 생각이 지금도 엄청 강해요.

위니 • 그래도 먼 미래에 언젠가는 하겠다는 상상은 안 해 보세요?

오소리 • 올해 할 거예요. 새해 목표로 삼았거든요. 이 책 나오면……. 책에 글도 썼거든요. 엄마에 대한 생각과 왜 커밍아웃 못 하는지 그런 걸 자세하게 썼어요. 엄마 읽어보시라고……. 올해 커밍아웃하려고 마음먹게 된 계기는, 요새 성소수자 인권운동가들 사이에 부고가 좀 잦았어요. 친한 활동가의 부친상에 갔는데, 문상 오는 활동가들마다 친지들에게 소개하면서 "성소수자 운동 함께하는 활동가다"라고 하는 거예요. 저도 그렇게 소개해 주셨고요. 그런데 약간 울컥하는 거예요. 저도 언젠가는 친지상을 당할 거고, "성소수자 활동가들, 친구들이 올 텐데, 그때 나는 이들을 뭐라고 소개해야 하지?" 그런 생각이 들었어요. 그분들을 동료 활동가라고 사실대로 소개하는 게 오는 분들에게도 예의이고, 저도 거짓말하기 싫었고요. 내가 사랑하는 사람들을 모르는 사람 취급해야 된다, 숨겨야 된다, 그런 게 너무 싫었어요. 그래서 올해 커밍아웃을 결심했어요.

위니 • 어머님은 성소수자 인권단체에서 일하는 걸 모르시나요?

오소리 • 인권단체라고만 알고 계세요. 이게 제가 커밍아웃을 망설이게 된 또 다른 이유인데, 4학년 때 진로를 결정했어요, 인권운동을 하겠다고. 졸업하고 바로 8월부터 여기서 일하기 시작했는데, "인권운동단체에서 일하게 됐다. 앞으로 계속할 거다" 하고 통보한 거죠. 엄마가 많이 반대하셨어요. 제 전공이 취업률이 높은 과였고, 좋은 학교였고, 스카우트 제의까지 들어온 걸 다 버리고 온 거거든요. 그렇게 취직했으면 연봉도 높고 그럴 텐데, 그러니까 엄마는 너무 아쉬운 거예요. 엄마는 아직도 인권운동을 '봉사'라고 생각하시거든요. "대학 4년 다녀서 봉사나 하고 있냐? 돈도 못 벌지 않냐?" 하면서 반대하셨어요. 그때 제가 전화를 일방적으로 끊었고 엄마가 밤새 우셨대요. 그때도 되게 마음이 아팠어요.

아이가 힘들다는데,
애가 살아야지. 그게 제일이지
하늘 • 사실 저희도 이제 알잖아요. 이젠 어디 가서 "성소수자 부모입니다" 하고 자연스럽게 커밍아웃하는 편인데, 어떤 곳에서는 그게 목에 딱 걸려서 안 나오는 거예요.

지미 • 생각해 보니, 저희 부부가 부모님께 저희 아들, 그러니까 손자에 대한 커밍아웃을 안 하고 있거든요. 저희 부부도 거의 모든 사람에게 커밍아웃을 했는데 왜 부모님께만 안 하고 있을까…….

위니 • 저도 친정 부모님께 망설이다 주변 사람들보다 나중에 말씀드렸거든요. 큰 말썽 안 부리고 자랐고, 엄마 아빠의 기대도 많았고, 결혼해서 여태까지 별 탈 없이 산다고 좋아하셨는데, 이제 와서 이걸 얘기해도 될까, 부모님 말년의 평온을 깨지 않을까 걱정했어요. 그런데 막상 아이 얘기를 했더니 담담히 받아주셨어요. "아이가 힘들다는데, 애가 살아야지. 그게 제일이지" 하셨어요.

지미 • 저는 오소리 님께 여쭤보고 싶어요. 성소수자 인권운동을 하며 부모님께 커밍아웃 안 하셨잖아요. "우리 아이는 왜 스무 살까지 안 했을까?", "우리집은 일반적으로 말하는 '커밍아웃을 할 수 있는 여건'이 충족된 편이었는데 왜 안 했을까?" 저희 아들을 생각하면서 이 질문을 고민해 보니까, 제가 사인을 못 알아들어서 주저했을 수도 있고, 부모를 위하는 마음도 있었을 텐데……. 그런데 나중에는 아들이 그러더라고요. "아무에게도 커밍아웃 안 할 생각이었다. 그런데 혼자 사는 동안 어떤 연극을 봤는데 동성애자가 자살하는 내용이라 그걸 보고 갑자기 무서워져서 친구에게 커밍아웃하고, 그 후 친구들에게 이어진 커밍아웃들이 다행히 계속 성공해서 부모님에게까지 했다"고요.

오소리 • 그런 경우도 있는 것 같아요. 성소수자라는 정체성이 자기한테 그렇게 큰 부분을 차지하는 게 아닌 거예요. 만나는 사람도 없고, 소수자라는 이름으로 차별이나 배제를 받는 일이 실생활에서 없고. 그런 경우에는 자기에게 정체성이라는 것은 그냥 삶의 일부분이고 프라이버시가 되는 거죠. 굳이 커밍아웃할 필요가 없는 거예요. 그러다가 어느 날 "커밍아웃을 하지 않았을 때 외로운 삶을 살 수 있겠구나" 혹은 "누구에게 얘기하고 싶다"는 간절한 마음이 들게 되면 커밍아웃하게 되는 거죠.

지미 • 처음에는 부모모임 왔을 때 주변에서 '성공적인 커밍아웃'에 대해 이야기를 많이 하니까 "커밍아웃은 꼭 해야 해, 성공해야 해"라고 생각했었는데, 지금 보니 안 하는 것 역시 또 하나의 선택인 것 같아요. 커밍아웃한 것이 꼭 잘한 것이라거나, 어느 쪽 선택이 더 우월하다는 식으로 절대 접근할 수 없는 것 같아요.

답청 • 저는 오소리 님이 장례식장에서 "앞으로 나도 내 지인들을 어떻게 소개해야 하지?" 하는 고민을 하게 되었다는 이야기에 공감이 많이 되었어요. 저는 지금 애인과 동거 중인데, 엄마가 새로 이사한 집에 와 보고 싶어하세요. "언제 초대할 거냐?" 자꾸 물으세요. 저희 집이 방이 세 개인데, 침대 한 개가 큰 방에 책상 두 개가 작은 방에 있어요. 누가 봐도 이 침대에서 함께 자는 거잖아요. 엄마가 들어왔을 때 "네 방은 어디니?" 이렇게 될 것 같으니까. "여자랑 사니까 언니랑 침대를 같이 써"라고 하기엔 침대가 작고⋯⋯. 엄마가 그런 걸 마주칠 때 어떻게 생각하실까 하는 고민들이 있어요. 내가 나를 소개하는 데 계속 걸림돌이 되는 거죠.

그리고 전에 작업했던 영화를 아빠가 보러 오셨어요. 그 영화는 같이 얘기도 하고 좋아하셨는데, "지금 새로운 작업 하고 있니?"라고 물으실 때 "부모님들에 관한 영화를 만들고 있다"고 대답하면서도 어떤 부모님들에 대한 영화인지 자세히 얘기를 못 했어요. "주제가 있을 것 아니냐"고 물어보시는데 더 이상 말을 못 잇고 아빠한테 짜증을 냈어요. 영화 나오면 내가 알아서 얘기해 줄게 하고요.

위니 • 다른 사람들 이야기처럼 그냥 "이런 사람들도 있대" 하면 어떨까요?

답청 • 아빠가 저번 영화 '감독과의 대화'에 몇 번 오셨어요. 제가 소개할 때 일부러 "성소수자 인권운동을 함께 하고 있는 단체에서 활동한다"고 강조해서 얘기하는데, 그 단어 자체를 모르시는 것 같아요. 그냥 흐뭇하게 바라보고만 계신 거예요. '성소수자 다큐멘터리' 라는 말을 해도 그냥 웃고만 계셔서…… 전혀 모르시는구나 하는 생각이 들었어요. 나중에 언젠가 이 영화를 완성하여 보시게 되는 날 저에게 물으실 것 같아요. "너도 혹시 성소수자니?" 하고. 그때는 얘기를 해드려야 되겠다, 그때쯤이 내 커밍아웃 시기가 아닐까 생각하고 있어요.

하늘 • 심경을 그대로 담은 글을 전해 드리는 게 좋은 것 같아요. 커밍아웃은 시간을 두고 이야기하는 거잖아요. 1년이 될지, 2년이 될지 모르지만 그때까지의 심정을 조금씩 써서 글로 전하고, 그 글 속에 부모님을 사랑한다는 마음도 많이 담고…….

커밍아웃 후에도,
이전과 같았으면 좋겠어요

오소리 • 전 이런 생각도 했어요. 어떤 내 사진을 보면 사진만으로도 "아, 내가 되게 행복해 보인다" 느껴지는 사진들이 있잖아요. "파트너랑 함께 있으면서 행복한 사진들을 엄마에게 좀 보여 드릴까" 하는 생각도 했어요.

지인 • 양성애자의 경우, 부모가 동성과 만나면 헤어지길 빌고, 이성을 사귀면 빨리 결혼하라고 독촉할지도 모르겠어요. 그런 점에서 자녀가 많이 힘들어 할 것 같아요.

오소리 • 제가 커밍아웃하고 싶은 욕구 중 하나도 애인을 소개시켜 주고 싶은 마음이 큰데, 양성애자라고 하면 부모님이 지금 애인이랑 헤어지고 여자를 만나길 바라는 마음이 생길 수도 있잖아요. 그래서 고민이에요. 그냥 게이라고 할까 하는 생각도 했어요. 양성애자에 대한 설명은 충분히 할 수 있지만 엄마 입장에선 안 와닿을 것 같아요.

　그리고 이번에 영화 〈런던 프라이드〉 보면서 든 생각인데, 거기서 일원 중 한 명이 엄마에게 커밍아웃하고 아예 연을 끊고 살다가 십몇 년 만에 엄마를 찾아가는 장면이 있거든요. 제 주변에도 커밍아웃 후 가족과 연을 끊고 살아가는 친구가 있어요. 만약 부모님들이 커밍아웃 이후 자식이랑 연이 끊긴다면 어떤 심정이 드실 것 같으세요?

지인 • 두 가지 경우가 있는 것 같아요. 당사자들이 먼저 연락을 끊는 경우는 더 상처받고 싶지 않아서, 이러다 내가 죽겠구나 싶어서 그러는 것 같고. 아니면 "내가 이렇게까지 하면 받아들여주실까?" 하는 마음인지도 모르겠어요. 부모님이 연을 끊자고 하는 경우는, "이렇게 세게 나와야 애가 바뀔 거야", 연락하고 싶어져도 "아이를 위해서 내가 마음을 강하게 먹어야 해. 그래야 아이가 결국 바뀌어서 돌아올 거야" 하는 생각인 것 같아요. 진짜 미워서 끊는 경우도 있을 수 있겠지만, 그건 부모자식의 문제라기보다는 부모의 인성 문제인 것 같아요.

저는 궁금했던 게, 아까 부모님께 가장 듣고 싶은 말이 "나는 늘 네 편이다"라고 했는데, 커밍아웃을 했을 때 바로 듣고 싶은 말이랑, 커밍아웃 후에 부모님이 일상에서 어떻게 행동해 주고 어떤 태도로 대해 주길 바라는지 궁금해요.

오소리 • 커밍아웃 했을 때 바로 듣고 싶은 말은 당연히 "그래도 널 사랑한다"가 가장 듣고 싶어요. 그냥, 엄마가 너무 심하게 울지만 않으셨으면 해요. 울면 저까지 너무 슬퍼질 것 같아서, 마음 아플 것 같아서……

위니 • 부모님이 만약 커밍아웃을 잘 받아들여주면 그 다음에는 어떻게 하고 싶다, 그 단계를 지나면 이렇게 하고 싶다 하고 생각하는 것이 있나요? 해 보고 싶은 일이나, 그 다음 삶의 진로나.

오소리 • 일상에서는, 같이 여행가고 싶어요. 파트너랑, 엄마랑, 누나도 같이. 가족끼리 여행을 하고 싶고요. 커밍아웃을 잘 해낸다면, 제가 하는 활동이 인권활동이다 보니까 그거랑 연관지어서 조금 더 많은 일을 할 수 있을 것 같아요. 제가 부모님한테 커밍아웃을 못 했기 때문에 못 하는 것들이 있어요. 제가 기자회견도 자주 가고 언론 인터뷰도 종종 하지만, 지상파 방송은 좀 부담되거든요. 지상파는 엄마가 보시니까. 일간지에 실리는 인터뷰라든가 그런 것도 부담스러워서 좀 못하거든요. 커밍아웃 후에는 조금 더 자신 있게 활동할 수 있겠죠.

그리고, 제가 "엄마가 울지 않았으면 좋겠다"고 했잖아요, 그런데 울면서라도 "네가 많이 힘들었겠구나"라는 말만 들어도 되게 좋을 것 같거든요.

위니 • 처음 커밍아웃 받은 날은 엄마도 눈물이 나겠죠. 받아들여도 마음이 아파서. 그동안 혼자 힘들었을 걸 생각하면……. 저는 커밍아웃한 아이에게 일상 속에서 성소수자에 대해 관심 있다는 걸 자주 드러내야 하나, 아니면 자꾸 언급하지 않는 걸 더 편하게 생각할까, 어떤 태도가 좋을지 고민이 돼요. FTM인 저희 아이는 가슴수술을 했는데, 수술한 가슴을 보았을 때 관심을 갖고 얘기해 주는 게 좋을까, 이제 우리 식구는 아무렇지도 않게 받아들이니 특별히 이야기 안 하는 게 좋을까 잘 모르겠더라고요. 성정체성과 관련된 고민이나 문제들에 대해서도, 또 연애와 관련된 이야기도요. 지나친 관심도 부담스러울 것 같고, 너무 무관심해 보여도 서운할 것 같고, 부모이지만 당사자가 느끼는 마음을 다 알 수 없으니까요.

지인 • 저도 매일매일 그래요. "고민되는 부분이 있으면 언제든 말해 줘"라고 아이에게 말해 놓는 정도가 좋을 것 같아요.

오소리 　물론, 커밍아웃 후 일상적인 생활 속에서 파트너 안부를 물어봐 주는 것은 좋을 것 같아요. 지금 저는 연애 상대가 있으니까요. "어디 놀러 갔었니?" 그렇게 일상에 대해 물어봐 주는 건 지금의 저를 인정하는 것이라고 느껴지니까요. 지금 못 하고 있으니까 더 그럴 수도 있지만, 엄마한테 제 일상을 많이 얘기하고 싶거든요. "나 걔랑 여기 놀러 갔고, 이렇게 잘 지낸다"고. 그렇게 커밍아웃 후에도 엄마랑 사이가 그냥 이전과 같았으면 좋겠어요.

지인 • 많은 성소수자 당사자분들이 그러시더라고요. 이성하고 사귈 때처럼 똑같이 대해 줬으면 좋겠다, 관심도 갖고, 가족에게 소개시켜 달라고도 하고, 걔는 인상이 좋더라 또는 좀 별로지 않냐, 그런 말도 편하게 해주고.

우리는 사랑이란 이름으로
얼마나 많은 폭력을 행사하나요?

지미 • 커밍아웃을 받아들이는 문제에서도 그렇지만, 지나치게 자식을 사랑하는 게 과연 좋은 걸까요? 우리는 사랑이란 이름으로 얼마나 많은 폭력을 행사하나요? 자식도 자기 인생이 있는 거고, 그리고 결국 언젠간 떠나 보내야죠. 최종적으로 모든 부모 자식은 이별하잖아요.

위니 • 우리나라 부모들은 자식을 자기 소유처럼 생각하는 경우가 많은 것 같아요. 자기가 자식에 대해 모두 책임지려고 하고 자식의 모든 걸 결정하려고 하는 건 좋은 태도가 아닌 것 같아요.

지미 • 저는 늘 아들한테 얘기했거든요. "아빠 널 사랑하지만, 아빠 엄마의 삶도 중요하다. 그리고 넌 떠나야 한다"는 이야기를 어릴 때부터 해줬어요. 그래서 아마 아들은 "혼자 살아야 하고 혼자 살 수 있기 때문에 구태여 커밍아웃 안 해도 된다"고 생각했을 것 같기도 해요.

위니 • 트랜스젠더의 경우는 겉모습이 눈에 띄게 바뀌니까 받아들이기 더 힘들어하는 부모도 있어요. 주변의 눈도 더 많이 의식하고요. 여태까지 살면서 쌓아온 명예나 위신이 깎인다는 생각도 하는 것 같아요. 저는 부모가 인생에서 아이만을 바라보지 않고 자신의 삶을 행복하게 살려고 하는 자세가 중요하다고 생각해요. 아이는 아이의 삶이 있으니 아이가 태어난 대로, 살고 싶은 대로 살 수 있도록 부모로서 응원하고 지지해 주고, 아이도 부모의 삶을 인정하고 응원해 주고요.
　아이가 진짜 아파하는 고민, 아이에 대해 진실을 알았을 때 아이를 잃지 않을 수 있고, 제대로 사랑할 수 있게 되는 것 같아요.

오소리 • 저는 어머니께 커밍아웃을 하게 되면 "내가 했던 인권운동이 사실 성소수자 인권운동이고 내 자신을 드러내면서 활동하고 있다"고 말씀드릴 건데, 만약 자녀분들이 그렇게 나온다면 어떠실 것 같으세요? 만약 자녀 분들이 공공연하게 커밍아웃을 하면서 회사에서도 잘리고, 그럴 가능성도 있어요. 그럼에도 자기가 그렇게 하겠다고 한다면…….

하늘 • 아들의 뜻대로, 하고 싶은 대로 하라고 할 것 같아요. 커밍아웃 후에는 아들이 하고 싶은 대로 하는 게 행복이라고 생각해요. "이후의 삶은 네가 자유로워야 한다"고 말해요. 그런데 사회가 지금 아이들을 자유롭게 해주질 않잖아요. 그러니 가족 안에서라도 자기가 생각하는 걸 자유롭게 할 수 있게 해주려고 노력해요. 이런 마음을 가질 수 있게 된 것이 참 감사해요.

지인 • 예전의 저는 아이에게 커밍아웃하고 다니지 말라고 하는 부모였죠. 그동안 내가 부모의 범위를 넘어서는 행동을 하려고 했던 것이 많았구나 깨닫게 되었어요. 아이는 이제 종종 커밍아웃을 하는 것 같아요. 커밍아웃으로 마음이 편해진 경험을 한 것 같고, 앞으로도 스스로 잘 감당해 낼 수 있을거라고 믿어요.

저는 아이들한테 돈을 많이 버는 직업이 뭔지 그런 얘기를 해주는 엄마였어요. 그런데 이제는 아이가 원하는 일을 하면서, 서로 의지할 수 있는 사람들과 마음 편히 살 수 있으면 좋겠다는 바람을 가집니다. 아이 덕분에 저는 많이 성장하게 되었고 부모로서 큰 배움을 얻었어요.

지미 · 말씀 듣다 보니까, 제 아들이 저희 부부의 활동을 지지하는 것도 매우 중요한 일이군요. 저는 너무 행복하군요, 감사하고요.

하늘 · 저는 지미 님 가족이 모두 한마음으로 각자의 자리에서 열심히 활동하시는 걸 보면 참 보기 좋고 부러워요.

지인 · 저는 아이의 커밍아웃을 받아들인 뒤에는 어떻게든 주변에 많이 알려서 성소수자에 대한 잘못된 사회 인식을 바로잡아야겠다는 생각이 강해졌어요. 그리 가깝지 않은 사람에게도 알리고 싶어지더군요. 이젠 저를 아는 사람은 거의 다 알아요. 새롭게 알게 된 사람들한테도 일부러 말을 꺼내고요. 한 사람에게라도 제대로 알리면 더 많은 사람들이 알게 되고 그렇게 사회 인식이 변해갈 거라고 생각해요.

위니 · 요새는 사람들이 무언가 새로운 정보를 알고 싶으면 인터넷 검색부터 하잖아요. 성소수자에 대한 정보도 올바른 정보가 잘못된 정보보다 먼저 많이 보이도록 해야 할 것 같아요. 근본적으로는 우리 교육을 바꾸고 사회를 바꾸어야 하지만, 우선 당장은 바른 정보를 접할 수 있는 가능성이 높아지면 좋겠어요.

부모님도 시간이 걸린다는 걸

이해해 주세요

오소리 • 많은 이야기를 나눠봤는데요. 마지막으로 부모님에게 커밍 아웃을 고민하는 당사자들에게 하고 싶은 말씀이 있으면 해주세요.

하늘 • 성적지향이나 성정체성에 대해 고민하는 내용을 글로 써서 전달한다면 그게 자신의 마음을 전달하기에 가장 좋은 것 같아요. 틈 틈이 쓴 글을 모아서 부모님께 드리면 어떨까요?

지인 • 커밍아웃을 받은 부모의 반응을 6단계로 정리한 게 있잖아 요. 그런 단계를 말하는 것은 부모도 자녀의 커밍아웃을 받아들이기 까지 시간이 걸린다는 거죠. 그걸 당사자들도 고려해 주시면 좋겠어 요. "부모니까, 나를 사랑하니까 받아주겠지, 받아주어야 해" 이렇게 생각하면 서로 더 상처받을 수 있는 것 같아요. 엄마 아빠도 이해하 려면 정보도 필요하고 시간도 걸린다는 것을 알아주었으면 해요.

그리고 커밍아웃하면서, 부모님께 내가 듣고 싶은 말을 아예 부모한 테 꼭 말해 드리면 좋겠어요. 왜냐하면 갑자기 커밍아웃 받은 부모는 무슨 말을 해야 될지 모르니까……. "내 이야기를 듣고 난 다음에도 엄마 아빠가 '그래도 변함없이 넌 내 자식이야' 하고 이야기해줬으면 좋겠어요. 혹은 '네가 많이 힘들었겠구나' 하는 말을 해줬으면 좋겠어요"라고요. 부모가 했으면 하는 말을 그렇게 알려주면 좋겠어요.

지미 • 글로 하는 커밍아웃이 좋을 것 같다는 말씀도 하셨는데, 꼭 그럴까? 제 아들은 글로 했지만, 예를 들어 저는 아들과 소주 한잔 하다가 아들이 커밍아웃했어도 비슷하게 받아들였을 것 같아요. 그러니까 '이런 방법이 좋다', 혹은 '이런 요소가 필요하다'라는 건 모두 다, 집집마다 다른 거라고 생각해요. 심지어 아빠 다르고, 엄마 다르고.

또 우리가 커밍아웃에 대해 이야기했지만, 모두가 꼭 커밍아웃을 해야 하는 건 아니겠지요. 사정상 못 할 수도 있고, 안 할 수도 있고……. 안 하는 것도 괜찮지요? 그런데 하기로 결심했다면, 아름답고 좋기만 한 커밍아웃은 없다는 것, 당사자들이 더 잘 아시겠지만 그걸 각오하고 커밍아웃을 하시면 덜 상처받지 않을까. 그게 제 생각입니다. 이야기 들어주셔서 고맙습니다.

1 / 가나다 순

국사봉

경남에 살며 직장생활을 하는 50대 초반의 남성입니다. FTM인 큰아들과 작은아들, 그리고 아내, 이렇게 4인 가족입니다. 아이들의 중학교 시절 분양받은 조그마한 강아지도 한 마리 키웁니다. 매일 뒷산에 함께 가는 우리집 귀염둥이입니다. 저는 붓글씨를 쓰면서 파바로티 음악 듣기를 좋아합니다. 아내는 전업주부로서 모든 일에 정성을 다합니다. 최고의 엄마, 최고의 아내이지요. 주일이면 교회에 가는 평범한 기독교 가정으로, 별 걱정 없이 행복하게 살아왔습니다.

큰아이의 커밍아웃 이후 우리 가족은 아이의 아픔을 함께 나누며 살고 있습니다. 지금은 아이의 성공적인 수술(성기재건수술)을 기다리고 있으며, 수술 후 다시 행복하게 웃을 수 있는 날을 고대하고 있습니다. 아이가 건강하고 행복하게, 당당하게 살아가는 모습을 볼 때 아내와 저도 행복할 것입니다. 성정체성으로 고통을 겪고 있는 많은 분들이 정상적인 생활을 할 수 있는 사회적 인식과 기반이 하루 속히 이루어지기를 간절히 바랍니다.

국화향기

본명은 이경아입니다. 광주광역시청에서 근무하고 있어요. 교육학과 사회복지학을 공부했던 것이 사회를 보는 시각에 도움을 준 것 같아요. 제 아이는 레즈비언입니다.

각 분야의 진보를 위해서 노력한 분들에게 존경심을 가지고 있었는데 제가 성소수자의 인권 증진 활동에 힘을 보탤 수 있어서 얼마나 뿌듯한지 모릅니다. '내가 행복할 권리'와 '성소수자가 행복할 권리'는 같은 선상에 있다는 것을 알게 되기까지 오랜 시간이 걸렸지요. 이제라도 가까이 있는 분들이 의식 전환을 할 수 있도록 제 역할을 하고 싶습니다.

라라

본명은 전숙경입니다. 비정규직 노동자로 땀흘리며 살고 있는 49세 엄마입니다. 세 자녀를 두었고, 건설노동자인 남편과 함께 성소수자 차별 없는 세상을 꿈꾸며 살아가고 있습니다. 성소수자부모모임에서 열심히 활동하고 있으며, 정기모임보다는 뒤풀이를 더 좋아합니다. 퀴어 친구들이라면 가리지 않고 좋아하는 로맨틱지향을 가졌습니다.

문재욱

1964년생. 전남 영암 출생. 서울에서 초·중·고·대학교를 졸업하고 현재 경기도 안양에서 고등학교 영어교사로 재직 중. 아내도 직장에 다니는 맞벌이 부부. 두 딸의 아빠. 첫째 딸은 만화 전공 대학생. 2017년도에 웹툰작가로 데뷔함. 요 딸이 레즈비언. 둘째 딸은 연극 전공 대학생. 첫째 딸은 이반, 나머지 식구는 일반^^

첫째 딸로 인하여 나의 세계관이 일반에서 이반으로 확장되었습니다. 세상의 절반은 남성, 나머지 절반은 여성이란 말도 절반은 맞고 절반은 틀린 얘기란 것을 알게 되었습니다. 생물학적으로 남성도 아니고 여성도 아닌 존재를 '간성'(間性)이라고 합니다. 성적지향도 이성애자가 있고 동성애자가 있다는 것을 알게 되었고 그 동성애자 중의 한 명이 제 딸로 태어났습니다.

조선시대에는 반상(班常)의 차별이 있었습니다. 지금은? 없죠. 피부색이 검다는 이유로 아프리카 사람들이 잡혀와 아메리카 대륙에서 죽도록 노예생활을 했었죠. 지금은? 아니죠. 그런데 단지 성적지향이 다르다는 이유로 사람 취급을 못 받는 경우가 21세기 대한민국의 현실입니다. 여러 가지로 차별받고 있습니다. 그래서 차별금지법을 제정하려고 하는데 반대하는 사람들이 많죠. 상놈이라고 차별하는 게 올바른 행동인가요? 피부색이 검다고 버스 탑승을 거부당하고 식당에도 못 가는 것이 당연한가요? 양반만이 존엄하고 백인만이 가치 있는 인간인가요?

"대한민국헌법 제10조. 모든 국민은 인간으로서의 존엄과 가치를 가지며, 행복을 추구할 권리를 가진다. 국가는 개인이 가지는 불가침의 기본적 인권을 확인하고 이를 보장할 의무를 진다." 비록 다수의 이성애자에 속하지는 않지만 제 딸도 대한민국 국민이며 '인간'으로서의 존엄과 가치를 갖고 있는 소중한 인격체입니다. 꼭 기억해 주세요. 무시하고 차별하지 마세요. 이성애자이며 성소수자가 아닌 '당신이 행복할 권리', 제 딸도 누리는 대한민국이 되었으면 좋겠습니다.

변흥철

글 쓰고, 책 만드는 일을 하고 있다. 대학에서 청년들에게 출판과 글쓰기에 대해 가르치기도 한다. 녹색당 당원으로서 성소수자들의 존재에 눈뜨기 시작했다. 밤하늘에서 별을 하나 찾으면 어둠 속에 숨어 있던 다른 별들도 하나씩 둘씩 얼굴을 드러내는 것처럼, 비로소 주변에 많은 성소수자들이 함께 살고 있다는 것을 알게 되었다. 녹색당 당직을 맡기도 하고, 2016년 20대 총선 때에는 국회의원 후보로 대구 달서갑 선거구에 출마하기도 했다. 사람과 사람, 사람과 자연, 오늘 세대와 내일 세대가 더불어 살아가는 사회를 만드는 데 작은 힘이나마 보태자는 뜻에서. 낙선했지만 많은 것을 배울 수 있었다. 그 무렵 '딸'인 줄 알았던 둘째가 자신의 정체성을 드러냈는데, 미리 배워 둔 것이 있었던 덕분에 큰 어려움 없이 이해하고 받아들일 수 있었다. 가장 좋은 삶은 세계에 대해 호기심을 가지고 계속 배워 나가는 삶이라고 생각하는데, 트랜스젠더 아들 덕분에 인간과 우주에 대해 더 많은 것을 알아나갈 수 있게 된 것을 기쁘게 생각한다.

유은주

1960년생이다. 한국의 전형적인 핵가족 1세대의 3남매 중 둘째로 태어났다. 사범대학 졸업 후 중학교 교사로 근무했다. 8년 8개월 교사 생활 중 현재의 남편을 만나 결혼하고, 딸과 아들을 낳았다. 그 딸이 레즈비언이다. 10년 정도 지역에서 시민단체 활동가로 지냈으며, 단체 활동의 소진을 회복하기 위해 대학원에 진학했다. 여성학과 사회복지학을 공부했으며 대학에서 관련 과목을 강의하고 있다.

이성용

1959년 생. 10년 가까이 중·고등학교 교사 생활을 하던 중 결혼하여 딸과 아들이 있다. 뒤늦게 한의학을 공부하고 지금은 한의사로 일하고 있다. 여성학을 공부한 아내와 살면서 동시대의 다른 남성들보다 페미니즘이나 성소수자 운동에 대해 주워들은 얘기가 조금은 더 많지 않을까 생각한다. 아이는 스스로 커가는 것이지 부모가 아이 인생에 간섭해서는 안 된다는 자유방임 또는 귀차니즘에 가까운 교육철학(?)을 갖고 있다. 아이가 레즈비언이라고 커밍아웃한 이후에도 그것이 네 인생이니 알아서 살면 된다는 마음으로 살아간다.

이은재

　　　　　53세. 성소수자부모모임에서 뽀미라는 이름으로 활동하고 있으며,
부동산 중개업을 하고 있습니다. 스물다섯 살인 내 딸의 성정체성이 레즈비언인 것
을 열일곱 살 때부터 알고 있었으나, 특별히 성정체성에 대하여 공부하거나 정보를
얻으려 하지 않고 '잘 알아서 크겠지' 하는 방임 상태로 오랜 시간이 지났습니다.
먹고사느라 치열한 현실 속에서 딸이 레즈비언이라는 사실이 겉으로는 별 문제 없
는 듯 평온했습니다.

　성소수자의 인권이나 차별 혐오 등에 대하여 내 문제로 생각을 하지 못하고 지
내던 중, 2015년 딸의 초대로 퀴어퍼레이드에 참가하게 된 것이 나의 세상 밖으
로의 첫 커밍아웃이랄까, 그곳에서 그들의 자유를 보았고 밝은 에너지를 느꼈습니
다. 그러나 바리케이드 안에서 단 하루만의 축제라는 것이 맘에 걸렸고, 혐오세
력을 그렇게 가까이에서 본 것도 처음이었습니다. 그 속에서 더욱 절절히 눈에 띄
었던 깃발 하나가 '성소수자부모모임'이었습니다.

　2016년 퀴어퍼레이드에는 성소수자부모모임 맨 앞에서 가족 모두 깃발을 들고
참여하였습니다. 프리허그 동영상을 찍게 되었고, 『한겨레』 신문 인터뷰도 하면서
공식적인 커밍아웃을 했습니다. 성소수자부모모임에서 부모님과 당사자들 모두를
만나며 이해와 소통을 위하여 제 경험을 나누고 있습니다. 혼자라고 생각지 마시고
한 걸음만 다가올 용기를 내시길 바랍니다. 모두가 당당하게 자유로워질 그날은 반
드시 올 겁니다.

정은애
_____

　　'나비'라는 이름으로 성소수자부모모임 활동을 하고 있다. '바이젠더

팬로맨틱 에이섹슈얼'로서 FTM 수술을 앞두고 있는 아이의 엄마이고, 소방관 근

무 34년차다. 직장에서나 사회 활동을 통해 소수자, 약자와 같이 일할 때가 많았는

데, 내 아이와 내가 성적소수자 가족의 위치에 있다는 걸 알고 보니, 그런 활동들에

관심 갖는 것과 그런 처지가 되는 것은 많이 다르다는 걸 새삼 느낀다.

　　어려서부터 아이가 레즈비언일 수도 있겠구나 생각해 왔지만 LGBT 외에 또 다

른 성소수자가 있다는 걸 상상해 본 적이 없었다. 나름 깨어 있다고 생각했지만 정

작 평범한 엄마다. 올해 들어 저런 '긴 성정체성'을 가진 아이임을 알게 되었고, 최

근에는 '바이젠더 팬로맨틱 에이섹슈얼 폴리아모리'라는, 그보다 더 긴 성정체성

에도 해당된다는 걸 알게 되었다.

　　아이의 성정체성과 함께 성소수자부모모임을 알고 난 후 세상 보는 눈이 달라

졌다. 내 아이가 성소수자라는 사실은 내 인생에 큰 깨달음을 주었다. 또한 어떤 종

류의 혐오와 부당함에도 맞설 용기를 갖게 해주었다. 요즘은 직장이나 사회생활 하

며 만나는 모든 사람들과 성소수자에 대한 정보와 올바른 이해, 나아가 인권에 대

해 많은 대화를 하고 있다. 어떤 사람들은 불편해 하기도 하지만, 생각보다 훨씬 많

은 사람들과 오히려 전보다 사이가 더 돈독해지는 놀라운 경험을 하고 있다. 또한

그 사람들이 주변의 편견을 바꾸는 큰 힘이 되고 있다.

　　우리 주변에는 생각보다 적지 않은 성소수자가 존재한다. "부모들도 세상을 바

꾸는 데 함께할 테니, 얘들아! 부디 기운 잃지 말고 힘내서 버텨주기를 바란다." 이

런 마음으로 모든 퀴어 활동에 참여하며, 날마다 또 다른 삶의 기쁨을 발견해 가고

있다. 성소수자에 대한 관심이 지금보다 더 많이 필요하다며 더 노력해야 한다고

늘 주장하는 아이와, 이만하면 괜찮은 엄마라고 항변하는 엄마가 매일 지지고 볶고

아웅다웅 사는 하루하루가 축복이며 기적이라 생각한다.

지미

본명은 정동렬. 두 아이의 아빠이고 한 여자의 남편이다. 직업은 강사. 세일즈·협상·코칭·리크루팅을 강의한다. 철저한 비정규, 일용직 종사자로서, 기업체에서 불러주면 가서 강의하고, 일 없으면 논다. 놀 때는 책을 조금 읽기도 하지만, 주로 집 앞 일산호수공원을 걷거나 북한산에 간다. 북한산에서 도시락과 사발면 먹는 걸 제일 좋아한다.

두 아이 중, 큰애가 게이다. 2년 전 게이 아들의 커밍아웃으로 충격과 슬픔의 시간을 겪었지만, 성소수자부모모임의 도움으로 잘 극복했고, 지금은 그 모임의 운영위원으로 활동하고 있다. 지난 대선 때 심상정 후보가 '1분' 더 쓰던 순간, 정의당에 입당했다. 별다른 정당 활동은 하지 않지만, 성소수자의 인권을 위해 항상 깨어 있어야 한다고 믿는다.

지인

본명은 김진이. 27세와 22세 두 아들을 둔 엄마이다. 성소수자부모모임의 창립 멤버로, 2014년부터 운영위원으로 활동하고 있다. 20대에 미국으로 유학하여 정치학과 법학을 전공으로 학업을 마친 뒤 돌아와 육아에 전념하던 중 뒤늦게 심리학에 관심을 두고 대학원에서 상담심리를 공부하였다. 현재 상담심리사이며 성인 대상 심리상담센터를 운영하고 있다. 「가족의 거부로 인한 성소수자의 정신건강 연구」라는 논문을 심리학회지에 등재하였으며, 성소수자상담연구회(한국상담심리학회 산하)의 운영위원으로 활동하였다. 여러 단체와 대학에서 성소수자 교육을 진행해 오고 있으며, 성소수자와 가족을 위한 집단상담 프로그램을 맡고 있다.

둘째 아들이 게이라는 것을 알게 된 후 많은 자료를 찾아보면서 그동안 성소수자에 대해 잘못된 지식을 가져왔음을 깨닫고, 올바른 인식을 형성하기 위한 교육의 필요성을 절감하게 되었다. 아들뿐 아니라 성소수자 모두가 더 이상 숨지 않고 자신의 삶을 당당하게 살아갈 수 있는 세상, 성소수자와 비성소수자가 어우러져 살아가는 사회를 만드는 데 조금이나마 힘을 보탤 수 있기를 바라며 성소수자 인권활동가의 길을 걷고 있다.

하늘

저는 62세 전업주부이며, 서른한 살에 가톨릭 신자가 되었습니다. 우리 부부는 서울 태생인데, 공무원인 남편을 따라 충북에서 오랜 시간 살았습니다. 성당 교우들과 봉사단체에서 활동하며 사는 소박한 삶이 좋았어요. 남편 퇴직 후에도 우리 부부는 당연히 그곳에서 노후를 맞이할 것이라고 생각했는데, 아들의 커밍아웃 2년 뒤 정든 교우와 이웃들을 뒤로 하고 서울로 이사 왔습니다.

서울에서 아들은 자기 짝을 만나 안정된 삶을 살고, 저는 성소수자부모모임을 만나고, 남편은 사진광(?)이어서 자연이 모두 친구이고요. 참 잘된 일이지요. 내 인생의 잠깐 멈췄던 시간은 '터닝 포인트'였을 것입니다. "당신의 인생은 잘 완성되어 가는가"라고 누군가 묻는다면…… 물론 부족함도 많지만, 그래도 두 아들과 딸에게 아빠 엄마를 존경한다는 말을 들으니 행복과 감사가 가슴 가득히 올라옵니다. 살아온 날보다 앞으로 살아갈 날이 짧은, 인생의 황혼기인 내 얼굴의 주름은 한 가닥씩 늘지만, 내 마음의 주름은 한 가닥씩 펴지는 지금이 좋고 좋습니다.

끝으로…… 80세에 영세 받으신 뒤 주일마다 저와 함께 새벽미사를 다니신 시아버님. 그때부터 성경 필사를 다섯 번 완성하시고 2년간 투병 중에도 신약성경 필사를 한 번 더 하신 뒤, '나병 환자를 고친 예수'라는 제목을 마지막으로 전신마비가 되어 연필을 내려놓으시고 40일 후 94세로 하늘나라로 가신 아버님. 많은 신부님과 교우분들에게 주신 큰 감동과 교훈은 잊을 수 없습니다. "아버님은 우리 가정의 기적을 낳아주셨습니다. 여전히 늘 그립고 존경하고 감사합니다. 착한 남편을 낳아주셔서 감사합니다. 그리고 당신의 착한 손주가 바로 저의 아들입니다."

 2 / 가나다 순

강동희

젠더퀴어 에이젠더. 대학성소수자모임연대 QUV 활동을 시작으로 성소수자 인권운동을 한 지 5년차에 접어들었다. 지금은 성소수자부모모임과 청소년성소수자위기지원센터 '띵동'에서 활동하고 있다. 이렇게 성소수자 인권운동을 하고, 자긍심 넘치는 성소수자로서의 삶을 살고 있지만, 커밍아웃 이후 가족들의 부정적인 반응은 아직도 나를 긴장시키는 요소이다. "어떻게 가족과 사이가 좋아질까?", "한국 사회에서 가족은 달라질 수 있을까?"라는 질문을 갖고 성소수자부모모임 활동 중이다. 이 활동을 마치고 나면 '뿌연 애증의 관계'인 우리 가족에 대한 답을 찾을 수 있을까?

마틴

대구에 사는 갓 스무 살 넘은 FTM 트랜스젠더입니다. 여고를 자퇴한 뒤 대학에 합격했지만 여성으로 대학 생활을 시작하고 싶지 않아서 그만두고, 그때부터 우울증과 커밍아웃, 트랜지션으로 시간을 보냈습니다. 첫 수술 후 일 년 반 정도 지난 올해 2월, 드디어 성별정정 판결을 통과하고 법적 성별 남성으로서 낯선 삶을 보내고 있습니다.

한때는 트랜스젠더라는 걸 인정하면 여자로 살았던 시간을 전부 부정해야 한다고 생각했습니다. 그때의 기억들, 경험들, 만났던 사람들을 모두 묻어버려야 완전한 남자로 새 삶을 살 수 있다고 말입니다. 하지만 변해 가는 내 모습을 느끼면서 전과 후를 분리할 수는 없다는 걸 깨닫고, 트랜스젠더 남성인 있는 그대로의 저를 좋아할 수 있게 되었습니다. 성소수자는 어디에나 있다는 사실을 보이고 싶어서 트랜스젠더라는 사실을 굳이 숨기지 않는 편입니다. 앞으로도 이렇게 살고 싶습니다.

모리

스물아홉 살 시스젠더 남성 동성애자이며, '행동하는성소수자인권연대'(행성인)에서 활동가로 지내는 사람. 성소수자부모모임의 초창기 준비과정과 2년 반의 활동을 함께했다. 스물세 살 대학생 시절, 아웃팅으로 동성애자라는 사실을 가족 모두가 알게 되어 오래 갈등을 겪었다. 성소수자부모모임의 도움으로 가족 모두와 관계를 회복하기까지 6년이 걸렸다.

문이채린

1992년생. 뽀미의 딸. 시스젠더 레즈비언으로 정체화하고 있음. '위듀'라는 필명으로 웹툰 작가로서 인권활동을 하고 있다. 2017년 웹툰사이트 '코미코'에서 『just right there!』라는 작품으로 데뷔하였음.(작품은 성인 인증을 해야지만 검색 가능.) 성소수자뿐만 아니라 사회적 약자들의 이야기를 대중에게 알려, 소수자와 약자에 대한 편견과 선입견이 깨지고 그들이 삶에 용기와 희망을 가지길 바라는 마음으로 평생 예술활동과 인권활동을 병행하면서 사는 것이 꿈인 사람.

백승우

스물세 살 게이. 벽장 속에서 퀴어퍼레이드도 욕하고 성소수자 운동권도 욕하다가 어느 날 벼락 맞고 각성해서는 2015년 겨울, '행성인'에 처음 나왔다. 이후 성소수자부모모임 실무팀에서 활동하고 있고, 재능은 없지만 글 쓰고 떠드는 걸 좋아해서 웹진팀도 함께하고 있다. 행성인에서 좋은 친구들과 잘생긴 애인을 만났다. 앞으로 애인과 더 행복하게 오래오래 지내고 싶고(애인이 활동가가 되면 좋겠다), 더 많은 성소수자들을 만나고 많이 느끼고 배우고 싶다.

신재원

활동명은 어나더. 시스젠더 남성 동성애자. 1995년생. 삼남매 중 첫째. 스무 살 때 부모님께 반강제적으로 커밍아웃을 하게 됨. 결과는 참담. 이후 대학에 진학했지만 집을 나와 휴학 중이다. 포털사이트의 남고 게이 블로그로 시작해서 지금은 4년차 성소수자운동 활동가. 남자친구와 데이트할 때, 넷플릭스를 볼 때, 좋아하는 음악을 들을 때를 제외한 대부분의 시간에는 생활비를 벌기 위해 일을 한다.

성소수자부모모임에 별 생각 없이 갔다가 단번에 코를 꿰어서 출판물도 만들고 행사 기획도 하고 여러 사람들을 만나 울고 웃으며 다양한 경험을 하게 됐다. 덕분에 당사자와 부모들의 입장을 모두 접해 볼 수 있었고 나를 성찰할 수 있는 기회를 갖게 되었다. 부모모임에서 활동하지만, 아직 내 부모님은 부모모임에 모시고 올 엄두가 나지 않는 관계다. 천천히 회복 중. 요즘에는 '안전 이별' 전도사로 활동하고 있다. 가정에서 불행함을 느끼는 모든 성소수자들이 부모님과의 '안전 이별'을 통해 관계를 회복할 수 있는 세상을 꿈꾼다.

오소리

본명은 김용민. 이제는 본명보다 활동명이 더 익숙하다.

한 남자를 만나 비로소 양성애자로 정체성을 확립했다. 그와 5년째 연애하며 함께 살고 있다. 애인 따라 성소수자 인권운동에 발을 들였다가 행동하는성소수자인권연대에서 전업 활동가로 말뚝을 박게 됐다. '행성인'에서 공식 '사랑꾼'으로 불리고 있다.

미국 PFLAG에 감명을 받아 한국 성소수자부모모임 활동에 뛰어든 지는 3년째. 얼굴을 드러내고 기자회견, 문화제 발언, 언론 인터뷰 등을 가리지 않고 하고 있지만, 정작 누나를 제외한 가족에게는 커밍아웃을 하지 못했다.

꿈은 엄마에게 커밍아웃하고 엄마를 정기모임에 모셔 오는 것, 파트너와 한국에서 동성결혼을 하는 것.

이창현

스물여섯 살 남성 동성애자입니다. '행성인'과 성소수자부모모임에서 활동하고 있습니다. 어머니와 여동생, 반려견 까미가 저희 가족입니다. 제 종교는 불교이고 어머니는 기독교이지만 서로 존중하며 지냅니다. 단란해 보이는 가족이지만 아직 커밍아웃을 못 하고 있습니다. 두렵기도 하고 어떻게 커밍아웃할지 모르겠습니다. 커밍아웃에 대한 두려움과 막막함을 이겨내기 위해 열심히 활동도 하고 사람도 많이 만나며 지내고 있습니다.

이한결

활동명은 봉레오입니다. 저는 '바이젠더 팬로맨틱 에이섹슈얼 폴리아모리'라는 긴 이름의 정체성을 가지고 있는 스물다섯 살 대학생입니다. 유치원 시절부터 어머니께 퀴어임을 열심히 티내려 했으나 그때는 언어가 부족했기에 최근에야 어머니와 대화가 원활해졌습니다. 퀴어 커뮤니티 안에서 많은 것을 해 보고 싶어 기웃거리고, 이 모든 활동에 어머니를 끌어들이려는 몹쓸(?) 자녀입니다. 그런데 그럴수록 어머니와 사이가 더 좋아지고 있는(!), 대한민국의 평범한, 혹은 평범하지 않은 가정의 일원입니다.

일월

스물네 살 레즈비언. 본명을 쓰고 싶지만, 내 이름을 검색엔진에 입력하면 여성인 사람은 나만 나올 정도로 흔하지 않은 이름이라 아직은 본명 쓰기가 조금 무섭다.

그렇게 투쟁적이거나 진취적인 성격은 아니지만 스무 살 때부터 여성인권에 관심이 생겨 활동 언저리를 기웃거렸고, 2017년 '행성인' 가입과 함께 성소수자 인권운동도 시작하게 되었다. 처음엔 쉬엄쉬엄 하고 싶었는데, 어쩌다 보니 열심히 하고 있다. 2017년 현재 대학생으로, 미래를 걱정하고 있다.

정예준

활동명은 빗방울. 스물두 살 게이. 직업은 게임 그래픽 아티스트. 여동생이 하나 있다. 중학생 때 성적지향을 깨닫고 고등학교 졸업 때까지 모두에게 숨기다가 혼자 늙어 죽을 작정이었다. 하지만 2016년 여름 부모님께 커밍아웃했고, 부모님은 내 예상보다도 훨씬 빠르게 수용하고 지지해 주셨다. 성소수자부모모임에서도 최단기 수용이라고 할 수 있을 정도라서 뿌듯하다.

지금은 캐나다에서 대학을 다니고 있고, 부모님이 한국에 남아 나 대신(?) 성소수자 인권운동에 힘을 쏟고 계신다. 나는 먼 땅에서 그런 부모님을 응원 중. 요새는 여동생마저 부모모임에 나가서 활동하고 있다고 한다. 예전에는 특별할 것 없는 집안이었는데, 내 커밍아웃을 계기로 진성 인권활동가 집안으로 바뀌고 있는 것 같아 재밌다.

제제

제제는 어중간한 녀석이다. 한국 나이로는 서른 살을 넘겼지만 여전히 만으로는 스물아홉이니 아직 20대라며 빠득빠득 우긴다. 인생의 반은 한국에서, 반은 미국에서 지내서 이도저도 아닌 문화적 정체성을 갖고 있다. 성지향성은 설명하기 복잡하고 어려워서 그냥 '퀴어'라고 정체화하고 있다. 성별정체성은 FTM, 즉 트랜스젠더 남성이라고 정체화했지만 지금은 젠더퀴어가 아닐까 고민 중이다. 그냥 잘 모르겠다. 그래도 제제는 스스로 원하는 게 뭔지 확실히 알게 되어 감사한 암 환자이다. 굳이 여자, 남자가 아니더라도 그냥 내 마음대로, 내가 편한 대로 살기로 했다. 임신 능력을 최대한 해치지 않도록 치료를 받았기 때문에 가능하다면 아이도 낳고 싶고 멋진 배우자를 만나서 결혼도 하고 싶다. 하지만 주변 사람들에게 꼭 엄마, 여자, 딸, 이런 단어들로 구속되고 싶지 않다. 이렇게 어중간하고 틀에 맞지 않는 사람도 사회 구성원으로서 충분히 함께할 수 있다는 걸 증명해주는 인간으로 살아가고 싶다.

조나단

서른여섯 살 시스젠더 레즈비언. 20대 초에 퀴어 프렌들리한 공간에서 정체성을 깨달아서 자기 부정의 기간이 없었다. 공부나 사회운동을 업으로 할 줄 알았는데, 한 회사에 이렇게 오래 다니게 될지 몰랐던 10년차 직장인. 퀴어 프렌들리한 공간에서의 정체화, 워라밸(워크 앤 라이프 밸런스, 일과 삶의 균형)이 있는 노동 환경, 유복한 가정 환경 덕분에 운이 좋게도 덜 다치며 살아왔다. 그렇기에 개인의 운에 달린 삶이 아닌, 세상 전체가 모두에게 그런 환경을 기본으로 제공하도록 바뀌어야 한다고 생각한다. 그런 세상을 함께 만들기 위해 '행성인'에서 활동하고 있다.

골목길, 초록, 걷는 것, 배우는 것을 좋아한다. 아기자기한 따뜻한 것만큼이나 부서지고 불안정하고 이상한 것에 마음이 쓰인다.

지오

레즈비언. 곧 마흔 줄에 접어듭니다. 몸은 삐걱대는데 정신은 점점 더 어려지는 느낌입니다. 그래서인지 종종 내 부모의 연대기를 떠올리고는 애잔함을 느낍니다. 지금 저와 비슷한 나이에 중학생 딸 둘을 키웠던 부모는 부모이기 전에 모든 것이 처음인, 겁 많고 어설픈 한 인간이었기에, 삶은 모두에게 처음이라는 말을 새삼 깨닫습니다. 그래서 모든 관계에 대체로 관대합니다. 내게 가장 중요한 공동체는 가족이지만 가장 타파하고 싶은 것 역시 가족주의입니다. 가족주의가 싫지만 그 이상 어떤 끈끈한 관계가 가능할지는 아직 잘 모르겠습니다. 언제까지나 끈끈하고픈 사랑하는 연인이 있습니다.

제법 열심히 사는 것처럼 보이지만 사실 한량입니다. 낯가림이 심한 편이지만 알고 보면 푼수입니다. 치열하기보다는 느긋하길 원합니다. TV로 스포츠경기 보기와 영화 보기를 즐기고, 핸드드립 커피를 좋아합니다. 그러나 평상시 즐겨 마시는 커피는 라떼입니다. 술을 못 마시지만, 맥주 한잔은 즐깁니다. 고기를 엄청 좋아합니다. 연꽃은 좋지만 연근은 싫습니다.

　책이 많은 곳에 가면 흥분합니다. 한 권 한 권에 담긴 이야기들을 상상하면 행복해집니다. 세상 모든 것에는 이야기가 있고 그것이 우리가 소통할 수 있는 이유라고 믿습니다.

성소수자 • Sexual Minority

사회에서 다수를 차지하는 성적지향 또는 성별정체성을 가진 사람들(주로 이성애

자, 시스젠더)과 구별되는 성적지향이나 성별정체성을 가진 사람, 또는 그런 집단.

퀴어 • Queer

원래는 서양에서 동성애자에 대한 부정적이고 경멸적인 표현으로 사용되었으나,

현재는 젊은 성소수자들을 중심으로 그들 자신과 자신의 커뮤니티를 가리키는 말

로 쓰이고 있다. 어떤 이들은 저항의 맥락에서, 어떤 이들은 성소수자 커뮤니티 전

체를 포괄할 수 있는 단어이기 때문에, 어떤 이들은 그들 자신의 좀 더 유동적인 정

체성을 표현하기에 적합해서 이 단어를 좋아한다.

성적지향 • Sexual Orientation

타인을 향한 성적 · 정서적인 끌림. 이러한 끌림을 이성애자는 주로 이성에게서,

게이와 레즈비언은 주로 동성에게서 느낀다. 양성애자들은 이성과 동성 모두에게

이러한 끌림을 느낀다.

성별정체성 · Gender Identity

자신이 여성인지 남성인지, 혹은 여성도 남성도 아닌지, 내적으로 느끼는 성별. 어떤 사람들은 태어날 때 정해진 성과 스스로 느끼는 성별이 일치하지 않을 수 있다. 여성과 남성으로만 나누는 사회의 성별이분법이 포함할 수 없는, 그리고 성별이분법으로는 설명될 수 없는 다양한 성별정체성이 존재한다.

지정성별 · assigned sex

출생 시 성기의 모양이나 형태를 기준으로 출생증명서 등 문서에 기록된 성별. 간성이나 트랜스젠더 같은 경우 본인이 정체화하는 성별과 지정성별이 일치하지 않을 수 있다.

LGBT

레즈비언, 게이, 양성애자, 트랜스젠더의 머리글자를 따서 만든 말. 'GLBT'의 순서로 쓰이기도 한다. 퀴어(Queer)나 탐색 중인 사람들(Questioning), 무성애자(Asexual)와 간성(Intersex)까지 포함해 'LGBTAIQ'로 쓰기도 한다.

호모섹슈얼 · Homosexual

원래는 병리학적 용어로 '동성애'를 뜻했으나, 대개 '호모'로 줄여 부르며 동성애자를 비하하거나 공격할 때 많이 사용된다. 요즘에는 동성애자를 가리킬 때 '호모섹슈얼'보다 '게이'나 '레즈비언'이란 말이 대중적으로 쓰인다.

레즈비언 · Lesbian

여성에게 성적 · 정서적 끌림을 느끼는 여성.

게이 · Gay

남성에게 성적·정서적 끌림을 느끼는 남성. 서구권에서는 동성애자 모두를 가리키는 말로 사용되기도 한다.

바이섹슈얼 · Bisexual

양성애자 혹은 '바이'라고도 한다. 성적 그리고/또는 정서적 끌림을 남성과 여성 모두에게 느끼는 사람. 양성애자로 정체화하기 위해 남성과 여성 모두와의 동일한 성경험은 전혀 필요하지 않다. 때로는 남성에게 때로는 여성에게 끌림을 느끼는 것으로, 양쪽과 동시에 관계를 이어나가는 것은 아니다. 두 명 이상과 동시에 관계를 이어나가는 경우는 폴리아모리에 해당한다. 양성애자이면서 동시에 폴리아모리일 수도 있고 아닐 수도 있다.

헤테로섹슈얼 · Heterosexual

이성애자. '헤테로'라고 줄여 부르기도 한다.

논모노(섹슈얼/로맨틱) · Non-mono(sexual/romantic)

하나보다 많은 젠더에 성적 끌림 혹은 로맨틱 끌림을 경험하는 사람. 바이로맨틱, 바이섹슈얼, 폴리로맨틱, 폴리섹슈얼, 팬로맨틱, 팬섹슈얼 등이 있다.

바이로맨틱 · Biromantic

'남성'과 '여성' 모두에게 '로맨틱 끌림'(육체적인 끌림이 아닌 감정적인 끌림)을 느끼는 것을 말한다.

팬로맨틱 · Panromantic

바이로맨틱과는 달리, 상대의 성별에 상관없이 로맨틱 끌림을 느끼는 것을 말한다.

에이섹슈얼 · Asexual

무성애의 하나로, 어떤 상대에게도 성적 끌림(육체적인 끌림)을 느끼지 않는 것을 말한다. 성적 끌림은 느끼지 않더라도 로맨틱 끌림은 그와 상관없이 느낄 수도 있고, 느끼지 않을 수도 있다.

폴리아모리 · Polyamory

상대방 또는 자신이 서로 외의 사람과도 연애, 섹스, 스킨십 등을 할 수 있도록 관계를 열어 두는 사랑, 또는 그런 사랑을 하는 사람.

트랜스젠더 · Transgender

태어날 때 지정된 성별과 성별정체성이 일치하지 않는 사람. 남성의 몸으로 태어났으나 여성의 성별정체성을 가진 트랜스여성(MTF, Male to Female), 여성의 몸으로 태어났으나 남성의 성별정체성을 가진 트랜스남성(FTM, Female to Male), 그리고 젠더퀴어가 있다. 트랜스젠더는 호르몬 요법이나 외과적 수술을 통해 자신의 몸을 성별정체성과 일치하도록 바꾸려고 할 수도 있고, 그것을 바라지 않을 수도 있다.

젠더퀴어 • Genderqueer

'남성'과 '여성' 둘로만 분류하는 기존의 이분법적인 성별 구분(Gender binary)을 벗어난 종류의 성별정체성, 또는 그런 정체성을 가지고 있는 사람.

바이젠더 • Bigender

'남성'과 '여성' 두 가지 젠더를 가지고 있는 것을 뜻한다. 어떤 때는 '남성'으로 의식하고 어떤 때는 '여성'으로 정체화하며, 두 성별을 오간다.

에이젠더 • Agender

어떤 성별에도 소속되어 있지 않고 '성별이 없음'을 자신의 성별이라고 인식한다.

논바이너리 • Non-binary

'남성'과 '여성'이라는 성별이분법적인 사고에서 벗어나, '남성'과 '여성'에 국한하지 않고 자신의 성별정체성을 정체화하는 사람을 말한다.

시스젠더 • Cisgender

성별정체성이 지정성별과 일치하는 사람.

젠더 비순응 • Gender Non-conforming

성별이분법에 기반하여 성별에 따라 나타나는 사회적 기대나 고정관념에 따르지 않는 것을 말한다.

젠더표현 · Gender Expression

성별표현. 외모나 행동, 복장 등을 통해 자신의 성별을 다른 사람들에게 표현하는 개개인의 방식. 자신을 여성으로 인식해도 사회에서 남성적으로 여겨지는 표현을 하는 경우처럼, 젠더표현과 성별정체성이 반드시 일치하지는 않는다.

트랜지션 · transition

'다른 상태 · 조건으로의 이행'이라는 의미로, 성소수자와 연관되어 사용될 때에는 트랜스젠더가 자신의 성별정체성에 맞는 성별로 살아가기 위해 전환하는 과정을 뜻한다. 좁게는 호르몬치료나 수술 등의 의료적 조치와 법적 성별정정을 가리키며, 넓게는 성별정체성에 맞는 성별표현과 성역할의 변화 과정까지 포괄한다.

커밍아웃 · Coming Out

성소수자가 자신의 성적지향과 성별정체성을 드러내는 일. 성소수자의 가족과 친구들도 지지자로서 커밍아웃할 수 있다. 커밍아웃의 정도는 매우 다양한데, 어떤 이들은 친구들에게만, 어떤 이들은 공개적으로 모두에게 커밍아웃하기도 하고, 어떤 이들은 자기 자신에게만 커밍아웃한다. 커밍아웃에 대해 이야기할 때는 모두가 똑같은 상황은 아니라는 것을 기억하는 것이 중요하다.

아웃팅 · Outing

타인이 성소수자 본인의 동의 없이 성적지향이나 성별정체성을 공개하는 행위.

앨라이 • Allies

원래 '협력자'라는 의미로, 성소수자와 연관되어 사용될 때에는 '성소수자의 인권

을 지지하는 사람들'을 뜻한다.

성소수자

인권단체 　상담소 　자료

성소수자부모모임

한국 사회에도 다양한 성소수자들이 있습니다. 무관심과 편견 때문에 그들의 존재를 몰랐을 뿐, 성소수자들은 언제나 우리 곁에 있었습니다. '성소수자부모모임'은 성소수자인 가족을 지지하고 사회적 약자들의 권리를 위해 함께 노력하는 성소수자 부모와 가족들의 모임입니다.

우리는 모든 사람이 자신의 성적지향, 성별정체성, 성별표현에 따른 차별 없이, 있는 그대로 존중받는 세상을 이루기를 바랍니다.

- 성소수자와 성소수자의 가족, 친구, 지지자를 지원하고 함께 행동합니다.
- 성소수자들이 차별과 혐오로 겪는 어려움에 공감하고 연대합니다.
- 성소수자에 대한 사회의 잘못된 인식을 바로잡는 데 앞장섭니다.
- 성소수자의 권리를 보장하고 차별 없는 사회를 실현하기 위한 법·제도의 변화를 함께 일구어 갑니다.

홈페이지: pflagkorea.org

이메일: rainbowmamapapa@gmail.com　전화: 02-714-9552

- **성소수자차별반대 무지개행동**

  홈페이지: lgbtact.org

  이메일: lgbtqact@gmail.com

- **행동하는성소수자인권연대 (약칭 '행성인')**

  홈페이지: lgbtpride.or.kr

  이메일: lgbtpride@empas.com 전화: 02-715-9984

- **한국게이인권운동단체 '친구사이'**

  홈페이지: chingusai.net

  이메일: chingu@chingusai.net 전화: 02-745-7942

- **대학성소수자모임연대 'QUV'**

  홈페이지: quvkorea.tistory.com

  이메일: quv.korea@gmail.com

- **성적소수문화인권연대 '연분홍치마'**

  홈페이지: pinks.or.kr

  이메일: ypinks@gmail.com 전화: 02-337-6541

- **성별이분법에 저항하는 사람들의 모임 '여행자'**

  홈페이지: gender_voyager.blog.me

  이메일: gender_voyager@naver.com

- **트랜스젠더 인권단체 '조각보'**

  홈페이지: transgender.or.kr

이메일: tgjogakbo@naver.com

- **한국성적소수자문화인권센터**

  홈페이지: kscrc.org

  이메일: kscrcmember@naver.com 전화: 0505-896-8080

- **비온뒤무지개재단**

  홈페이지: rainbowfoundation.co.kr

  이메일: rainbowfoundation.co.kr@gmail.com

  전화: 02-322-9374

- **성소수자 가족구성권 보장을 위한 네트워크**

  홈페이지: gagoonet.org

  이메일: gagoonet@gmail.com

- **군 관련 성소수자 인권 침해·차별 신고 및 지원을 위한 네트워크**

  홈페이지: gunivan.net

  이메일: gunivan@hanmail.net

- **성적지향·성별정체성(SOGI) 법정책연구회**

  홈페이지: sogilaw.org

  이메일: sogilp.ks@gmail.com 전화: 0505-300-0517

- **무지개예수**

  페이스북: facebook.com/rainbowyesu

  이메일: rainbowyesu@gmail.com

- **차세기연 (차별 없는 세상을 위한 기독인 연대)**

  홈페이지: cafe.naver.com/equalchrist

- 한국레즈비언상담소

  홈페이지: lsangdam.org

  이메일: lsangdam@hanmail.net

상담소

- 비온뒤무지개재단 부설 '별의별상담연구소'

  홈페이지: 878878.net

  이메일: 878878@daum.net 전화: 02-743-8081

- 아하!서울시립청소년성문화센터

  홈페이지: ahacenter.kr

  이메일: aha@ahacenter.kr 전화: 02-2676-1318

- 청소년성소수자위기지원센터 '띵동'

  홈페이지: ddingdong.kr

  이메일: LGBTQ@ddingdong.kr 전화: 02-924-1227

  카톡아이디: '띵동 119'

- 성소수자자살예방프로젝트 '마음연결'

  홈페이지: chingusai.net/xe/main_connect

  이메일: connect@chingusai.net 전화: 070-4282-7943, 7945

- 성소수자 HIV/AIDS 예방센터 '아이샵' (iSHAP)

  홈페이지: ishap.org

  전화: 02-792-0083

- 트라우마치유센터 사회적협동조합 '사람마음'

  홈페이지: traumahealingcenter.org

  전화: 02-747-1210

법률 상담소

- 공익인권법재단 '공감'

  홈페이지: kpil.org

  이메일: gonggam@gmail.com 전화: 02-3675-7740

- 공익인권변호사모임 '희망을만드는법'

  홈페이지: hopeandlaw.org

  이메일: hope@hopeandlaw.org 전화: 02-364-1210

자료집

- 『나는 성소수자의 부모입니다 — 동성애자, 양성애자, 트랜스젠더 자녀를 둔 부모들의 진솔한 이야기들』, 성소수자부모모임, 2016.
- 『성소수자 자녀를 둔 부모 가이드북』, 성소수자부모모임, 2016.
- 『혐오의 시대에 맞서는 성소수자에 대한 12가지 질문』, 한국성소수자연구회, 2016. (https://lgbtstudies.or.kr)

- 『이런 질문도 괜찮아요』, 한국레즈비언상담소, 2015. (http://lsangdam.org/fileboard/160)
- 『한국 LGBTI 커뮤니티 사회적 욕구조사』, 친구사이, 2014.
- 『트랜스로드맵 — 트랜스젠더 정보·인권 가이드북』, 성적다양성을위한성소수자모임 多씨 · 공익인권변호사모임 희망을만드는법, 2013. (transroadmap.net)
- 『동성애혐오성 괴롭힘 없는 학교 — 모두에게 안전한 학교를 위한 유네스코 가이드북』, 유네스코한국위원회, 2013.
- 『성적소수자 학교 내 차별 사례 모음집』, 학생인권조례 성소수자 공동행동, 2011.

커밍아웃 스토리
성소수자와 그 부모들의 이야기

초판 1쇄 발행 2018년 6월 11일
초판 5쇄 발행 2024년 6월 1일

지은이 • 성소수자부모모임
펴낸이 • 오은지
책임편집 • 변홍철
디자인 • 정효진
펴낸곳 • 도서출판 한티재
등록 • 2010년 4월 12일 제2010-000010호
주소 • 42087 대구시 수성구 달구벌대로 492길 15
전화 • 053-743-8368   팩스 • 053-743-8367
전자우편 • hantibooks@gmail.com   블로그 • www.hantibooks.com

ⓒ 성소수자부모모임 2018
ISBN 978-89-97090-88-4 03810